다른 세계에서도

다른 세계에서도

이현석 소설

자음과모음

차 례

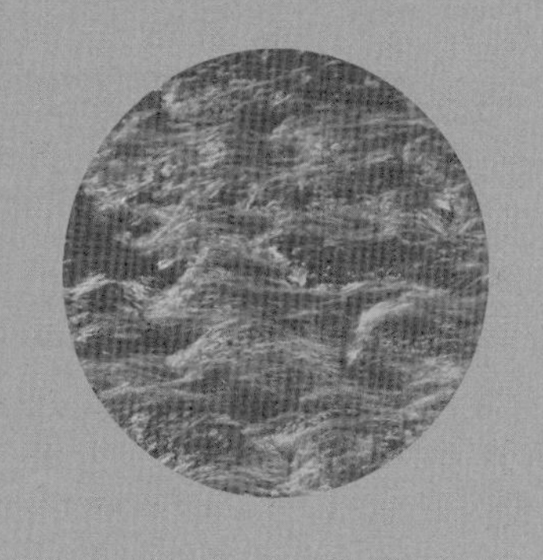

그들을
정원에
남겨두었다

유나 씨가 정원에 내려가 산책을 하자고 제안한 것은 아버지인 이시진 씨의 연명치료를 중단하기로 결정한 아침이었다. 환자나 보호자와 친분을 맺는 편이 아니었음에도 나는 기꺼이 그러자고 했는데 그것이 우리 둘 모두에게 필요한 일이라 느꼈기 때문이었다. 오후 회진을 끝낸 나는 510호실로 가서 유나 씨와 함께 요양병원 구내매점으로 내려갔다. 매점에서 각자 마실 음료를 고르는 동안 유나 씨는 요즘에도 소설을 쓰느냐고 물었다. 병원에 소문이 나 민망하다며 내가 이마를 긁자 "아픈 사람들은 외롭잖아요. 남 일에 관심이 많을 수밖에요"라고 그가 웃으며 말했다. 나도 어색하게 웃어 보였지만 요즘에도 쓰느냐는 질문은 마무리 짓지 못한 이야기를 생각나게 했고 병원 건물 후문을 나서기까지 꼼짝없이 거기에 사로잡혀버렸다. 두 사람이 만나는 이야기로, 나는 약 열 달 전부터 여러 번 그것을 쓰려고 시도했다. 등장인물의 나이를, 성별을, 젠더를 바꿔보았고 배경과 상황과 디테일을 바꾸기도 했으며 국적과 시대도 바꿔보았다. 그러나 어떻게 바꿔도 찝찝한 마음이 가시지 않아 수개월간 답보 상태에 머물렀는데 그러던 내가 그들을 떠올린 것은 넉 달 전 어느 밤이었다. 병원 맨 위층 당직실에서 노트북을 펼친 나는 여느 때처럼 빈 화면을 멍청히 쳐다보다 쓰기를 포기하고 가방에서 고령사회에 관한 책들을 꺼냈다. 삼십대 초반의 일개 봉직의임에도 의사 중에는 희귀한 등단작가라 완화의료학회에서 '의학과 인문학의 만남'이라는 주제로 발제를 요청해 온 탓이었다. 하지만 그날따라 콜이 빗발쳤고 병동을 오가다 보니 만사가 귀찮아진 나는 콜이 잠잠해지길 기다려 당직실 침대에 드러누웠다. 그렇다고 잠이 오는 것은 아니어서 천장을 보며 눈을 끔뻑이는데 거짓말처럼 그들이 떠올라 몸을 벌떡 일으켰다.

노인정에서 만나 단짝이 된 두 노인. 누구라도 먼저 죽을 때가 다가오면 서로의 곁을 지키자고 약속한 두 노인이 있다. 웃으며 했던 그 말은 한 노인이 타지에 사는 자식에게 갔다가 그곳에서 쓰러지며 현실이 된다. '조금 늦어지는구나'라고 생각하던 다른 노인은 며칠간 친구의 전화기가 꺼져 있고 떠듬 떠듬 찍어 보낸 문자에도 답이 없자 그저 늦어지는 게 아님을 직감한다. 단짝이 갑작스레 사라졌다는 사실에 한동안 망연자실했지만 노인은 웃으며 했던 약속만은 놓지 않는다. 그래서 그는 결심한다. 친구를 찾아 나서겠다고.

나는 그 노인의 뒤를 좇았다. 슬프고도 웃긴 모험이 눈앞에 펼쳐지자 전과 달리 이야기가 술술 풀려나왔고 그들을 떠올린 밤부터 일주일가량 나는 틈나는 대로 정신없이 써 내려갔다. 당연히 빨리 마무리되리라 생각했으나 그들이 만나야 할 결말부에 이르니 예의 난처한 기분이 밀려들었다. 노인은 단짝이 입원한 병원 앞에서 한 발자국도 움직이지 않았다. 나는 노인이 병원 안으로 들어가도록 쓰고 지우길 반복했는데 늘 지우는 데서 멈췄고 다시금 교착에 빠진 나는 그 이야기를 써야겠다고 생각했을 때부터 그랬던 것처럼 한밤중에 5병동으로 내려가기 시작했다. 그곳에 누워 있는 이시진 씨의 존재가 이 소설에 당위를 부여해주지 않을까, 라는 일말의 기대 때문이었다. 사람들은 여느 화젯거리처럼 1년 전 그 일을 빠르게 잊었지만 이시진 씨를 계속 봐야 했던 나는 그러지 못했다. 나는 나만의 방식으로라도 그들을 만나게 해주고 싶었다. 그리하여 해갈되지 않은 먹먹함에서 벗어나길 바랐다. 그런데 병실 안을 들여다보면 아버지의 요양보호사와 담소를 나누던 유나 씨가 나를 발견하곤 했다. 유나 씨는 그때마다 반갑게 인사하며 복도로 나와 내게 말을 걸었는데 그 상황이 썩 편하지는 않았다. 그럼에도 나는 내색하지 않고 이런저런 이야기를 나누었으므로 유나 씨는 몰랐을 것이다. 내가 그 시간들을 불편하게 여겼음을.

그런 이야기를 쓰고 있었다는 것도.

우리는 캔 커피를 하나씩 들고 병원에 딸린 소박한 정원으로 나갔다. 정원 가운데 물때 낀 그리스풍 조각상 아래, 늦은 오후의 그림자가 늘어져 있었다. 계절이 돌아 싹이 움튼 잔디밭 사이로 구불구불 난 산책길 곁에는 벤치들이 띄엄띄엄 놓여 있었고 정원 구석 등나무를 차지한 나이롱환자들은 담배 연기를 내뿜었다. 그들이 꽁초를 물거나 쥔 채 손을 흔들기에 당황한 나는 어색하게 목례했는데 알고 보니 내게 한 인사가 아니었다. 그 무리에 있던 중년 여성 한 명이 잔디밭을 가로질러 유나 씨에게 다가왔다. 밟지 말라는 푯말 앞에 선 그가 산책로에 있는 유나 씨의 두 손을 잡고는 "보내드리기로 했다면서?"라고 묻자 유나 씨가 잔잔한 미소를 띠며 "이제 보내드려야죠"라고 답했다. 가족의 연명치료 중단을 결정한 이들이 평온해지는 일은 의외로 흔하다. 긴 와병 생활의 합병증으로 이시진 씨에게 패혈증 쇼크가 온 것은 어느 정도 예견된 일이기도 했다. 하지만 유나 씨의 평정심은 그런 평온함과는 분명 달랐다. 마치 날카로운 절단면이 모두 마모된 해변의 유리알처럼, 둥글게 빛났으나 더는 깨지지 않기로 작정한 듯 단단한 느낌이었고 스물여섯이라는 그의 나이를 고려하면 그 단단함은 시린 구석마저 있었다. 중년 여성과 가볍게 포옹을 하고 헤어진 유나 씨는 나와 함께 우레탄으로 포장된 산책로를 걸었다. 등나무로 돌아가는 그를 바라보며 유나 씨가 말했다. 너무 자주 와서 이곳이 집처럼 느껴진다고. 여기서 만난 사람들과 헤어지는 건 아쉽지만 이제 이 집과 헤어질 준비가 됐다고. "되게 부러운 얘긴데, 마냥 부러워할 순 없네요"라고 내가 말하자 "부러워하셔도 돼요!"라며 말끝을 올린 유나 씨가 하하 웃고는 금세 다른 이야기로 넘어갔다. 조곤조곤하게 말하길 즐기는 유나 씨는 병원에서 보기 드물게 주변을 밝히는 사람이었다. 그러나 그런 그도 1년 전, 익명의 의사가 블로그에 올린 게시물에서 비롯된 그 일만큼은 웃어넘기지 못했는데 그건 나도 마찬가지였다. 그 일이 있고 얼마 뒤, 나는 눈에 띌 만큼 야윈 유나 씨를 보고 나도 모르게 거듭 사과한 적이 있다. 그때 유나 씨는 손사래를 치며 대학 동기일 뿐이라지 않았느냐고, 선생님이 죄송할 게 뭐냐며, 계속 그러면 자기가 너무 미안하다고 괜찮다는 듯이 말했지만 고개를 들어 그를 보면 입꼬리만 억지로 끌어올렸을 뿐 뻣뻣하게 굳어 있는 그의 얼굴이 네가 사과하라고, 너라도 사죄해야 한다고 다그치는 것만 같아 나는 죄송하다는 말을 멈추지 못했다.

당시 문제가 된 게시물은 대동맥 박리로 내원한 오십대 초반 남성이 응급수술을 앞둔 상황에서 시작했다. 환자와 함께 온 남동생에게 수술 후에도 저산소성 뇌손상으로 의식이 돌아오지 않을 거라고 설명한 담당의는 동의서에 남동생의 서명을 받은 뒤 혈관 박리 부위를 절제하고 인공혈관으로 대체하는 수술을 집도했다. 흔치 않은 병인 데다 수술이 가능한 병원도 전국에 몇 곳 없으므로 그 자부심은 이해가 갔지만 수술 장면 묘사는 같은 의사가 보기에도 지나치게 적나라했다. 미간을 찌푸린 나는 몇 줄을 건너뛰어 수술을 끝낸 그가 환자의 남동생을 찾는 다음 단락으로 넘어갔다. 수술실 밖으로 나온 그는 뜻밖에도 사람들이 환자의 남동생을 둘러싸고 '악귀'니 '악령'이니 고함치는 것을 목격했다. 알고 보니 환자 인적사항에 남동생이 없음을 이상하게 여긴 원무과 직원이 전산상에 등록된 친척들에게 연락해 생긴 일이었다. 즉, 남동생을 자처한 이는 환자의 연인이었고 남자를 둘러싼 사람들은 뒤늦게 도착한 가족들이었다. 그들은 담당의에게 남자를 내쫓아달라고 읍소했으나 병원 밖으로 내보낼 법적 근거가 없다고 설명한 의사는 남자에게도 병동 출입이 불가하다고 주지시켰다. 환자의 의식은 예상대로 돌아오지 않았고 환자가 병실에 정물처럼 누워 있는 동안 그 남자는 로비에서 버텼다.

때문에 고성을 지르는 집안 어른들과 무심히 돌팔매질을 받아내는 남자 간에 실랑이가 자주 벌어졌다. 담당의는 가족들이 환자를 재활시킬 의지를 보이지 않은 채 남자를 쫓아내는 데만 골몰하다 종내 남자 몰래 환자를 요양병원으로 옮기기로 결정했다고 썼는데 이 부분을 읽던 나는 당황하지 않을 수 없었다. 오십대 초반 남성, 대동맥 박리, 저산소성 뇌손상, 요양병원 전원 따위의 디테일들이 얼마 전 모교 대학병원에서 내게 전원된 이시진 씨를 가리켰다. 일순 나는 아득해졌지만 누가 그 글을 썼는지는 단숨에 알아차릴 수 있었다. 그곳 의료진 대부분이 동기나 선후배였고 흉부외과 의사는 다섯 명에 불과했다. 그들 중에서도 이런 글을 쓸 사람은 단 한 명, 수연뿐이었다. 입학 동기인 수연과 나는 신문 동아리를 같이하며 동성 친구보다 가깝게 지내다 급격히 멀어진 전력이 있었다. '애증'은 함정과도 같아서 관계에서 벗어나기만 하면 애초부터 필요 없던 감정임을 알게 된다. 그러나 수연의 글을 지나치게 동경했던 나는 그가 곁에 있는 사람을 깎아내리며 제 자존감을 충족하는 부류라는 사실을 애써 부인했다. 6년의 대학 생활이 끝날 무렵에야 더는 견딜 이유가 없다는 결론에 이른 뒤로 업무상 연락 외에는 교류가 없었지만 그의 글임을 인지하고 다시 보니 곳곳에 그의 흔적이 남아 있었다. 스무 살의 글이라곤 아무도 믿지 않던 속도감 넘치는 문체와 극적인 전개는 여전했다. 명석한 두뇌는 합목적적인 글에서 더욱 빛을 발했다. 수연은 이어지는 뒷부분에서 연인이 사라졌음을 알게 된 남자가 로비에서 절규하다 병원 밖으로 내쫓기는 장면을 강렬히 묘사했다. 그러고는 더 이상 이런 일이 반복되지 않길 바란다며 준엄히 마무리했는데 탄탄한 문장으로 무장한 그 글은 SNS상에서 폭발적으로 공유되다 한 유명 배우가 리트윗한 것을 계기로 언론의 비상한 관심을 끌었다. 첨예한 논쟁이 촉발됐고 일부 소장파 정치인들은 이번에야말로 생활동반자법을 발의하겠노라 천명했지만 나는 그런 논란과 상관없이 수연의 글 자체에 화가 치밀었다. 이시진 씨는 재활 가능성이 낮아 '가망 없는 퇴원'으로 우리 요양병원에 왔다. 그건 다름 아닌 수연이 전원 기록지에 작성한 바였다. 가족들이 악마처럼 그려졌지만 유일한 직계 보호자인 유나 씨는 전혀 그렇지 않았다. 수연도 그걸 모를 리 없었다. 속이 빤히 보이는 수작이라는 생각에 분을 이기지 못한 나는 수연에게 바로 전화를 걸었다. 무척 오랜만의 연락이었으나 그가 전화를 받자마자 나는 인사치레 없이 그 글을 네가 썼느냐고 물었다. 수연이 헛웃음을 치며 그렇다고 하기에 내가 왜곡된 부분을 조목조목 따졌는데 그는 단지 개인정보보호를 위해 바꿨을 뿐이라고 천연덕스레 받아쳤다. 그 말이 글을 읽는 내내 끓어오른 적의에 불을 붙였다. 환자를 위해서였다고? 웃기지 마

라. 정말 환자를 위해서였다면 그런 글 싸지르기 전에 그 남자한테 여길 알려줬어야 하는 거 아니냐. 언성을 높이는 내게 수연은 어이없다는 투로 “말이 되는 소리를 해. 그거 위법이야”라고 대꾸했다. 바쁜 사람한테 연락해 무슨 행패냐며 넌더리를 낸 수연은 조금 바꾼 게 뭐가 대수냐고, 각색한 제 글이 내가 쓰는 소설과 다를 게 뭐냐며, 자기는 공론이라도 부르지 않았냐고 목소리를 높였다. 어이없기는 나도 마찬가지라 네 글은 픽션이 아니라고, 그런 글을 쓰기 전에 최소한 동의는 구했어야 하는 거라고 답답해하자 수연이 코웃음을 쳤다.

“넌 물어봤니?”

비아냥대는 말투에 나는 반사적으로 “뭐?”라며 날카롭게 되물었으나 “넌 나한테 물어봤냐고”라며 수연이 심드렁하게 덧붙인 순간, 내 머릿속에서 기억의 파편들이 파르르 넘어가기 시작했다. 그러다 데뷔 직후인 2년 전 지금은 폐간된 작은 문예지에 발표한 단편을 떠올린 나는 얼굴이 뜨겁게 달아올랐다. 갑작스러운 청탁에 부랴부랴 쓰고는 잊어버린 작품으로 거기 등장하는 주요 인물의 모티브가 수연이었다. 누가 읽으리라고 생각지도 않았기에 수연이 읽었다는 게 워낙 뜻밖이라 말문이 막히긴 했지만, 단지 모티브였을 뿐이라고 항변하기에 충분할 만큼 나는 그 인물을 가공했으며 몇몇 특성만 제하면 발표작에는 그의 흔적이 대부분 사라져 있었다. 그럼에도 왠지 떳떳하지 못한 기분에 나는 말을 이을 수 없었고, 정적이 길어지자 수화기 저편에서 수연이 피식피식 웃음소리를 냈다. 모멸감이 솟구쳤으나 뭐라 말하기도 전에 수연은 일방적으로 전화를 끊어버렸는데 내가 다시 전화할 엄두를 내지 못한 것은 내 침묵으로 이미 잘못을 시인한 셈이라 여겨서인지도 모르겠다.

*

어스름이 깔려왔지만 적잖은 사람들이 정원을 오갔다. 어떤 이는 벤치에 앉아 과일을 깎았고 어떤 이는 우리처럼 산책로를 걸었다. 가끔씩 이동식 수액걸이의 바퀴 소리가 끽끽 나면 유나 씨는 내게 이야기하다 말고 그쪽으로 고개를 돌렸다. 유나 씨는 몇 번이나 그쪽을 힐끔거리고서야 다시 하던 이야기로 돌아오곤 했는데 산책하는 동안 그가 주로 했던 이야기는 열 살 무렵 남해안 일대를 여행했을 때에 관한 것이었다. 이시진 씨가 모는 어린이집 승합차를 타고 해안선을 따라 목포에서 부산까지 갔던 여정은 그 자체로도 재미있었지만, 여행 막바지에 도로변 횟집에서 늦은 점심을 먹은 날의 이야기는 특히 기억에 남았다. 어린 유나 씨는 오징어물회의 물컹물컹한 식감에 질색해 밥을 먹지 않겠다고 떼를 썼다. 깨작깨작

쌀밥만 골라 먹던 그는 혼자 놀겠다며 식당 밖으로 나갔다. 하지만 막상 나와보니 아이는 금방 심심해졌고 멀리서 깡, 깡 하고 들려오는 쇳소리가 그의 귀를 잡아챘다. 소리를 따라 얼마간 걷자 학교 운동장이 나왔는데 여고생 여럿이 유니폼을 갖춰 입고 야구 비슷한 것을 하고 있었다. 여자들만으로 경기하는 모습을 처음 본 아이는 스탠드에 앉아 빙빙 휘두르는 투수의 팔을, 힘차게 휘두르는 짧은 배트를, 경쾌하게 날아가는 공을 시간 가는 줄 모르고 지켜봤다. 부모는 한참 만에 그를 찾아냈고 사색이 되어 혼내는 엄마를 말린 이시진 씨가 아이의 머리를 쓰다듬으며 왜 이런 행동이 잘못됐는지, 다음에는 어떻게 해야 하는지를 차근차근 설명했다. 그들 가족은 스탠드에 나란히 앉아 경기를 구경했다. 시합이 끝난 뒤에는 근처의 언덕으로 향했다. 언덕을 오르는 도중에 힘에 부쳐하는 유나 씨를 이시진 씨가 업었는데 언덕배기에 이르자 수평선 아래로 지는 바알간 해가 보였다고, 그 풍경이 요즘에도 아련히 떠오른다고 유나 씨가 말했을 때는 내 앞에도 저물녘의 바다가 펼쳐지는 것 같았다. 유독 그 이야기가 절절하게 다가온 까닭은 이후 유나 씨의 삶을 내가 알고 있었기 때문일 것이다. 몇 년 후 그 남자의 존재를 밝힌 이시진 씨는 자신이 꾸려온 어린이집과 구도심 단독주택 2층의 전셋집을 유나 씨의 엄마에게 넘기고 빈손으로 떠났다. 다른 사람들이 아무리 손가락질해도 아빠를 이해해야 한다고 누누이 말하던 엄마마저 3년 전 불의의 사고로 잃고서 유나 씨 혼자 어린이집을 운영하게 됐다. 그런데 유나 씨는 이시진 씨가 엄마의 장례식장에 나타나지 않았을 때, 아빠를 이해하려 했던 세월이 모두 부정당하는 것 같아 참을 수 없었다고 말한 적이 있었다. 거기까지 생각이 미치자 불현듯 그가 이전까지는 이시진 씨와 함께였던 시절을 말한 적이 없었다는 사실을 깨달았다. 뭔가 묘하게 어긋나는 느낌이었는데, 여행담을 끝내고도 유나 씨가 아빠의 사랑으로 충만했던 어린 시절을 계속 말하자 나는 임박한 죽음 때문에 많은 것들이 용서로 귀결되는 진부한 흐름일지도 모른다는 생각이 들었다. 종일반 아이들을 다 바래다주고도 피곤한 기색 없이 원생들과의 일을 배시시 웃으며 말하던 이시진 씨를 회고할 때는 어쩐지 연극적으로 느껴졌고, 낮은 목소리로 "그렇게 사랑이 많은 사람이었으니까 그랬겠죠. 더 강한 사랑을 택하지 않고는 견딜 수 없었을 거예요" 하고서 잠시 말을 멈추었을 때는 외려 의구심만 깊어졌다. 두 달 전, 병동 복도에서 들었던 이야기 때문이었다. 그 이야기를 듣고서 두 노인에 대해 쓰는 것마저 멈췄으므로 나는 그날 밤을 생생히 기억했다.

복도 벽에 기댄 유나 씨는 이시진 씨의 연인을 처음 보았던 순간을 말했다. 구겨진 마분지처럼 수술실 앞 장의자에 웅크려 앉은 남자. 원무과 직원이 남동생을 사칭한 그를 확인시켜 주었을 때, 유나 씨는 그 순간이 한없이 늘어진 것처럼 느껴졌다. 하지만 큰삼촌이 곧장 달려들어 남자의 멱살을 쥐고 일으키자 수술실 앞은 난장판이 됐고 그들을 둘러싼 다른 친척들은 남자에게 토막 난 말을 격렬히 퍼부었다. 그 말들이 자기마저 찔러대는 것 같아 질겁한 유나 씨는 그들로부터 몇 발자국 뒷걸음질 쳤다. 그들이 내뿜는 혐오에 동조해서는 안 된다고 도리질 치며. 머리로는 그렇게 생각했지만 그 남자가 미운 것은 어쩔 수 없었다고 자조한 유나 씨는 "솔직히 그 글 처음 봤을 때는 고소라도 해야 하나 싶었어요"라고 말했다. 그런데 가만히 곱씹다 보니 '그래도 내가 이해해야 하나? 내가 잘못된 걸까?'라는 생각이 들었다며, 하지만 자기한텐 아빠의 불륜 상대일 뿐인데 어째야 할지 갈피를 잡을 수 없었다고 중얼거리듯 말하는 유나 씨 옆에서 가운 주머니에 두 손을 찔러 넣은 채 잠자코 듣기만 하던 나는 고개를 푹 숙여야 했다.

"그런 게 문득 궁금해지더라고요."

파리한 얼굴로 산책로를 내려다보며 유나 씨가 말했다. "아빠는 어떻게 살았을까. 가난하고, 아프고, 외로웠을까, 아니면 반대였을까. 아저씨와의 삶은 정말 행복했을까"라고 읊조리듯 말한 유나 씨는 그렇게 생각하고 나니 그 남자에게 너무 가혹하게 굴었다는 생각이 들어 최근에야 그를 찾아봤다고 했다. 하지만 불가능했다고, 10년 넘게 함께였을 그들이 어떤 식으로도 연결되지 않는다는 게 너무 비현실적이었다고, 가능하다면 이 요양병원으로 옮겨와 아빠의 핸드폰을 충전시켰을 때로 돌아가고 싶다고 말했다. 정신없이 쏟아지는 문자메시지 위에 붙은 그 남자의 애칭을 보고 핸드폰을 쓰레기통에 던져버렸던 그때로. 고개를 들어 깊이 숨을 들이켠 유나 씨가 "그분도 그러지 않고는 견딜 수 없었겠죠……"라고 덧붙였다. 그 말이 내쉰 숨과 뒤섞여 탁성처럼 들렸다. 까끌까끌한 초성들이 귀에 박히긴 했으나 정확히 이해하지는 못해 나는 의아한 눈으로 그를 쳐다봤다. 내 시선을 느꼈는지 나를 보곤 '응?' 하는 표정을 지은 유나 씨가 이내 '아' 하는 얼굴로 "김수연 선생님 말이에요. 그분도 자기가 해야 할 일을 한 거겠죠. 그렇게 생각하기로 했어요"라고는 제 몸을 감싸듯 팔짱을 끼며 말했다. 그리고 유나 씨는 다시 어린 시절의 이야기를 이어갔는데 나는 도무지 거기에 귀를 기울일 수 없었다.

어두컴컴한 호프집 2층에서 수연이 내게 그 말을 했을 때, 취기가 싹 가신 나는 온갖 감정에 휩싸였으나 다른 무엇보다도 나를 지배했던 것은 벅차오르는 느낌이었다. 내가 믿을 만한 사람이구나, 내가 비밀을 존중할 줄 아는 사람으로 보이는구나, 라는 어설픈 충족감. 작품 속의 인물이 먼저였는지 수연이 먼저였는지는 기억나지 않는다. 그런 일에 선후관계가 가능한지도 모르겠다. 다만 나는 번듯한 성공에도 정체성으로 인해 환대받지 못하는 상황에 흥미를 느꼈고, 인정투쟁에 골몰하다 권위의식에 찌들어버린 레즈비언 외과의는 그런 이야기에 더없이 잘 어울리는 캐릭터일 거라고 생각했다. 어쩌면 수연이 그 작품을 읽었다는 사실을 알았을 때, 수연이 아니라고 스스로에게 최면을 걸었던 이유는 결국 수연이 아닐 수 없음을 알고 있어서가 아니었을까. 그랬기에 너는 물어봤느냐는 질문에 얼굴이 벌게질 게 뻔한 내가 네 흠결에 그토록 바득바득 화를 낸 이유는 그저 너와 나는 다르다고, 몹시 이기적인 너와, 나는 다른 인간이라고 시위라도 하고 싶어서가 아니었을까, 라는 생각에 빠져 있는데 유나 씨가 갑작스레 소리치는 바람에 화들짝 놀라 옆을 봤다.

"사랑, 그거 안 하면 안 되나? 그냥 안 하면 되잖아!"

아래로 늘어트린 두 손바닥을 앞으로 펼쳐 보인 유나 씨가 번뜩 뜬 눈으로 아무것도 없는 정면을 응시하고 있었다. 정원을 거닐던 이들도 그를 쳐다봤지만 그는 아랑곳없이 연이어 소리를 높였다. "'참을 수 있잖아! 괴로워도 참을 수 있잖아. 참다 보면 사라지잖아, 아빠 어른이잖아!' 그리고 제가 물었어요. '나는, 나는 안 사랑해?' 그러니까 아빠가 이래요. '유나야, 당연히 아빠는 유나를 사랑해. 누구보다 유나가 잘 알 거야. 하지만 그 사람이 날 너무 필요로 하고 나도 그 사람이 절실해. 무슨 말인지 이해해? 언젠가는 아빠를 이해할 수 있을까?'라고는 펑펑 우는데, 저도 참 독한 것이 그때는 눈물 한 방울 안 나오더라고요. 엄마 죽었을 때도 똑같았어. 오지도 않을 거면서 전화는 왜 해서, 왜 울기만 하는지, 용서할 수 없다고, 다시는 연락하지 말라고 고함을 쳤어요. 그게 무슨 순애보야. 너무 웃기지 않아요? 요즘은 애들도 안 그러는데……"라며 쉼 없이 토해내던 유나 씨가 어지러운 듯 비틀대다 곁에 있는 벤치에 주저앉았다. 양손으로 좌판을 짚은 그가 숨을 골랐고 쌕쌕거리며 오르내리는 굽은 등을 넋 놓고 바라보던 나도 그의 옆에 조금 떨어져 앉았다. 그렇게 얼마나 있었을까. 사람들이 하나둘 병원 안으로 돌아가고 조각상 아래 드리운 그림자도 희미해질 무렵, 유나 씨가 몇 번이나 마른침을 삼키고는 입을 뗐다. "언제쯤 돌아가실까요?"라는 물음에 나는 "내일 새벽, 아니면 아침"까지 말하다 목에 무언가 걸린 느낌이 들어 헛기침을 냈다. 큼큼거리며 목을 가다듬은 내가 "며칠이나 버티는 분들도 있어서, 사실 알 수 없어요"라고 마저 말했지만 유나 씨는 대답을 하지도, 고개를 끄덕이지도 않았다. 어색한 침묵에 나는 벤치 등받이에 비스듬히 기대어 하릴없이 손거스러미를 뜯었다. 손끝을 후후 불던 내가 푸념처럼 "어찌 된 게, 하면 할수록 더 모르겠어……"라고 혼잣말을 하자 훗, 하고 웃는 소리가 들렸다. 나는 덩달아 흐흐거리며 유나 씨를 보았다. 유나 씨도 나를 보며 웃는 낯을 만들고 있었는데 양쪽 입꼬리만 올라갔을 뿐 어슷어슷 일그러진 눈은 전혀 웃고 있지 않았다. 단 한 번뿐이었지만 잊히지 않는 그 얼굴에는, 너라도 사죄하라며 사정없이 다그치는 것만 같던 그 얼굴에는 일어나선 안 되는 일이 일어났다며 대책 없이 사과만 하던 그날이 각인돼 있었고, 그 얼굴 앞에서 지금이 아니면 영원히 말할 수 없을지도 모른다는 예감이 강하게 들었다. 나는 두 노인에 대한 이야기를 쓰고 있다며 조심스레 말을 꺼냈다. 처음에는 머뭇머뭇 말했으나 호기심이 어려 동그래진 유나 씨의 눈을 보자 슬금슬금 속도가 붙었다. 그가 가끔씩 넣는 추임새에 흥이 오르기도 했고, 친구를 찾아 나선 노인이 좌충우돌하는 대목에서 그가 소리 내어 웃기에 나는 팔을 휘휘 내저으며 꽤나 열정적으로 이야기했다. 그러나 "친구가 입원한 병원을 찾아내요. 그래서 거기로 가요"까지 말하고 나니 공허한 기분이 밀려와 더는 말을 잇지 못했다. 유나 씨도 말이 없어 옆을 힐긋 보니 조용하게 고개를 끄덕이고 있었다. 그러다 고갯짓을 멈춘 그가 골똘히 생각에 빠진 듯 우레탄 바닥을 한참이나 보다가 한쪽 발끝으로 산책로를 두어 번 톡톡 차고는 벤치에서 일어났다.

"이제, 들어갈까요?"

유나 씨가 나를 내려다보며 물었다. 가로등 불빛을 등지고 있어 그의 표정은 읽지 못했지만 목소리만큼은 평소처럼 적당히 밝고 무척 단단했다. 그러자고 답한 나도 자리에서 일어났다. 나는 유나 씨의 바로 옆보다는 조금 뒤에서 그를 따라 걸었다. 정원을 뒤로하고 걷는 동안 앞뒤로 흔들리는 내 팔에 그의 그림자가 간간이 닿아, 가운 소맷자락이 흐릿한 잿빛으로 물들었다 하얘지길 반복했다. 그것을 보고 있으니 내 뒤로 무언가 흘러내려가듯 훌훌 털어져 나가는 기분이 들어 연신 뒤를 돌아보았으나 불 밝힌 정원은 텅 비어 있었는데 병원으로 들어와 유나 씨와 작별 인사를 하고서야 나는 알았다.

내가 두 노인을 정원 저편에 남겨두었다는 것을.

이시진 씨는 다음 날 새벽에 영면했다. 사망 선고는 다른 당직의의 몫이었다. 아침에 출근한 나는 식사를 나르느라 분주한 5병동 복도에서 근 1년 만에 빈 510호실의 한 침대를 바라보았는데 나는 내가 그렇게 오래도록 빈 병상 하나를 바라보게 되리라고는 생각지도 못했다.

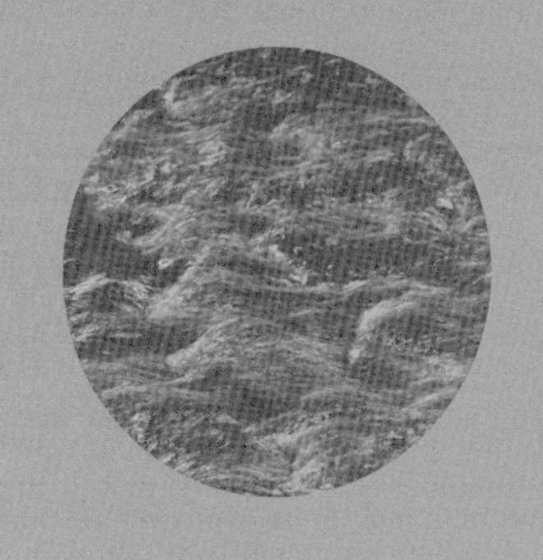

다른
세계에서도

그해 성탄절 새벽을 나는 기억합니다.

나의 동생 해수가 내가 일하던 종합병원에 인턴으로 들어온 그해, 산부인과 전공의 4년 차였던 나도 그 병원에서의 마지막 나날을 보내고 있었죠. 서울로 올라와 인턴과 레지던트 수련을 하며 5년을 채워가는 중이었지만 부족한 전공의 숫자 때문에 그해 연말까지 이삼일에 한 번은 당직을 섰습니다. 그날 새벽에도 골반염이 의심된다는 노티를 받고 응급실에 내려가 중증응급구역으로 향하는데 반대편인 소아응급구역의 입식 책상 앞에서 선 채로 졸고 있는 해수가 보이더군요. 12월 한 달간 해수는 소아청소년과 인턴이었고 아기들의 팔에서 채혈을 하랴, 응급실 초진을 보랴 많이 지쳐 있었죠. 그런 와

중에 해수가 전날 오후 '언니야! 내 합격해따!!'라는 카톡을 보내왔습니다. 대구 사투리를 고칠 생각이 없는 해수의 말투가 고스란히 담긴 그 메시지는 본인이 지원한 영상의학과의 전공의로 뽑혔다는 뜻이었어요. 혼자서 환호성을 지른 나는 저녁에 구내식당에서 콜라로라도 축배를 들자고 답장을 보냈습니다. 하지만 해수는 해수대로, 나는 나대로 바빠 시간을 맞추지 못하다가 시장 바닥 같던 응급실마저 한산해진 새벽에야 겨우 조우한 것이었지요. 골반염 환자를 살피고 입원처방을 내린 나는 담당 간호사에게 환자를 병동에 올려달라고 부탁했습니다. 그리고 응급실 정문으로 나가 외부 주차장 자판기에서 콜라 캔을 하나 뽑았어요. 나는 새벽 공기만큼 차가운 캔을 쥐고서 유성 펜으로 캔 따개 위쪽에 엄지손톱만 한 하트를 그렸습니다. 하트 속을 검게 채우는 동안 해수의 뺨에 대고 놀랠 생각을 하며 피식거리고 있자니 문득 희진 언니가 생각나더군요. 희진 언니는 내가 인턴이었을 때 산부인과를 택한 나를 드물게 진심으로 축하해준 사람이었습니다. 주변에서 '왜 사서 고생하냐'고 말리거나 '여자가 갈 만한 과가 별로 없지'라는 말로 힘을 빼놓던 그때, 언니만은 정말 잘됐다며 나중에 꼭 같이 일하자고 반 옥타브쯤 올라간 목소리로 기뻐해주었어요. 언니와의 통화를 떠올리면서 미소를 짓고 있는데 진녹색 구형 마티즈 한 대가 주차장으로 요란스레 들어왔습니다. 서둘러 내린 두 사람이 응급실로 달려오는 모습이야 이상하지 않았으나 중년 남성 두 명이 강보에 싼 신생아를 각기 안은 모습은 보기 드문 일이었지요. 그들을 따라 나도 안으로 들어가니 책임간호사가 목청껏 "무명아기1, 무명아기2 도착했습니다!"라고 외치는 게 들렸습니다. 소아응급구역으로 뛰어간 두 남자가 아기들을 작은 침상에 누였고 해수는 포대기를 차례로 풀어헤쳤어요. 잔업에 몰두하던 의료진도 호기심 어린 얼굴로 해수 주변에 모여들었죠. 쌍둥이인 듯 똑같이 생긴 두 아기는 작디작은 손발을 쉴 새 없이 꼬물거렸습니다. 연분홍빛 살결은 반사과민반응을 확인하는 해수의 손길을 따라 부들부들 빛이 났어요. 조심스레 아기들을 살핀 해수가 "둘 다 건강합니다"라고 말하자 숨죽이고 두 아기를 바라보던 사람들의 얼굴에 저마다 웃음기가 번지더군요. 나로서는 매일 받는 신생아였음에도 무명아기들과 아기들을 둘러싼 이들의 모습을 보니 왠지 모르게 벅차오르는 느낌이었습니다. 하지만 고양된 스스로가 이내 의아해졌는데, 그런 풍경 앞에서도 온전히 감정에 머리를 맡기지 못하는 내 심성이 밭은 것 같아 코웃음이 나왔습니다. 연락을 받고 내려온 소아청소년과 후배가 해수의 진찰을 확인하는 사이 의료진은 제자리로 돌아갔어요. 하지만 해수만은 아기들에게서 눈을 떼지 못한 채 멍하니 서 있었죠. 살금살금 해수에게 다가간 나는 뒷덜미에 콜라 캔을 슬며시 댔습니다. 깜짝 놀라 돌아보는 해수에게 "축하해"라고 속삭이자 해수가 싱겁게 웃고는 아잇적으로 돌아간 듯 내 품에 안겼어요. 나는 그런 동생을 안고서 부쩍 마른 등을 쓰다듬었지요. 그런데 그 순간 내 뒷목으로 서늘한 기운이 스치더군요. 아주 잠시였지만 매우 분명하게 말입니다.

돌이켜보면 그 한 해는 우리 자매가 가까이서 보낸 예외적인 한때였습니다. 해수가 중학생이 됐을 무렵 외고 자퇴생이었던 나는 기숙학원에 들어갔고, 해수가 고등학생이 됐을 때는 내가 대전에 있는 의대로 진학한 뒤라 우리는 줄곧 떨어져 지냈죠. 일곱 살이란 나이 차에 아옹다옹할 틈 없이 자란 우리는 둘 다 무뚝뚝하기까지 해 여느 자매들처럼 살가운 편은 아니었습니다. 하지만 그날 새벽에 느낀 서늘함은 분명, 원래 해수와 나 사이에 있던 적당한 거리감과는 다른 무엇이었어요. 아마도 그것은 무명아기를 보며 해수가 느꼈을 순도 높은 감정과 내가 얼핏 느낀 이질감 사이의 간극 같은 것이 아니었을까. 어쩌면 우리는 그 간극만큼이나 다르게 자라왔고 다르게 살아가도록 예정되어 있지는 않았을까.

나는 이런 생각을 오랫동안 해왔습니다.

당신을 알게 된 것은 작년 11월의 어느 일요일로, 그 성탄절 새벽으로부터 몇 해가 지나서였어요. 그즈음 나는 일요일 오후마다 합정의 한 스터디카페로 향했는데 그날따라 강변북로로 빠지는 길이 유난히 막혔습니다. 난데없는 정체였지만 조바심이 일지 않은 까닭은 희진 언니의 제안을 내가 수락했음에도 언젠가부터 그곳에 가는 일이 피곤해진 탓이었죠. 나보다 3년 먼저 산부인과 전문의가 된 희진 언니는 지도전문의 자격을 갖추고도 병원 대신 시민단체 상근직을 택한 열정적인 활동가였습니다. 동시에 언니는 젠더건강 분야에서 손꼽히는 칼럼니스트이기도 했는데 촘촘한 논리 끝에 마음을 울리는 언니의 글은 적잖은 사람들의 지지를 받고 있었지요. 작년 가을, 언니가 오랜만에 연락해 온 이유는 낙태죄 헌법소원을 계기로 재생산권 이슈가 뜨거워지자 저명한 진보 시사지에서 언니에게 필진을 모아달라고 요청했기 때문이었어요. 매주 한 꼭지씩 재생산에 관한 전문가 칼럼을 연재하고 헌재 결정을 전후해 계열 출판사에서 책으로 묶어낸다는 기획이었습니다. 언니는 "네가 깐깐하니 잘 쓰잖아"라는 말로 내게 합류를 권했습니다. 하지만 언니가 말해준 다른 필진 대부분이 언니처럼 헌신적으로 활동해온 이들이었기에 그간 활동에 소극적이었던 나는 쉽게 대답하지 못했습니다. 그러자 전화기 너머에서 언니가 "이번엔 달라야 하지 않겠니?"라고 강건한 말투로 묻더군요. 언니의 말은 이전의 낙태죄 헌법소원이 합헌으로 결정된 수년 전을 떠올리게 했고, 그해 여름밤 언니와 나눈 통화를 복기한 나는 투항이라도 하듯 그러겠노라 답했습니다.

한때는 너무 붙어다녀 내가 희진 언니의 복제인간 같단 말을 듣기도 했지만 근 몇 년간은 언니가 자료 번역 따위를 도와달라고 할 때나 연락을 주고받은 게 전부였습니다. 그랬기에 몰라보게 달라진 언니의 모습에 조금은 놀랐습니다. 세련되고 단정한 매무새를 흩트린 적이 없던 언니는 새치가 절반인 단발머리를 쓸어넘기며 화장기 하나 없는 얼굴로 내게 "왔어?"라고 심상히 인사를 건넸어요. "귀찮아서 다 내려놨더니 탈코 동지라고 좋아하지 뭐니"라며 털털하게 웃은 언니는 예전과 다름없는 에너지로 2주 뒤에 발표할 칼럼의 초고를 합평하는 모임을 이끌었습니다. 당신을 알게 된 그 일요일에도 예닐곱 명의 필진이 여느 때처럼 스터디룸에 모였지요. 그날은 희진 언니의 초고를 함께 읽을 차례였습니다. 언니는 전에 발표한 칼럼에 이어 이번에도 미페프리스톤의 시판 허가를 촉구하는 글을 써왔어요. 미페프리스톤은 WHO에서 필수의약품으로 지정한 약물적 임신중지법의 주요 약제였는데 당시로서는 산부인과 의사인 나조차도 그 약이 무척 생소했습니다. 언니가 제시한 자료를 접하지 않았다면 해외에서 약물을 통한 임신중지가 그렇게 널리 이루어지는 줄도 몰랐을 겁니다. 학부는 고사하고 전공의 시절에도 배울 기회는 없었으니까요. 전공의 3년 차 때, 지도교수였던 민 교수가 무뇌아 부모와의 상의 끝에 임신중지 시술을 하는 것을 본 적이 있긴 했습니다. 민 교수는 심초음파 탐침을 꺾어 심정지 상태로 보이게끔 영상을 기록하고서 진공흡입기로 태아를 적출했죠. 그때 어깨너머로 본 것이 전부였고, 다른 산부인과 의사들 역시 로컬에 나오고서야 알음알음 배워 시술하기는 다르지 않았을 거예요. 희진 언니는 자궁외임신 여부만 의료인들이 감별한다면 미페프리스톤과 식도염 치료제로 쓰이는 미소프로스톨의 병합요법이 최선의 임신중지법임을 다시금 강조했습니다. 언니의 초고에는 이런 내용과 함께 약물적 임신중지법이 알려져야 관행적으로 시행되어온 소파술에 따르는 공포 이미지를 상쇄할 수 있다는 주장이 담겨 있었습니다. 안정성이 입증된 약물인 만큼 언니의 의견에 이견을 달 이유는 없었어요. 그럼에도 나는 언니의 초고에 온전히 동의하지 못했습니다. 그것은 직관적으로 받아들이기 편한, 그래서 방어적으로 읽히는 문장들 때문이었죠. 이를테면 언니는 "이렇게 안전한 약물적 임신중지법은 차기 임신에 영향을 주지 않아 더 나은 미래를 보장한다"고 쓰기도 했고, "어떤 여성도 임신중지를 결코 쉽게 결정하지 않"는다며 "여성 자신의 삶과, 가족과, 무엇보다 미래의 아이들을 위해 고심 끝에" 결정한다고 적기도 했지요. 다른 구성원들도 "낙태에 동의하는 것이 아니라 낙태의 죄를 폐지하는 것에 동의"한다는 식의 표현을 언니처럼 자주 사용했는데, 나는 이런 수사들이 못내 불편했습니다.

물론 나는 희진 언니가 지금의 발언권을 얻기까지 순탄치 않은 시간을 보내왔음을 잘 알고 있었습니다. 예과 2학년 때 한 보건의료 계열 학생 단체의 세미나에서 언니와 처음 만난 후로 내가 대학을 졸업하기 전까지, 김희진이 있는 곳에 반드시 정지수가 있단 말을 들을 만큼 언니를 따랐으니까요. 병원 생활을 시작하고 활동에 소홀해지면서 언니와도 자연히 멀어졌지만 언니 소식은 SNS만으로도 충분히 접할 수 있었습니다. 언니의 계정에는 격조했던 시간이 금방 잊힐 만큼 언니의 일상이 차곡차곡 꿰어 있었지요. 언니가 한창 사귀던 남자친구와 포르투갈에 휴가를 간 사진들이 뭉텅이로 올라왔을 때는 장난기 어린 질투의 댓글을 달기도 했고, 책들을 쌓아두고 찍은 사진 아래에 언니가 적어둔 짤막한 감상문을 읽으며 인터넷 서점 장바구니에 몇 권씩 넣기도 했습니다.

그렇게 소소한 일상이 올라오던 타임라인은 언니가 속한 정파의 상위 조직에서 벌어진 사건을 언니가 폭로하면서 급변하게 됩니다. 제대로 기억나지 않는다, 동지에 대한 애정을 표한 것뿐이다, 다음 날 사과 문자를 보냈고 괜찮다는 답도 받았다는 가해 지도위원의 진술을 조목조목 반박한 언니는 작은 권력에 취해 어린 여자 구성원들을 그루밍해온 그 남자의 민낯을 낱낱이 고발하는 장문의 글을 게시했어요. 그러나 폭로 후에도 그 남자가 지도위원직에서 물러난 것 말고는 이렇다 할 변화의 기미가 없었고, 환멸을 느낀 언니는 조직을 떠나기로 결심했습니다. 공교롭게도 그 무렵 언니의 모교 병원에서 언니에게 조교수직을 제안해 왔는데, 그럼에도 지금 일하는 시민단체에 적을 두기로 한 데는 그 사건의 영향이 지대했을 겁니다. 다행히 사건 이후로 언니를 떠난 사람보다 새로이 따르게 된 사람이 더 많았어요. 하지만 타임라인에 올라오던 언니의 일상은 자취를 감췄지요. 이미 올렸던 사진들마저 지운 언니는 개인사를 외부에 노출하는 걸 극도로 꺼렸습니다. 대신 활동에 대한 공지나 오래 매만지고 고심한 흔적이 역력한 글들만 게시했어요. 그런 언니의 글을 눈여겨본 매체들에 간간이 청탁을 받아 기고하던 중, 젠더 이슈가 폭발하면서 지금과 같은 영향력을 갖게 된 것이었습니다. 그랬기에 나는 언니의 초고가 방어적으로 보이는 까닭을 이해할 수 있었습니다. 헌재 결정이 얼마 남지 않은 시점에서 대중적인 공감대를 조성하는 것이 이 모임의 주된 목적이었고, 언니에게도 자신을 믿고 모인 사람들을 비난과 편견으로부터 지켜야 한다는 강박이 있었을 겁니다. 하지만 나는 다분히 모성적인 수사를 끌어들였을 때의 문제 또한 가볍지 않다고 여겼기에 한 번쯤은 의견을 내야 하지 않나, 라는 생각을 했어요. 그런데 어느 당사자 운동 단체의 활동가인 은빛 씨가 먼저 손을 들더니 "아무래도 우리가 주로 다루는 사안의 한계이긴 하지만……"이라면서 이 모임에서 다루는 글은 교차성에 대한 고민이 부족한 것 같다고 지적했습니다. 은빛 씨는 자주 그와 같은 지적을 하며 열변을 토했는데 그날도 크게 다르지는 않았어요. 그러는 동안 나는 어머니가 연달아 전화를 걸어오는 바람에 스터디룸에서 나와야 했죠. 어머니는 한 번 전화해서 받지 않으면 다시 연락하는 일이 드문 사람이라 세 번째 전화가 끊기기 전에 나는 급히 받았습니다. 아니나 다를까 어머니는 떨리는 목소리로 "지수야……"라고는 말을 잇지 못했어요. 불안해진 내가 무슨 일이냐고 묻자 어머니는 주변에 아무도 없는지 연거푸 확인하고는 기가 막힌다는 듯이 "내가 남사스러버 못 산다…… 어쩜 좋냐? 해수 임신했단다"라고 말했습니다. 그 말에 맥이 풀린 나는 큰 소리로 웃어버렸어요.

처음부터 당신의 존재는 그러했습니다.

내게 웃음부터 나오게 만들었지요.

비록 어처구니가 없어 터진 웃음이긴 했지만요. 곧고 높은 제 자존감을 짓이기던 남자와의 연애를 끝낸 해수가 연애 따위 이제 질린다며 분개한 지 두어 달 만에 소개팅으로 만난 정형외과 전공의와 사귄다기에 나는 "또 칼잡이야?"라고 놀리듯이 물었는데, 그것이 동생의 새 남자친구에 관해 우리 자매가 나눈 거의 유일한 대화였습니다. 그러고서 석 달이 채 지나지 않아 들려온 임신 소식에 어머니는 “해수 야는 아가 와 이래 철이 없노? 좋다고 막 웃으매 전화하는 거 있제?”라며 동생을 타박했어요. 어머니의 푸념에 실소를 그치지 못하면서도 해수라면 충분히 그랬을 거라 생각한 것은, 목적지가 있으면 가능한 빨리 도달하려는 해수의 성격도 성격이었지만 그즈음 친한 친구들이 연이어 결혼하는 통에 해수가 조급해하는 것을 여러 번 보았기 때문이기도 했습니다. 보수적인 부모와의 충돌을 피하고자 물리적으로든 감정적으로든 거리를 두고 지낸 나와 달리, 모범생의 전형에서 엇나간 적이 없던 동생의 갑작스러운 임신은 그렇잖아도 쉽게 불안에 빠지는 어머니를 자극했습니다. 양육 과정의 결핍으로 인해 분리불안이 심한 어머니는 수동공격성이 두드러졌고, 자주 그 정도가 지나쳐 주변을 힘들게 했죠. 그런 어머니가 풀어놓는 하소연은 금세 나를 지치게 만들었는데 지난하고 일방적인 통화 끝에 스터디룸에 돌아왔을 때는 이미 합평이 끝나가고 있었어요. 희진 언니의 글에 대해 무언가 말하려 했다는 것도 잊은 채 모임이 마무리되기만을 기다리던 나는 스터디카페에서 나와 야트막한 비탈길을 따라 대여섯 블록 떨어진 공영주차장까지 잰걸음으로 내려갔습니다.

주차장을 빠져나오면서 나는 블루투스를 연결해 해수에게

전화를 걸었어요. 신호음이 여러 번 울리다 합정역사거리에서 좌회전 신호를 기다릴 때 헤헤, 하고 웃는 소리가 차 안을 메웠습니다. 민망해하는 듯한 해수의 웃음소리에 나도 웃음이 터져 우리는 한참을 웃었지요. 가까스로 웃는 걸 멈춘 내가 찔끔 나온 눈물을 닦으며 "어떻게 된 거니? 설마 계획한 거야?"라고 물었습니다. 해수는 손사래 치듯이 아니라고 했어요. 요즘 들어 조금 피곤했는데 생리까지 늦어져 해본 소변검사에서 양성이 나와 자기도 놀랐다는 것이었죠. "내가 원래 좀 불규칙하다 아이가? 요새 당직도 많아서 그거 때문인 줄 알았지." 양성반응을 확인하자마자 민 교수 외래로 달려간 해수는 벌써 임신 9주라는 말을 들었다고 했습니다. 그 말에 이번엔 내가 놀라 몸은 괜찮은지, 아직 입덧은 없는지 물었어요. 딱히 느끼지 못했다며 "엄마도 입덧 거의 안 했다 카대? 유전인 갑지"라고 말한 해수는 빈정대는 투로, 생판 남인 민 교수도 축하해주는데 엄마란 사람이 축하는커녕 혼부터 냈다며 볼멘소리를 하더군요. 그제야 나도 그 말을 하지 않았음을 깨달았지만 미처 꺼내기도 전에 해수가 돌연 부드러워진 목소리로 남자친구 자랑을 늘어놓았습니다. 생긴 것도 괜찮고, 그 망할 놈의 새끼랑 달리 헌신적이고, 그쪽 병원에서 성실하다는 소문이 자자하다면서요. "어련히 좋은 사람 만났으려고"라며 맞장구를 치자 해수가 "당연하지!" 하고는 킥

킥댔지요. 그렇게 이야기하는 동안 올림픽대로로 빠지는 길목에 진입하면서 차들이 엉키기 시작했습니다. 나는 이때 집에 도착해 다시 연락하겠다며 전화를 끊었습니다. 하지만 그 말은 지키지 못했는데 방배동의 오피스텔 지하에 주차를 하는 내게 어머니가 다시 전화를 걸어왔기 때문이었어요. 그사이 어머니는 아버지에게 해수의 임신 소식을 전한 모양이었습니다. 잘됐다며 빨리 결혼이나 시키자고 되레 그 소식을 반기는 아버지가 어머니 눈에는 한심해 보였나 봅니다. "이 양반도 해수처럼 암 생각이 없다. 그저 동창 네이버밴드에 손주 사진 올리고 싶어 안달난 기라. 네가 옛날부터 결혼 안 한다고 딱 잘라 말해뿌니까 남의 손주 자랑에 속만 쓰려 했다 아이가. 그래도 그렇지, 둘 다 아직 레지던튼데 집은 우째 구하고 애는 누가 볼 낀데? 돈이야 우리가 보태준다 치자. 그캐도 내는 남자친구가 어떤 사람인지도 모리고 당장 결혼시키자는 건 당최 납득이 안 된다." 말을 하는 동안 점점 흥분한 어머니는 요즘에도 해수에게 선 자리가 계속 들어온다며, 이왕이면 제대로 있는 집에 시집가서 편하게 사는 게 동생에게도 낫지 않으냐고 쏟아냈습니다. 엘리베이터를 기다리며 잠자코 듣기만 하다가 어머니의 호흡마저 가빠지는 것 같아 진정하시라고 말했지만 내 말을 못 들었는지, 듣고도 모른 척한 건지 어머니는 울먹이다시피 소리쳤습니다.

"지수야! 그거 진짜 순간이고, 암것도 아니었다!"

순간 말문이 막힌 나는 엘리베이터 문이 열리는 것을 보았음에도 그 안으로 들어서질 못했습니다. 본인도 내뱉고서야 무슨 말을 했는지 깨달은 듯 머뭇거리던 어머니는 보다 누그러진 목소리로 "지수 니가 더 잘 안 아나? 요즘엔 기술도 발달했을 거 아이가?"라고 물었지요. 사실 처음 듣는 이야기는 아니었습니다. 어머니가 나와 해수 사이에 임신중지를 두 차례 했다는 말은 예전에도 몇 번 들은 적이 있었으니까요. 하지만 이 맥락에서 나올 말인가 싶어 말을 잇지 못하는 내게 어머니가 "더 좋은 엄마 될 만큼, 다— 준비된 다음으로 미루는 게 순서에도 안 맞나?"라고 묻자 더는 듣고만 있지 못하겠더군요. 한숨을 내쉰 나는 그것 역시 해수의 선택이라면 존중해야 하는 거라고 건조하게 말하고는 전화를 끊었습니다. 그런 식으로 냉랭하게 말은 했지만 집으로 올라오자마자 피로가 몰려와 외출복 차림 그대로 소파에 몸을 파묻었어요. 모로 누운 몸을 웅크린 채 머리를 식히려 눈을 감고 있으니 언젠가 해수가 내게 했던 말이 몽글하니 떠올랐습니다.

'내도 미카코처럼 반짝반짝하길 바랐는데…….'

미카코는 해수가 중학생이었을 때 광적으로 좋아한 만화의 주인공이었습니다. 어느 예술고등학교의 의상과에 입학한 주인공이 소꿉친구와 연인이 되며 벌어지는 일을 다룬 만화로, 나는 그 만화의 스타일리시한 그림체를 인상적으로 기억합니다. 가끔 내가 집에 오면 해수는 그 만화의 그림체를 본떠 자기가 구상한 옷을 그린 드로잉북을 보여주곤 했어요. 나는 그때마다 감탄하며 해수의 꿈이 정말 이뤄질지도 모르겠다는 생각을 했습니다. 고등학생이 되고서도 꿈을 놓지 않는 해수에게 어머니는 정 디자이너가 되고 싶으면 서울대 의상학과에 가라는 지극히 어머니다운 타협안을 제시했고, 해수가 거짓말처럼 그곳 생활과학부에 들어가면서 나는 꿈에 성큼 다가간 동생을 진심으로 축하해주었습니다. 하지만 1학년이 끝나갈 무렵 해수가 갑자기 의과대학 생활은 어떠냐며 내게 진로 상담을 해 왔을 때는 덜컥 겁부터 났는데 입학 후에도 어머니의 종용이 지속됐음을 알았던 터라 혹시 동생이 거기에 흔들리지는 않았을까, 싶어서였어요.

원체 안정성에 집착했던 어머니가 전문직을 토템처럼 맹신하게 된 시점은 꽤 분명합니다. 외환위기가 우리나라를 깊숙이 할퀴고 지나간 이후로, 어머니의 집착이 심해진 것은 경제적 파국이 우리 가계를 덮쳐서가 아니라 완벽히 비켜 갔기 때문이었습니다. 회계사인 아버지의 주 거래처는 고등학교 동창들의 사업체였고 그들이 다닌 대구의 한 명문고는 그의 생애 첫 인맥 허브였어요. 빈농의 막내로 자라 여기까지 왔다는 자부심에 아직도 취해 사는 그가 급격히 부를 축적하는 사이, 내 성장기의 주거지는 탄 분진이 자욱했던 공업단지의 연립주택에서 수성구의 고급 아파트로 빠르게 변해갔습니다. 그러다 외환위기가 터지면서 아버지의 동창들은 문자 그대로 증발해버렸죠. 일가족이 종적을 감추는 일은 흔했고 연락이 두절된 아버지의 친구가 사체로 발견된 경우도 있었습니다. '동기'나 '친구'로 불렀지만 실제로는 그가 굴종해야 했던 사업체 사장들이 줄줄이 무너지는 와중에도 아버지만은 큰 타격 없이 버텼는데 이런 일련의 연쇄가 어머니에게 어떤 스펙터클로 다가왔을지 짐작하기란 어렵지 않습니다.

나도 마찬가지였으니까요.

희진 언니를 만나게 된 세미나에 거부감 없이 참석할 수 있었던 것은 내가 유년기 내내 『키노』나 '한나래 시네마 시리즈' 같은 책들을 탐독하며 영화인이 되길 바랐기 때문이었습니다. 언니는 의약 계열 학과의 여러 커뮤니티에 '베네수엘라 민중의 보건의료혁명' '몸의 정치학 : 긴축은 죽음의 처방전인가'처럼 살벌한 제목의 세미나 홍보물을 게재했죠. 언니가 올린 게시물은 동기들의 빈축을 샀으나 거기 적힌 지젝, 스피박, 발리바르 따위의 이름이 낯설지 않았던 내 가슴은 조용히 두근거렸습니다. 고향에 비하면 나은 편이었음에도 여전히 채워지지 않는 정치적 다양성과 문화적 혜택에 대한 갈증도 내가 매주 KTX에 몸을 실은 이유이기도 했죠. 사실, 기숙학원 시절에 어느 예술대학의 영화이론과에 몰래 지원하기도 했었어요. 서류를 통과하고도 망설이다 면접날이 되어서야 포기했는데, 나는 그것이 아버지의 친구들과 같이 사라진 아이들이 내게도 어린 시절을 오롯이 함께 보낸 친구였기 때문인지 모른다고 생각한 적이 있습니다. 생존의 외상은 깊어, 요즘에도 내가 디딘 땅이 실은 허상이며 어디에도 속하지 못하리라는 진실이 끝내 밝혀질 것이라는 부적절감에 휩싸이곤 하니까요. 그러나 해수는 다르지 않을까, 기억조차 못 할 만큼 어렸기에 자기 뜻을 밀고 나갈 힘이 있지 않을까, 라고 여긴 것은 순전히 내 착각이었습니다. 생각보다 고된 길이라며 네 꿈을 응원한다고 말하는 내게 해수는 이렇게 대꾸했습니다.

"언니야, 이 길도 힘든 건 매한가지다. 이왕이면 내도 앞이 투명한 길로 가고 싶다."

좀체 들어보지 못했던 해수의 침울한 목소리는 이미 마음을 굳혔다는 뜻으로 다가왔고 나도 더는 말을 얹지 않았습니다. 기숙학원에서 3년을 보낸 나와 달리 이듬해 바로 대구에 있는 의대에 들어간 해수는 졸업 때까지 본가에 머물렀지요. 만약 그쪽 교수들이 '같은 값이면 고추지' 따위의 말을 습관처럼 입에 담지 않았거나, 몇몇 과에서 여자들은 안 뽑는다고 노골적으로 선언하지 않았다면 해수가 굳이 상경할 일은 없었을 겁니다.

며칠이 지나 해수의 집에 갔을 때도 동생은 대구에 있는 어머니와 냉전 중이었어요. 해수는 어머니가 안중에도 없는 것처럼, 내게 설 연휴 전에 식을 올릴 것이며 어떤 예식장을 염두에 두고 있다는 얘기를 했습니다. 어머니의 반발이 해수를 더욱 저돌적으로 만든 것 같아 걱정은 됐지만 입 밖으로 내지는 않았어요. 대신 해수가 대자로 누운 침대에 같이 누워 "잘 알겠지만……"이라며 운을 뗐습니다. 임신 중에 주의해야 할 징후를 읊는 내게 해수는 "예— 예— 슨생님 자알 알겠구요"라며 따분해했지요. 그런 건 됐고 뭐 재밌는 일은 없냐기에 "글쎄…… 다음 달에 휴가 가는 거?"라고 하니 그제야 해수가 나를 보며 눈을 반짝였습니다. "어데 가는데, 어데? 우붓? 아이고 자매님, 발리 가면 서핑을 하든가 스쿠버를 해야지 산골짝에는 뭣 하러 가노? 거까지 가서 또 책 볼라 카나?"라며 핀잔을 준 해수는 다시 대자로 누워 그래도 내가 부럽다며, 자기는 이제 마음대로 휴가도 못 가는 몸이 됐다고 우는 척을 했습니다. '휴가'라는 단어에 버튼이 눌렸는지 출산휴가 시기를 두고 레지던트 동기와 신경전을 벌인 이야기를 풀어놓던 해수가 별안간 내 손바닥을 탁탁 치고는 "요새 내가 언니 동생인 덕에 민 교수한테 특급 대우 받고 있다 아이가!"라며 호들갑을 떨었습니다. 그 사람이랑 스타일 안 맞는 거 알지 않느냐며, 내 동생이라서가 아니라 네가 그 병원 직원이라서 잘

해주는 거라고 내가 말하자 해수는 깔깔 웃어댔지요.

"아, 맞다."

웃음을 멎은 해수가 천장을 보며 말했습니다.

"민 교수님이 언니야 글 여기저기서 보인다고 걱정하던데?"

"응?"

"요새 어데 뭐 쓰는 거 있나?"

"응…… 있지."

"맞나? 카면 그거 갖고 뭐라 캤는 갑다. 하여튼 꼰대들, 별게 다 문젠 기라."

해수가 대수롭잖다는 듯이 말했습니다. 나는 가타부타하지 않았고 우리는 그 뒤로 별말이 없었어요. 짧은 정적이 흐르는 동안 나도 해수처럼 천장을 바라보고 있으니 언뜻 이런 생각이 들더군요. 해수도 혹시 읽어봤을까. 워낙에 돌려 말하는 편이 아니라 읽지 않았을 거라 여기면서도 내심 신경은 쓰였습니다. 하지만 그런 염려는 동생이 옆에서 대차게 코를 고는 바람에 이내 무색해졌죠. 흐흐, 하고 웃으며 이불을 덮어준 나는 거실로 나와 소파에 얹어둔 코트를 걸쳤습니다. 장갑과 목도리를 챙겨 집으로 갈 채비를 하고서 그 집에서 나와 엘리베이터를 기다리는데, 오래전 내 뒷목을 스쳤던 서늘한 기운이 느껴지더군요. 매우 분명하게 느끼기는 그때와 다름없었으나 이번에는 그 서늘함이 그저 스쳐지나가지 않고 음굴

광성 덩굴처럼 아래로, 아래로 퍼져 내 뒤에 묵직하게 머물렀습니다. 그날 이후에도 해수의 집에 종종 들러 한갓진 시간을 보냈지만 그 서늘함에 대해 생각하는 것을 멈추지 못했고, 그건 휴가지에서도 마찬가지였죠. 나는 생각을 떨치려 틈날 때마다 숲길을 전력으로 달렸습니다. 그러나 거친 숨을 고르기 무섭게 그 생각은 다시금 내 머릿속으로 파고들어왔어요. 끊임없이 엄습해오는 생각을 피하지 못한 채로 그곳에서 며칠을 보낸 후에야 나는 인정해야 했습니다. '더 좋은 엄마가 된 다음에'라는 표현이 부른 불쾌감과 별개로, 어머니의 그 말이 줄곧 내게 다른 가능성을 떠올리게 했다는 것을 말입니다. 그러니까 그 생각은, 지금 해수의 선택에서 임신이 결정적인 요인이라면, 그래서 제동장치가 풀린 자동차가 비탈길에서 미끄러지는 듯이 현재의 선택으로 질주하고 있는 것이라면, 나는 알려야 하지 않을까. 희진 언니의 말처럼 우리에게 안전하고 편리한 선택지가 있음을 해수도 알아야 하지 않나. 그러나 이런 생각을 하면 내가 거리의 무례한 전도자들과 다를 게 무언지 물어야 했고 그럼에도 다른 누구도 아닌 나의 동생이라면 몰라서 질주하는 일은 없어야 하지 않을까, 라는 생각에 빠지기도 했지만 이런 생각을 했다는 사실만으로도 해수와 당신에게 씻지 못할 죄를 짓는 것은 아닌지, 만에 하나 그 말이 실수로라도 입 밖에 나온다면 그로 인해 나의 동생과, 다

름 아닌 바로 당신에게 지울 수 없는 상처를 남기지는 않을지, 만약 그리된다면 어찌해야 할지

그때의 나는 도무지 알 수가 없었습니다.

*

우리가 정민 선배의 초고를 점검한 날은 헌재 결정을 석 달여 남긴 일요일이었어요. 그간 어머니도 결혼에 찬성하는 쪽으로 돌아섰기에 해수의 결혼은 기정사실이 됐습니다. 그러나 결혼 준비를 하면서도 둘 사이에 마찰이 있었는데 예식장 문제를 두고서는 정말 크게 다퉜지요. 미리 점찍어둔 화려한 예식장에서 식을 올리겠다는 해수에게 어머니는 꽉 차 보이는 게 중요하다며 보다 실용적인 곳에서 해야 한다고 고집을 부렸습니다. 배가 부르기 전에 식을 올려야 하는 빡빡한 일정에도 양보 없이 맞서던 두 사람의 갈등은 결국 동생이 "돈 낼 사람 맘이지 내가 우짜겠노!"라며 짜증 섞인 고성을 지르는 것으로 매듭이 지어졌어요. 필진 중에서 유일한 기혼자인 정민 선배가 이 이야기를 듣고는 "가끔은 어르신들 말씀이 맞지요"라며 은은하게 미소를 지었습니다. 정민 선배는 희진 언니보다 여섯 기수 높은 산부인과 전문의로 육아와 준종합병원 과장직을 병행하느라 수년간 이런 모임에 나오지 못하다가

외면하지 못할 사안에 한시적으로 복귀했죠. 그날 선배가 가져온 초고는 자신이 임신했을 때 미성년자 산모의 임신중지 시술을 해야 했던 상황을 고백하는 내용이었습니다. 근래 들어 칼럼을 통해 입장을 밝혀야 할 일이 많았기에 선배의 글처럼 자기 고백적인 초고는 오랜만이었어요. 그 무게마저 녹록지 않아 누구 하나 입을 떼지 못하는데 안경을 고쳐 쓴 정민 선배가 구성원들을 둘러보며 부러 밝은 톤으로 물었습니다.

"좀 우울했지요?"

아니라기에는 정말 우울한 글이었어요. 그러나 결정일이 얼마 남지 않은 지금이야말로 이렇게 울림이 있는 글을 전파할 적기라는 의견이 다수였습니다. 쓰면서 마음고생이 심했다며, 좋게 봐주어서 고맙다고 말한 선배는 잠시 안경테를 매만지다 원래 쓴 글에서 지운 내용이 있다고 덧붙였어요. 실제 그 시술을 하고서 제일 힘든 기억은 글에서 삭제한 부분인데 아무래도 반대 세력에게 역이용될 소지가 있어 지웠다는 것이었죠. 희진 언니는 그게 무슨 내용이냐고 물었습니다. 정말 역이용될 만한지, 이 칼럼에 꼭 필요한 부분은 아닌지 같이 고민해보자면서요. 이마를 괸 채 곰곰이 생각하던 선배는 마침내 마음을 굳혔는지 자신이 삭제한 내용을 이야기했습니다. 사실 그날 밤, 침대에 누웠을 때 시술한 아기의 초음파 이미지가 꿈에 나타났다. 잠에 들면 어김없이 아기가 또렷하게 보여 깨지 않을 도리가 없었다. 설핏 잠들었다 오래 깨어 있길 반복한 나는 임신 전에 복용하던 수면제를 찬장에서 꺼냈다. 그러나 배 속에 있는 내 아기를 생각하니 삼킬 엄두가 나지 않았다. 알약을 올려놓은 손바닥을 보자 자신이 시술한 아기와 곧 태어날 제 아기의 이미지가 뒤섞여 아른거렸다는 선배는 주방 바닥에 앉아 "미안하다, 너무 미안하다"라고 끊임없이 되뇌었다며 가늘어진 목소리로 말을 맺었죠. 아마 그 순간은 모임을 시작한 이래 가장 숙연해진 때가 아니었나 싶습니다. 이야기를 듣고 나니 선배가 그 내용을 삭제한 까닭은 이해가 갔습니다. '봐라, 시술한 의사마저 힘들어한다'라는 메시지로 전용될 만했으니까요. 그러나 나는 그런 문제보다는 온 방을 감싼 적막이, 그 적막을 만든 언어가 불편했는데 무엇보다 선배의 말에서 앞뒤가 맞지 않는 부분이 있다는 생각에 조심스럽게 손을 들었습니다.

"선배님, 초고에는 시술한 산모가 임신 8주 차였다고 쓰셨는데……."

"맞아요. 그렇긴 하죠." 내가 입을 열자 정민 선배가 예의 온화한 얼굴로 말했습니다. "태아도 아니고 배아일 때니까, 실제 초음파상에서는 그냥 덩어리처럼 보였겠지요. 그런데 뭐랄까, 제 꿈에 나타난 그 이미지는 상징적이라고 해야 하나……."

"하지만……."

"어쨌든, 삭제한 내용이니까."

나는 반론을 제기하려 했으나 혼잣말처럼 읊조린 정민 선배가 가만히 고개를 주억이는 모습을 보니 무슨 말을 덧대기가 난처해지더군요. 입을 다문 나는 팔짱을 낀 채 등받이에 몸을 기댔습니다. 배아마저 아기의 형상으로 묘사하는 것은 지나치게 관습적인 재현이 아닌지, 그렇게 관습적으로 재현되는 음울함만이 임신중지에 연결되는 유일한 감정이어야 하는지. 이런 생각에 빠져 있는데 희진 언니가 "정 선생은 더 할 말 없나요?"라고 내게 물었습니다. 멍하게 있다 허리를 곧추세우고 보니 언니가 나를 지그시 보고 있더군요. "없습니다"라고 대답하는 내게 언니가 뜻 모를 미소를 지었고 나는 그런 언니를 보며 고개를 갸울였어요. 그런데 그때 은빛 씨가 격앙된 목소리로 "제가 할 말이 있는데요"라며 손을 들었습니다. 정민 선배의 글과 발언이 모두 불쾌했다고 강한 어조로 말하는 은빛 씨의 말에 나는 귀를 기울이지 않을 수 없었죠. 하지만 은빛 씨의 논지는 내 생각과는 사뭇 달랐습니다. 지금 한국에서 출산이나 양육의 문제가 젠더와 계급에 따라 복합적으로 층화되어 있다고 전제한 은빛 씨는 우리 필진 상당수가 중산층 이상의 고학력자인 까닭에, 특히 이런 에세이류에서 납작한 감수성이 두드러진다고 주장했습니다. 그렇잖아도 이런 말을 하려고 별러왔다며 공격적으로 발언하는 은빛 씨를 정민 선배가 매섭게 노려보면서 분위기가 과열될 조짐을 보이자 희진 언니가 얼른 끼어들었어요. 능숙하게 그들을 중재한 언니는 은빛 씨의 주장도 일리가 있으나 말이 지나쳤으니 사과할 것은 사과하고 고민할 것은 고민해보자고 말했습니다. 그러고는 어느 때보다 민감한 시기에 서로에게 조금씩만 너그럽게 대하자며 모두를 다독였어요. 언니의 그런 모습은 내가 언니와 처음 만난 날을 잠시나마 떠올리게 만들었습니다. 강의실 문을 열었다가 휑한 안을 보고는 괜히 왔나 싶어 망설이던 내게, 자리에서 일어난 언니가 성큼성큼 다가와 다정한 목소리로 "세미나 오셨어요?"라고 묻던 그때를 말이죠. 나는 너무 달뜨게 들리지는 않을까 싶어 "네……" 하고 소심하게 답했는데 그러면서도 고개는 격하게 끄덕인 것 같아 왠지 얼굴이 화끈거렸습니다. 그날의 세미나는 건강보험공단이 HIV치료제의 약가를 강제로 인하한 것에 대응해 한 다국적 제약회사가 국내에 약품 공급을 중단한 당시의 현안을 다루었습니다. 언니는 기업과 국가 간의 알력 다툼 아래 환자의 생명이 저당 잡힌 그 복잡다단한 사건을 군더더기 없이 설명했어요. 강의실 히터가 제대로 작동하지 않아 나는 시시때때로 손을 비벼야 했지만 차근차근 이야기하는 언니에게서만큼은 눈을 뗄 수 없었고, 허리까지 내려온 언니의 머리칼은 시원하다 못해 서늘해 보이기까지 했으나 여기 있는 누구도 후

방에 떨어트리지 않겠다는 의지가 선연한 언니의 목소리는 무척 따뜻하게 들려왔지요.

희진 언니의 태도는 분명 그때와 다르지 않았습니다. 그럼에도 한편으로는 언니가 낯설었는데, 시간이 조금 흘러 이날의 어긋남을 떠올린 나는 이런 생각을 한 적이 있습니다. 사실 우리의 다름을 오래전부터 알고 있었지만 나는 그때까지도 이 사실을 받아들일 준비가 되지 않았던 것은 아니었을까, 라고 말이죠. 우여곡절 끝에 모임이 파하고서 언니와 단둘이 나눈 대화를 떠올려보면 아무래도 그러했을 거라는 확신이 들곤 합니다. 공영주차장으로 걸어가는 나를 부른 언니는 담배나 피우자며 주도로 변의 좁은 골목길 안으로 먼저 들어갔어요. 상체를 웅크린 언니가 1월의 칼바람을 피해 힘겹게 불을 붙이는 동안 나는 패딩점퍼 주머니에 손을 집어넣은 채 멀뚱히 서 있었습니다. 한 모금을 빨아당긴 언니가 "끊었어?"라며 놀랍다는 듯이 묻기에 "요즘 잘 안 피워서……"라고 중얼거린 나는 V자를 만든 손을 내밀며 실없이 웃어 보였습니다. 자기 것을 내게 준 언니는 담뱃갑에서 한 개비를 더 꺼냈어요. 다시 불을 붙인 언니가 연기를 뱉으며 "예전엔 네가 항상 먼저 피우자고 했는데……"라고는 헛헛하게 웃었죠. 옛 생각에 빠진 듯 희미하게 미소 짓던 언니가 돌연 코웃음을 치더니 나를 쳐다보았습니다.

"기억나? 2008년에. 그 쓰레기 새끼가 담배 가지고 뭐라 했던 거."

나는 당연히 기억했습니다. 언니는 연일 광화문에서 대규모 집회가 이어지던 어느 날에 벌어진 일을 내게 물은 것이었죠. 그날 집회가 끝난 후에 언니와 나는 물대포에 젖은 옷을 말리며 KT건물 앞에서 담배를 피우고 있었어요. 그런 우리에게 한 남자가 다가와 "아가씨들, 여기 사진기자도 많은데 같이 구석으로 가서 피우지?"라며 능글맞게 물었습니다. 이상한 인간이란 생각에 무시하려는 내게 언니가 그 남자를 소개시켜주더군요. 아마 나는 그때 처음으로 '지도위원'이라는 단어를 들었을 겁니다. 그 남자와 함께 언니와 나는 호주대사관 뒷골목으로 자리를 옮겼어요. 같이 담배를 피우며 집회에서의 일들을 이야기하고 있는데 그 남자가 우리를 위아래로 훑어보더니 "너네 둘, 꼭 복제인간 같다"라며 히죽이고는 나를 가리키면서 "근데 지수 동지는 감정 복제가 덜 됐나 보네?"라고 말했습니다. 딴에는 스스로가 재치 있다고 여겼나 봅니다. 그러나 그것은 명백히 그에게 뻣뻣한 태도로 일관한 나를 깎아내리려는 말이었지요. 어찌할 바를 몰라 얼굴만 붉으락푸르락하던 내 옆에서 언니가 당장 사과하라며 화를 냈습니다. 그렇게 언성을 높이는 언니를 본 것은 그날이 처음이었고 이후로도 본 적이 없었어요. 그때 정말 고마웠다고 내가 말하자 언니는 아리송해하는 얼굴로 나를 보았습니다. 담배를 한 모금 빨아당기며 머리를 좌우로 까딱거리던 언니는 황급히 연기를 내뱉더니 한 손을 내저었어요.

"아니야, 그게 아니라."

언니는 그 지도위원이 우리에게 다가와 수작을 걸었을 때부터 내가 그에게 경멸조로 면박을 주었다고 말했습니다. 그래서 그가 복제인간 운운할 때는 그를 뚫어지게 노려본 내가 곧 폭발할 듯해 자신이 먼저 나섰다는 것이었죠. 나는 한쪽 눈을 찌푸리면서 정말 그랬냐고 언니에게 물었습니다.

"그럼! 너 되게 땐땐한 구석이 있잖아."

언니가 부드러운 눈으로 나를 보며 말을 이었습니다.

"어쩔 때는 그게 부럽기도 했고, 불안불안하기도 했고…… 뭐, 그랬지."

정말 그랬나. 어정쩡하게 쪼그려 앉은 나는 꽁초를 밟으며 그날의 기억을 더듬었습니다. 하지만 전혀 생각이 나지 않아 머리만 모로 흔들다 끝이 납작해진 꽁초를 들고 일어섰지요. 언니는 내게 꽁초를 달라고 했어요. 자신의 휴대용 재떨이에 그것을 집어넣은 언니가 "아까는 뭐였어?"라며 심상한 투로 물었습니다. 나는 무슨 말인지 몰라 언니를 보며 턱을 내뺐어요.

"정민 언니한테 뭐라 말하려 했던 거 아니야?"

"아……."

고개를 끄덕인 나는 패딩 주머니에 손을 집어넣었습니다. 몸을 움츠린 채 입술만 달싹이는 내게 언니는 괜찮으니 얘기해보라고 했죠. 나는 그 말에 나름 용기를 냈고, 언니와 구성원들의 글에 대해 입때껏 느껴온 불편한 점들을 털어놓았습니다. 내가 말하는 동안 "맞아, 맞아"라며 연신 동의를 표하는 그에게 나는 "언니도 그렇지 않아요?"라고 물었습니다. 임신 사실을 알려주며 우리가 반사적으로 축하의 말을 건넬 때조차 우리가 보는 표정이 하나만은 아니지 않느냐면서요. 임신 소식을 전했을 때, 기혼이라도 당혹감과 우울을 숨기지 못하는 산모들, 반대로 뜻밖의 유산에도 안도감이나 위안을 감추지 못하는 얼굴들을 우리는 많이 보아오지 않았느냐고 말입니다. "그렇지, 네 말이 맞아"라고 말한 언니는 담배를 한 개비 더 꺼내 불을 붙였어요. 연기를 깊이 들이쉰 언니가 턱을 조금 들었습니다.

"그런데, 지수야."

언니가 내뿜은 연기가 길 위로 흩날렸지요.

"옳다고 여기는 거랑 말해져야 하는 게 늘 같을 수는 없더라고."

언니는 그 말을 하고서 담배 필터를 내 쪽으로 향했습니다. 내가 고개를 젓자 다시 자기 입술로 그것을 가져간 언니는 다 태울 때까지 무심한 얼굴로 침묵을 지켰어요. 새치가 빽빽한 머리카락을 재차 쓸어넘기던 언니는 검지로 꽁초 끝을 탁, 털어내고서야 웃는 낯으로 나를 보았습니다.

"알잖아. 이 시기를 잘 헤쳐가려면 우리도 우리의 도덕적 우위를 잃으면 안 된다는 거."

나도 언니를 빤히 쳐다봤습니다. 언니가 지어 보인 웃음은 곤란함만 간신히 감출 뿐이었는데, 그를 바라보는 내 얼굴이 어떠한지 가늠이 되지 않아 나는 순간적으로 멍해졌습니다. 뒤이어 언니가 "그러니까 네 생각은 조금 미뤄둘 수 있을까?"라고 묻던 것은 어렴풋이 기억나지만 내가 어떤 대답을 했는지는 잘 생각나지 않습니다. 다만 아직도 선명히 떠오르는 것은 "너무 춥다. 어서 가!"라며 흔들던 언니의 손과, 먼발치에서 돌아보니 겨울바람에 휘날리며 은색으로 빛나던 언니의 단발머리.

이 두 가지만큼은 여전히 내 눈앞에 아른거립니다.

해수와 내가 같은 병원에서 일했던 그해 늦가을, 동생은 심한 스트레스에 시달렸습니다. 그곳 영상의학과는 신규 전공의를 남녀 한 명씩 뽑아왔는데 그해 남자 지원자는 한 명이었지만 여자 지원자는 셋이었죠. 세 명 모두 학부 성적도 좋고 일도 잘하는 터라 한 치 앞을 모를 상황에서 해수는 인턴 점수를 조금이라도 잘 받기 위해 몸을 혹사했어요. 그런 동생이 안쓰러웠던 나는 우리의 오프가 겹친 날 병원 근처의 분식집으로 가서 해수가 좋아하는 떡볶이와 고구마튀김을 양껏 먹였습니다. 해수는 볼록하게 솟은 배를 통통 치면서 디저트는 자기가 사겠다며 광화문으로 가자고 했지요. 어스름이 내려 쌀쌀해진 정동길을 걷는 동안 전날에도 밤을 새운 해수는 하품을 해댔습니다. 쩍 벌어진 제 입을 손바닥으로 가볍게 친 동생은 "와 이라고 사나……"라고 한탄을 하곤 "내도 미카코처럼 반짝반짝하길 바랐는데"라며 샐쭉거렸어요. 신랑과 맞절을 하고 하객을 향해 돌아선 해수가 웨딩드레스만큼이나 해사한 얼굴로 웃는 모습을 보자 우리가 나란히 걸었던 그날의 기억이 밀려든 것은 아마 우연이 아니었을 겁니다.

"언니야는 후회 안 하나? 영화 엄청 하고 싶어 했다 아이가?"

그때, 예원학교 담장을 따라 설치된 LED 작품 옆을 지나면서 해수가 물었습니다. 나는 큰 망설임 없이 후회하지 않는다고 대답했을 겁니다. 어찌 됐건 그것은 나의 선택이라 여기던 때였으니까요. 하지만 "그라믄 산부인과는 왜 택했는데?"라는 질문에는 선뜻 답을 하지 못하겠더군요. "그러게, 왜 그랬을까……"라며 나는 되묻듯이 혼잣말을 했습니다. 어째서인지 그 질문은 머리 한구석에 박혀 떠날 생각을 하지 않아 나도 모르게 계속 곱씹었는데, 그러다 보니 불현듯 잊고 있던 기억이 떠올랐지요. 내가 희진 언니에 대한 이야기를 꺼낸 것은 정동극장 입구를 지나칠 즈음이었습니다. 언니를 처음 만난 세미나부터 언니를 따라 나간 집회와 뒤풀이들, 그렇게 언니와 붙어 지낸 나날을 끄집어내던 나는 언니와 통화했던 수년 전의 어느 밤에 관하여 해수에게 말해주었습니다. 진정 이 나라의 미래를 걱정하는 이들은 자기들뿐이라고 소리 높이며 낙태 시술 근절을 선언한 일군의 의사들이 무차별적으로 동료들을 고발했던 그때, 떳떳하게 소리 낼 수 없어 지워진 여성들의 목소리에 분노하면서도 기대를 놓지 못하던 당시의 헌재 결정이 합헌으로 결정된 그날, 울분을 토하는 내게 희진 언니가 어쭙잖은 위로 대신 강해져야 한다며, 이럴 때일수록 우리 편에 설 수 있는 한 명의 전문가가 절실하다고 얘기하던 2012년의 그 여름밤에 대해서 말입니다.

"아이고— 내는 자매님처럼은 못 살겠네예."

해수는 흥얼거리듯이 말했고 나는 피식 웃어버렸지요. 어느새 대한문 근처에 다다른 우리는 시청교차로 앞에서 멈춰 섰습니다. 해수가 스마트폰을 움직이며 지도를 살피는 사이 왼편에 조성된 화단을 쳐다보던 내가 "그런데 이제는 잘 모르겠네……"라며 중얼거리는데 "저기다!"라고 외친 동생이 다부지게 내 팔짱을 끼며 신이 난 목소리로 말했습니다.

"아따 맛있겠다. 언니야 빨리 가자!"

기념사진을 찍기 위해 주례 단상으로 올라가 해수 옆에 섰을 때, 부케를 든 손으로 내 오른팔을 휘감은 동생은 그날처럼 굳게 내 팔짱을 꼈습니다. 폐백을 올리고 피로연장을 돌며 하객들에게 일일이 인사를 한 후에야 캐주얼한 차림으로 갈아입은 해수 부부는 양가 가족과 함께 로비 층으로 내려왔어요. 대기 중인 리무진 앞에서 내가 해수를 안아주자 "언니……"라며 또 눈물을 흘리기에 "대체 오늘 몇 번을 우는 거야"라고는 동생의 눈가를 닦아주었습니다. 신부대기실에서처럼 로비에서도 눈물바다가 연출되나 싶었지만 해수가 "몰라…… 결혼하메 우는 애들 다 딩시 같아 보였는데 내 우야노!"라며 심통을 내는 바람에 다들 웃음을 터트렸지요. 그렇게 인사를 나누고 해수 부부가 차에 타려는데 어머니가 "우리 아가야한테도 잘 갔다 오라고 해야지"라고 하시고는 몸을 낮추었습니다. 어머니가 해수의 배에 대고 "잘 갔다 온네이"라며 손을 흔드는 모습을 나는 어색하게 지켜보았습니다. 그런 내가 우스웠는지 손가락으로 나를 가리키며 킥킥거리던 해수는 제 배를 내 쪽으로 내밀더니 "많이 오글거리나? 언니야도 함 해봐라, 자!"라고 개구지게 말했죠. 내가 쭈뼛거리자 주변에서 "어서, 어서"라며 한입으로 보챘어요. 하는 수 없다는 듯, 콧김을 길게 내쉰 나는 머뭇머뭇 무릎을 굽히고는 허벅지 위에 손을 얹었습니다.

당신은 영영 기억하지 못하겠지요.

아주 작은 목소리로 내가 건넨 최초의 인사를요.

나직하게나마 그 말을 입 밖으로 내보내고 나니 갈비뼈 언저리에서 손바닥만 한 무언가가 빠져나가는 느낌이 들었습니다. 기이하게도, 텅 비어버린 기분과 동시에 내 뒤에 내내 붙어 있던 그 서늘함마저 사라졌는데 나는 이 사실을 집에 홀로 돌아오고도 한참이 지나서야 깨달았습니다. 나는 그날 밤늦게까지 다음 주에 발표할 칼럼을 준비하느라 거실 창가의 컴퓨터 앞에 붙어 있었습니다. 의자에 쪼그려 앉아 몸을 웅크린 나는 빈 화면에 깜빡이는 커서를 오래 응시했지요. 그러다 초점이 흐려졌고, 그와 동시에 나를 가로막고 있던 무엇이 연기처럼 흩어지는 것을 느꼈어요. 홀린 듯 키보드 위에 손을 올린 나는 이런 생각을 했습니다. 이후가 아니라 바로 지금이어야 하지 않을까. 기약할 수 없는 언제인가가 아닌 지금 당장이어야 하지 않나. "……임신중지를 겪은 모든 여성이 동일하게 경험하리라 가정되는 비감은 그들에게 생명을 폐기시켰다는 자기 인식을 갖게 해 스스로를 비윤리적인 존재로 획일화하도록 만든다." 전해지지 않더라도 전할 수밖에 없는 진심이란 게 있지 않을까. "……임신중지가 언제나 예외 없이 한 여성의 절실한 고민 끝에 나온 결정이라는 고정관념은 그것이 항상 절박한 상황에서 절박하게 취해져야만 하는 조치처럼 여기게 만들 수 있다." 그렇게 나는 천천히 써 내려갔습니다. "……이러한 논리 끝에 임신중지가 고통을 수반하는 행위로만 가정된다면 우리의 주체성은 지워질 것이며, 타인의 선의에 의해 구조받는 나약한 존재만으로 재현될지도 모른다." 나는 반려되리라는 확신 속에서도 이렇게 쓰지 않을 수 없었는데, 합평자리에서의 곤혹스러운 표정들과 다수의 침묵 그리고 우려의 목소리 사이에서도 은빛 씨만은 내 초고를 두둔해주었습니다. 큰 틀에서는 동의하나 지금 시점에서는 위험하지 않으냐는 의견을 반박한 은빛 씨는 이런 목소리도 소거되어서는 안 된다며 내게 자기변호라도 해보라고 했지요. 그러나 괜히 어수선하게 만들어 죄송하다고 내가 먼저 사과한 것은, 나를 망연히 바라보는 희진 언니 때문이었습니다. 언니는 합평이 진행되는 내내 한마디도 하지 않은 채 억지웃음이라도 지어보려다 완벽히 실패한 얼굴로 나를 바라보기만 했지요.

"이야기 좀 할 수 있을까?"

모임이 끝나고 스터디룸을 나서려는 내게 희진 언니가 물었습니다. 다음에 하면 안 되겠느냐는 내 대답에 어깨를 으쓱인 언니는 고개만 끄덕였습니다. 그렇게 언니를 남겨두고 스터디카페에서 나오니 눈이 제법 쌓여 있더군요. 비탈진 눈길을 조심조심 걸으며 공영주차장으로 내려가던 나는 익숙한 길목에서 걸음을 늦추었습니다. 나는 고개를 옆으로 돌려 아직 발자국이 찍히지 않은 골목길을 들여다보았지요. 언니와 담배를 나눠 피웠던 그 골목 앞에 서서 좁고 긴 하얀 길바닥을 내려다보는데, 언니가 말했던 그때의 일이 방금 벌어진 것인 양 또렷하게 되살아났습니다.

"아저씨, 시비 걸고 싶으면 저기 담배 피우는 남자들한테나 가세요."

그 장면 안에서 지도위원이란 자를 노려본 나는 뒷일 따위는 모르겠다는 듯, 아무것도 두렵지 않다는 듯 날이 선 말들을 뱉어내고 있었죠. 언니는 알고 있었을까. 나는 생각했습니다. 내가 그럴 수 있었던 까닭은 내 옆에 언니가 있었기 때문이었다는 것을. 집회나 세미나가 끝나자마자 언니에게 담배를 피우자며 보챈 것은 단둘이 보낸 그 짧은 시간이 내게 더없이 소중했기 때문이었음을. 언니가 턱을 들어 뿜어내는 연기 아래, 언니의 목이 그리는 곡선을 너무나도 좋아했지만 좋아한다고 말하는 순간 그 감정이 걷잡을 수 없어질까 여태 언니에게 그런 말을 하지 못했고, 병원 생활을 시작하면서 언니와 멀어진 이유도 단지 내가 바빠져서가 아니라, 그즈음엔 이미 내가 아니더라도 언니 곁에 수많은 사람이 있었기 때문임을, 이 어리석음과 유치함을 들키고 싶지 않아 언니와의 만남을 더욱 꺼려했다는 것도. 나의 그러한 모습이 새하얀 길바닥에 비치는 것만 같아 나는 고개를 돌렸습니다. 길목을 지나쳐 주차장으로 마저 내려가는 동안 패딩점퍼 주머니를 뒤적인 나는 전화기를 꺼냈어요. 장갑을 벗고서 입력창에 같은 내용을 쓰고 지우길 반복하다 결국 언니에게 메시지를 보냈습니다.

—언니 미안해요. 아무래도 다음 모임부터는 빠지는 게 좋을 거 같아요.

내가 보낸 문자 아래 '전송됨'이란 작은 문구는 금세 '읽음'으로 바뀌었고 '읽음'은 곧 '작성 중'으로 변했습니다. 그러나 '작성 중' 위에 붙은 점들만 점점이 커지다 작아질 뿐 언니의 답장은 오지 않았죠. 전화기를 꼭 쥔 채 다른 한 손으로 자동차의 앞유리에 쌓인 눈을 털어낸 나는 차 안으로 들어가 시동을 걸었습니다. 입김이 나와 카 시트의 열선을 작동시켰지만 바로 운전대를 잡기는 저어되더군요. 나는 눈을 감고서 헤드레스트에 뒤통수를 댔습니다. 그러고도 한참 후에야 지나치리만큼 청명한 메시지 수신음이 울렸어요.

—알겠어. 내가 괜히 부담만 준 거 아닌지 모르겠다…… 미안해.

열선 온도를 끝까지 올렸음에도 한기는 가시지 않았습니다. 나는 옆 좌석에 전화기를 엎어두고서 히터를 켰지요. 라디에이터가 시끄러운 소리를 내며 돌아가자 통기구에서 뿜어져 나온 온기가 목 아래로 훅 끼쳐들었습니다. 갑작스러운 온기에 노곤해진 탓이었을까.

온몸에 힘이 풀린 나는 등받이를 기울였습니다.

*

"헌법불합치 결정! 낙태죄는 위헌이다!"

"헌법불합치 결정! 낙태죄는 위헌이다!"

2019년 4월 11일. 종로구 재동 헌법재판소 앞에서 마이크를 잡은 누군가가 간절한 목소리로 외쳤습니다. 그 앞에 모인 대오는 다른 현장들보다 한두 옥타브 높은 함성을 지르며 서로를 껴안았지요. 우리 병원 직원들 역시 환자 대기 공간에서 중계방송을 지켜보았고, 결정문이 나오자 우리는 내원객들이 눈치채지 못하도록 서로를 향해 안도의 고갯짓을 했습니다. 자기 진료실로 돌아가던 동료 남자 의사가 내 옆을 스치며 "다행이야……"라고 나직이 말했을 때, 고개를 끄덕이면서도 중계화면에서 눈을 떼지 못한 것은 두 눈이 퉁퉁 부어 있는 희진 언니가 화면 한구석에 보였기 때문이었어요. 형법 제269조 등에 대한 헌법불합치 결정의 의의를 설명하는 기자의 어깨 너머, 언니는 익숙한 얼굴들과 그렇지 않은 더 많은 이들과 함께 서로를 부둥켜안고 있었습니다. 서로의 등을 토닥이며 하염없이 눈물을 흘리는 그들의 모습에 내 눈시울도 뜨거워져 나는 진료실로 바삐 걸음을 옮겼지요.

"언니야."

프라이팬 뚜껑을 덮어 음식 익는 소리가 잦아들자 해수가 나를 불렀습니다. 그날 저녁, 퇴근을 한 나는 해수의 신혼집으로 갔어요. 남편이 당직이라 종일 혼자 지낸 해수는 고기가 당긴다고 했고 나는 마트에서 떡갈비를 사 와 냉장고에 있는 양파와 파프리카 같은 것들을 꺼내 잘게 썰었지요. 팬에 올리브유를 두르고 한쪽 면을 구운 떡갈비들을 뒤집은 다음 채소들을 넣자 쏴— 하는 소리가 났습니다. 불을 줄이고서 뚜껑을 덮었을 때 들려온 목소리에 "응?" 하고 대답한 나는 허리를 틀어 그쪽을 보았어요. 해수는 한창 부른 배가 불편했는지 소파에 비스듬히 앉아 텔레비전을 보고 있었죠.

"축하한데이."

해수가 텔레비전에서 눈을 떼지 않은 채 말했습니다. 내가 뭘 축하하느냐고 묻자 해수는 화면을 향해 턱짓을 했습니다. 화면에는 내가 몇 시간 전에 보았던 중계 영상이 저녁 뉴스로 나오고 있었어요. "우리 자매님, 애 마이 썼네"라는 말에 프라이팬으로 시선을 돌린 내가 "나는 한 거 없어……"라고 하니 "그게 뭐 한 거지"라며 동생이 덤덤하게 대꾸했습니다. 무슨 말인가 싶어 곰곰이 생각하던 나는 해수가 민 교수와 나누었다는 대화를 다시금 떠올렸지요. 혹시 읽어봤느냐는 내 물음에 소파에서 몸을 일으킨 해수가 뒷짐을 지고는 쟁글거리는 얼굴로 다가와 귀엣말을 했습니다. "아니. 꼭 읽어봐야 아나? 그러려니 하는 거제"라며 씩 웃은 해수는 수저와 냄비받침을 챙겼고, 덩달아 피식 웃은 나는 양손에 밥그릇을 하나씩 들고 동생을 따라 거실로 향했어요.

출산휴가 기간에 논문 하나를 마무리하고 있던 터라 해수의 다탁은 자료와 원서들로 어지러웠습니다. 그것들을 탁자 한쪽에 차곡차곡 쌓는 동생을 보니 나도 이즈음에 논문과 씨름하던 것이 생각나 가볍게 한숨을 쉬었어요. 빈자리에 밥그릇을 올린 나는 부엌으로 돌아가 프라이팬을 가져왔습니다. 그리고 다탁 가운데 그것을 놓고서 해수의 맞은편에 앉았죠. 하지만 동생은 수저를 들 생각은 않고 대신, 옆에 쌓아둔 것들을 찬찬히 살폈습니다. 그러다 두꺼운 원서 사이에 책갈피처럼 꽂아둔 사진 한 장을 빼내더군요. 사진을 쥐고서 얼마간 쳐다보던 해수가 내게 그것을 건네며 물었습니다.

"언니 우리 아기 본 적 있었나?"

나는 고개를 갸웃거리면서 사진을 건네받았습니다. 두 팔꿈치를 다탁에 올리고서 그 사진을 바라보았지요. 오래도록 바라보는 동안 나는 아무 말도 하지 않았는데 해수도 별말이 없었기에 텔레비전에서 흘러나오는 소리만이 우리 사이의 정적을 메웠습니다.

"내도 그런 생각 해봤다."

이윽고 해수가 입을 뗐습니다. "너무 급한 거 아인가, 속도를 늦춰야 하나. 근데 못 그라겠데. 나는 이 사람이 너무 좋은

데 혹시라도 그라믄 헤어질 거 같기도 하고……"라며 말끝을 흐린 해수는 소파 시트에 허리를 기댔어요. 잠시 허공을 응시하던 동생은 낮아진 목소리로 "우리 참 많이 다르잖아"라고는 말을 이었습니다. "그래도 있지, 언니야. 이것도 내가 선택한 거다. 내는 내 가진 복 누리면서 살고 싶은데, 그게 꼭 잘못은 아니잖아." 그 말에 연신 고개를 주억이는 나를 동생이 푸석한 얼굴로 물끄러미 바라보았습니다.

"내는 그냥 행복하고 싶더라. 언니야도 안 그렇나?"

해수의 물음에 나는 고갯짓을 멈추었지요. 나를 바라보는 동생의 눈은 다른 무엇이 아닌 단지 동의를 구하는 듯했습니다. 그런가, 정말 그런가, 라며 머릿속을 울리는 메아리 끝에 문득, 희진 언니의 억지웃음을 마주했던 때를 떠올렸는데 어쩌면 나는 해수의 눈에서 그때의 나를, 가늠되지 않던 나의 얼굴을 가늠해보았는지도 모르겠습니다. 언니와는 그날까지도 서로 연락을 하지 않았었죠. 이럴 일이었나. 먼저 다가서려는 마음 없이 그저 주저하기만 했던 것은 아닌가, 라는 생각이 밀려들 즈음 해수가 고개를 숙였고 앞머리가 내려와 동생의 얼굴을 가렸습니다.

"그럼. 나도 우리가 행복했으면 좋겠어."

올올이 내려온 동생의 앞머리를 쓸어넘기며 내가 말했습니다. 해수는 검지로 인중을 비비더니 헛기침을 하고는 젓가락을 집어 들었습니다. "아따 맛있겠네. 먹자, 언니야"라며 해수가 떡갈비 한 점을 입에 넣었습니다. 나도 다탁 한편에 당신의 모습이 담긴 사진을 내려두고서 젓가락을 집어 들었지요.

아마도 곧, 나는 해수와 성탄절 새벽을 맞이한 그 병원으로 가게 될 것입니다. 따스한 나날일 테지만 날이 화창할지, 비로 흐릴지, 자욱한 먼지로 희붐하기만 할지는 아직 알 수 없습니다. 다만 확실한 것은 당신을 처음 본 순간부터 내가 당신을 사랑하게 되리라는 사실. 꼬물거리는 손으로 당신이 내 손가락을 잡자마자 나는 당신에게 속수무책으로 빠져들게 되겠지요.

하지만 나는 또한,

당신이 없는 지금 이곳을 상상합니다. 당신의 어머니, 그러니까 나의 자매 해수가 나와 함께 정동길을 걸으며 서로가 꿈꾸었던 미래를 이야기하던 그때와 다름없이, 우리가 나란히 각자의 두 발로 자기만의 길을 걸어가는 모습을 말입니다. 당신이 없는 그곳에서도 당신에 대한 나의 사랑은 분명 다르지 않으리라는 것을, 그 다른 세계에서도 당신에 대한 나의 사랑은 분명 굳건할 것임을

당신이 이해하는 날이 오기를.

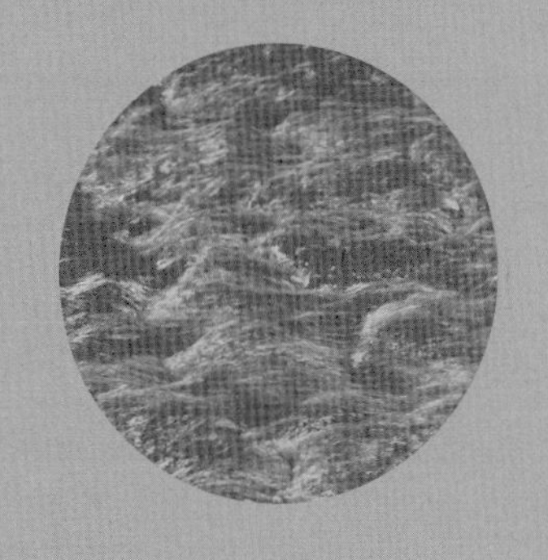

라이파이

조한흠이 열한 살이던 1961년 초여름 밤. 야간통행금지를 알리는 사이렌 소리가 멀리서 들려왔다. 홑이불 속으로 들어가 군용 손전등을 밝힌 조한흠은 벌써 수십 번도 더 읽은 만화책 한 권을 다시 펼쳤다. 장충단공원 한구석에 책장수가 펼친 좌판에서 헐값으로 사 온 『라이파이』였다. 검은 안대를 쓰고 흰 두건을 이마에 두른 라이파이는 그날도 연두색 쫄쫄이 유니폼을 입고서 광활한 초원을 누볐다. 몽골 기마병과 아메리칸인디언을 섞어놓은 초원의 무법자 이루캇치족들이 라이파이의 돌려차기 한 방에 우르르 나가떨어졌다. 여느 때 같았다면 라이파이의 전용 비행선 제비기가 V자 구름을 그리며 표표히 사라지는 마지막 장면까지 읽었을지도 모른다. 그러나 더위를 식히려 열어둔 창문 밖에서 호루라기 소리가 들려왔고 슬금슬금 창가로 다가간 조한흠은 적산가옥 2층에서 골목을 내려다보았다.

골목에는 만취한 남자가 휘우듬히 서 있었다. 남자를 둘러싼 경찰들이 통금 시각을 어긴 그를 연행하려 했지만 남자는 거칠게 저항했다. 욕설을 내뱉던 남자는 급기야 주먹까지 휘둘렀다. 신음 소리가 들렸고 경찰 한 명이 코를 감쌌다. 그 경찰이 코에서 손을 뗐을 때, 조한흠은 소스라치게 놀랐다. 달빛에 비친 경찰의 입가가 피로 흥건했다. 경찰은 퉤, 하고 침을 뱉더니 자세를 낮춰 허리춤에서 빼 든 경봉을 세차게 휘둘렀다. 배를 가격당한 남자가 길바닥에 고꾸라지자 조한흠은 주먹을 불끈 쥐었다. 자신의 영웅 라이파이가 날릴 법한 깔끔하고 화려한 한 방이었다. 경찰은 골목길에 고꾸라진 채 바닥을 기며 갖은 욕을 해대는 남자를 사정없이 내려쳤다. 마침내 남자가 잠잠해지자 경찰은 남자의 멱살을 잡아끌어 앉혔다.

순간, 남자의 목이 맥없이 옆으로 꺾였다.

골목은 고요했고 경찰들은 미동조차 없었다. 시간에 틈이 생긴 듯했다. 천변에만 나가도 거지 시체 한두 구는 흔히 보이던 때였다. 그 틈이 무엇을 의미하는지 어린 조한흠도 모르지 않았다. 온몸에 털이 삐죽 선 그는 부리나케 이부자리로 숨어들었다. 허벅지에 닿아 거치적거리는 만화책을 집어 든 그가 이불 밖으로 손을 뻗쳐 장롱 아래로 만화책을 깊숙이 밀어넣었다.

손닿지 않을 만큼 깊이.

조한흠이 숨겼던 『라이파이』는 만화가 김산호가 1959년부터 10년간 연재한 SF물로, 당대에는 절정의 인기를 구가했다고 알려져 있다. 하지만 이 만화의 존재를 영우가 알게 된 것은 불과 보름 전이었다. 치솟은 보증금 때문에 전셋집에서 나와야 했던 영우는 조한흠의 집에 임시로 머물고 있었다. 야간작업을 마치고 돌아온 영우가 점심 무렵 일어나 소파에서 쉬고 있을 때, 조한흠이 비밀번호를 잘못 누르는 바람에 현관문에서 경보음이 시끄럽게 울렸다.

"늙으셨네……."

영우가 중얼거리며 현관으로 가서 문을 열자 조한흠이 환한 웃음을 띤 채 문밖에 서 있는 게 보였다. 양쪽 입가가 찢어질 만큼 신이 난 표정이었는데 그런 표정을 아버지의 얼굴에서 본 것은 난생처음이라 영우는 무척 당황했지만 정말 당혹스러운 것은 그다음이었다.

"라이파이가 하늘에서 내려왔다! 내 눈으로 봤어!"

잔뜩 상기되어 이렇게 외친 조한흠이 영우의 어깨를 팡팡 내리쳤다. 한 손으로 문고리를 잡고서 한 발만 바닥에 디딘 영우는 불의의 일격에 중심을 잃고 넘어졌다. 예삿일이 아님을 직감한 영우는 현관 바닥에 쓰러진 몸을 한동안 일으키지 못했다. 영우가 천천히 일어나 떨리는 눈으로 조한흠을 쳐다봤을 때는 조한흠의 얼굴에도 웃음기가 가셔 있었다. 내일모레 일흔인 아버지와 사십 줄에 접어든 아들은 그렇게 비좁은 현관에 마주 서서 말없이 서로를 쳐다보기만 했다.

다음 날 영우와 함께 동네 의원에 간 조한흠은 큰 병원에 가라는 말을 들었다. 이틀 뒤 조한흠은 검사를 위해 종합병원에 입원했다. 그에게나 영우에게나 병원은 피하고 싶은 곳이었는데 담도암에 걸린 아내 김명희를 조한흠이 간병했던 기억 때문이었다. 그때 육군 이병이었던 영우는 자주 나올 수 없었고, 조한흠의 유별난 성격 탓에 김명희의 친정과도 척을 졌으므로 간병은 자연스럽게 조한흠의 몫이 됐다. 김명희는 반년도 버티지 못했으나 그사이에 의사든, 간호사든, 같은 병실의 다른 보호자든 조한흠과 한 번이라도 부딪히지 않은 사람이 없었다. 따라서 조한흠의 입원 기간 동안 영우가 야간 상하차 일당까지 포기하고 보호자 침대를 지킨 이유는 흔히들 말하는 '자식 된 도리'와는 다소 결이 달랐다.

결과에 대한 불안과 퇴원을 기대하는 마음이 뒤섞인 닷새가 지났다. 병실로 들어온 의사는 루이소체 치매가 강하게 의심된다는 결과를 알려줬다. 침상에 꼿꼿이 앉은 조한흠도, 보호자 침대에서 어정쩡하게 일어난 영우도 들어보지 못한 병이었다. 의사는 초기에 보이는 환시(幻視)가 이 병의 특징이라 했다. 가령, 집에서 밥을 먹던 환자가 밥상 반대편에 미키마우스가 앉아 있는 것을 본다고 치면 환자는 그게 환영임을 알면서도 온통 거기에 주의를 뺏기거나, 아예 거부감 없이 현실로 받아들인다는 것이었다. "조한흠 님처럼 이 병의 초기에는 정신장애나 파킨슨증 같은 운동장애가 잘 동반되진 않아요. 하지만 일단 발병한 이상 병이 진행되는 걸 막기는 어렵고, 나중에 일으킬 발작은 일반적인 치매보다 훨씬 심각할 수 있습니다." 의사는 진행을 지연시키는 데 도움이 되는 약을 처방했다며 퇴원해서 경과를 지켜보자고 했다. 퇴원하더라도 규칙적으로 생활하고 술처럼 중추신경계에 영향을 주는 물질은 절대 금해야 한다고 덧붙였다.

퇴원한 날 오후, 하릴없이 텔레비전 채널을 돌리던 조한흠은 끝없이 펼쳐진 초원이 화면 가득 나타나자 무언가에 홀린 듯 리모컨을 내려놓았다. 얼마 후 화면 하단에 '창사특집—바람이 불어오는 곳, 네이멍구를 가다'라는 자막이 떴다. 그는 영우에게 네이멍구가 어디냐고 물었다. "왜, 내몽골이라고 있잖아요? 그거 중국 발음이에요." 며칠 만에 다시 야간작업하러 갈 준비를 하던 영우가 방 안에서 답했다. 영우가 방에서 나오니 조한흠이 검지로 텔레비전 화면을 가리켰다.

"저기로 가자."

영우는 고개를 저었다. 정 어딘가로 가고 싶으면 저런 오지가 아닌 다른 곳으로 가자고 했다. 그렇다면 한국에서 제일 가까운 초원이 어디냐고 조한흠이 물었다. 골똘히 생각하던 영우가 말했다.

"저긴데요?"

"그래? 그럼, 저기로 가자."

조한흠이 더욱 단호한 목소리로 말했다. 한숨을 내쉰 영우는 나중에 이야기하자며 집을 나섰다. 더 말을 섞어봐야 제 입만 아플 뿐이었다. 이불 개킨 각이 맞지 않는다며 고함을 지른다든가, 형광등을 끄지 않았다고 형광등을 빼버린다든가, 주문 순서와 음식 나온 순서가 다르다며 식당을 나가버린다든가. 자기만의 기준, 세세한 순서, 사소한 이해관계 따위에 대한 별쭝난 집착은 영우가 보기에 조한흠의 요체였다. 다음 날 새벽, 영우가 집에 돌아오자마자 조한흠은 초원 여행을 다시 화두에 올렸다. 반쯤 체념했던 영우는 그의 결정을 받아들이기로 했다. 부자간에 처음 떠나는 여행이자, 어차피 마지막일 거라는 생각 때문이었다.

이것이 영우가 조한흠의 집에서 약 1200킬로미터 떨어진 초원까지 와서 마상곡예를 보게 된 까닭이다. 조한흠이 퇴원한 지 일주일 만이었고, 영우가 아버지의 이상행동을 처음 본 날부터 보름이 지나서였다. 조한흠의 집에 잠시 기거하러 들어왔을 때만 해도 영우는 평일 정오에 자신이 중국 네이멍구 자치구에서 초원 투어의 첫 일정인 마상곡예를 구경하고 있을 거라고는 상상하지도 못했다.

마상곡예를 보던 영우는 근처에서 들려온 한국말에 그쪽을 쳐다봤다. 뒤늦게 마장에 온 장 사장이 걸걸한 목소리로 자기 일행에게 불만을 토해내는 중이었다. 체크인을 하고 숙소를 살폈더니 이불이며 침대보며 죄다 눅눅하고 화장실 수압도 약하다는 말이었는데, 영우 옆에 앉은 조한흠은 그 말에 저 혼자 코웃음을 쳤다. 심기가 불편해진 조한흠이 불퉁 튀어나온 입으로 끙, 하고 앓는 소리를 낸 것은 그들 부자가 묵을 몽골 텐트에는 담요를 깔아둔 잠자리가 전부였고 화장실과 샤워장은 공용이라며 가이드에게 따로 안내받았기 때문이었다.

물론 장 사장 일행과 패키지 투어의 종류가 다르다는 것쯤은 조한흠도 잘 알고 있었다. 영우는 온갖 사이트를 뒤졌지만 가까운 날짜에 출발하는 네이멍구 여행 상품이 검색되지 않았다. 그러다 겨우 하나를 찾아낸 게 일반 가격의 배가 넘는 프리미엄 상품이었다. 자신이 고집스레 추진한 여행이었지만 조한흠은 비용과 효용 사이에서 심각하게 갈등했다. 퇴직한 지도 몇 해가 지났으나, 스무 살에 은행원이 된 이래 40년 넘게 부채 없는 삶을 영위해온 조한흠의 몸에는 숫자로 집약되는 꼼꼼함이 배어 있었다. 말미를 달라고 한 여행사에서 다시 연락해 오지 않았다면 여행은 무산됐을지도 몰랐다. 여행사 직원은 일반 가격으로 프리미엄팀에 잠시 합류하는 것을 제안했는데, 다른 일정은 자유여행을 하되 내몽골 투어의 핵심인 초원 투어만 같이 하는 식이었고 조한흠은 당연히 이를 반겼다.

그렇다고 한들, 숙소 종류까지 다를 이유는 없지 않나?

조한흠이 직접 이렇게 말하지는 않았지만 그날 아침부터 아버지의 심사가 뒤틀리는 모습을 수차례 목격한 영우는 불퉁불퉁 나온 입만으로도 그의 속내를 읽을 수 있었다. 네이멍구 자치구의 성도(省都)인 후허하오터에서 출발한 버스가 휴게소에 들렀을 때도 그랬다. 허허벌판을 배경으로 장 사장 일행이 기념사진을 찍어대는 통에 출발이 미뤄지자 버스 안에 앉은 조한흠이 연신 끙, 소리를 냈다. 초원에 도착해 이른 점심을 먹을 때도 옆 테이블에 앉은 장 사장 일행의 식사가 다 나오고서야 그들 부자의 식사가 나오자 조한흠은 코를 벌름거리며 구시렁댔다.

"이까짓 거 몇 푼이나 차이 난다고……."

설상가상으로 점심식사 내내 장 사장의 우렁찬 목소리가 조한흠의 귓전을 때렸다. 덩치로 보나, 목소리로 보나 저들

일행에서 가장 큼지막했던 장 사장은 제 성공 신화를 끊임없이 늘어놓았다. 간증에 가까운 자기 자랑은 장 사장이 삼십대 초반이던 IMF 시절을 말할 때 최고조에 달했다. 모두가 자산을 처분하던 디플레이션 국면이었지만 장 사장은 매물이 나오는 대로 족족 건물을 사들였는데, 부동산 시장에서 체득한 동물적 감각이 상식과 정반대로 투자하게 만들었다고 말한 그는 손가락으로 요란스럽게 딱 소리를 냈다.

"그러고서 가격이 치솟은 거 아니야!"

식당이 쩌렁쩌렁 울리도록 장 사장이 말하자 그쪽 테이블에서 폭소가 터져 나왔다.

"그래서 말인데, 나는 조금 힘들다고 뛰어내리고, 어? 목매달고 하는 것들은 애초에 태어나질 말았어야 된다고 봐. 안 그래?"

장 사장의 말에 몇몇이 맞장구를 쳤다. 원치 않게 그 말을 들은 영우는 사레들린 듯 헛기침을 했다.

"유세 떨기는…… 내가 저런 놈들 하루 이틀 봤나."

미간을 찌푸린 조한흠이 음식을 쩝쩝 씹으며 궁싯댔다. 관상만으로도 부채 견적을 맞히던 전직 금융인은 이에 낀 찌끼를 뱉었다. 가진 자의 흥망성쇠를 보는 일은 조한흠의 직업인 동시에 그의 역사였다. 일정(日政) 때부터 외국어에 능했던 조한흠의 선친은 한국전쟁 직후에 밀수업으로 큰돈을 끌어모았다. 영우가 어렸을 적에 조한흠은 자랑 삼아 유년 시절을 아들에게 말하곤 했는데 그때마다 미군 부대에서 빼돌린 미제 연필, 깡통 시장에서 올라온 일제 공책, 적산가옥 2층에 있던 자기만의 방은 빠지지 않고 등장했다. 하지만 조한흠이 고등학생이 되던 해에 영우의 할아버지는 급사했고 느닷없이 가장이 된 조한흠은 대학 대신 은행에 들어가 평생을 보냈다. 현직이었다면 그는 장 사장을 상전 대우했을지도 모르지만 상전이라고 다 같은 상전은 아니었다. 조한흠이 인간을 분류하는 독특한 기준을 영우가 다 알지는 못했음에도 장 사장은 아버지가 마지못해 고개 숙여야 했던 부류임에 틀림없어 보였다. 때문에 마상곡에는 안중에도 없이 시설에 대한 불만만 이야기하던 장 사장이 조한흠에게 말을 걸자 영우는 귀를 쫑긋 세웠다.

"그쪽도 안 그래요? 돈을 얼마나 냈는데, 이거 너무한 거 아닙니까?"

"얼마나 내셨는데?"

조한흠이 도끼눈을 뜨고 반문했다.

"아, 맞다! 우리랑 다르지!"

장 사장은 깜빡했다는 듯이 제 이마를 쳤다. 호탕하게 웃어대는 그를 보며 조한흠이 안면 근육을 부들부들 떨었다. 심상치 않은 분위기에 영우가 부러 목청을 높였다.

"오! 아버지, 저거 봐요."

마상곡예를 하는 기수가 두 다리로 말 등을 단단히 붙잡아 몸을 아래로 돌렸다. 말에 거꾸로 매달린 기수는 줄행랑치던 닭을 맨손으로 잡아 허공에 빙글빙글 돌렸다. 관람석에서 환호성이 터졌고 영우도 팔을 과하게 휘적대며 박수를 쳤다.

"야, 대단하네. 저기 저 기수 꼭 라이파이 같다, 그죠?"

엄지를 치켜든 영우가 말했다. 나름 자연스레 물어본다고 물어본 것이었으나 조한흠은 아무 대답이 없었다. 눈치를 보며 영우가 곁눈질을 하는데 그를 매섭게 째려보는 아버지와 눈이 마주쳤다. 머쓱해진 영우는 기수를 향해 괜히 "잘한다! 짜이요!"라고 외쳤다. 관람석 차양을 뚫고 뜨거운 볕이 내리쬈지만 으슬으슬한 느낌에 영우가 다시 옆을 힐끔거리니 조한흠이 그를 뚫어져라 보고 있었다. 흠칫 놀라는 영우에게 조한흠이 쏘아붙였다.

"넌 그게 재미있냐?"

조한흠이 한심하다는 듯 고개를 절레절레 젓고는 입을 부루퉁하니 내밀며 마장으로 시선을 돌렸다. 애먼 턱을 긁던 영우도 조한흠처럼 마장을 쳐다봤다. 말없이 남은 곡예를 관람했지만 탐탁지 않아 하는 조한흠의 모습은 외려 영우를 자극했다.

도대체 라이파이가 뭐기에.

병원에서 넌지시 라이파이에 대해 물었을 때도 그랬다. 병상에 가부좌를 틀고 앉은 조한흠은 영우의 말을 들은 척도 하지 않은 채 신문지만 찹찹 넘겼다. 하는 수 없이 보호자 침대에 그대로 누운 영우는 스마트폰으로 '라이파이'를 검색했다. '한국 최초의 토종 히어로, 라이파이'라는 검색 결과를 발견한 영우가 제목을 터치했다. 바뀐 화면에는 만화책 표지가 나왔다. 열한 살의 조한흠이 열광했던 라이파이가 바다를 배경으로 위풍당당하게 서 있었다. 뭐야, 만화였어? 슬며시 미소 지은 영우는 라이파이의 두건에 적힌 한글 자음 'ㄹ'을 보고는 컹, 하고 코 먹는 소리를 냈다. 이렇게 뚜렷한 국적성이라니. 표지 그림 아래에 이어지는 만화에 대한 설명을 후르륵 읽어 내려가던 영우는 원작자 김산호가 10년간의 연재 후에 미국으로 건너갔다는 부분에서 대각선으로 내려가던 눈길을 멈췄다. 만화에서 악의 세력으로 등장하는 공산당이 충분히 악하게 묘사되지 않았다는 이유로 중앙정보부에 소환되어 사상 검증을 받은 작가는 국내 활동을 중단하고 도미했는데, 거기서도 인기 작가로 성공해 만화책 수백여 종을 출간했다는 대목에 이르자 영우는 눈을 반짝였다.

영우로서는 무척 오랜만에 느껴보는 미시사적 쾌감이었다. 13년 전, 사학과 석사를 수료한 영우는 때마침 들어선 과거사 조사기관에 취직했다. 사학과 출신에겐 뉴딜 정책이나 다름

없었으므로 운이 좋은 편이었지만 정권 교체와 함께 기관이 해체되면서 직장 생활 경력도 거기서 끝이 났다. 적 없는 먹물보다 육체노동 프리랜서가 낫다는 사실을 깨달은 뒤로 영우는 물류센터 야간 상하차를 주 수입원으로 삼았다. 일은 고됐지만 시급이 높았고 밤 출근 전에 도서관에서 개인 공부를 반나절 할 수 있다는 점이 큰 매력이었다. 따라서 조한흠이 퇴원한 뒤 영우가 『라이파이』에 관한 자료를 샅샅이 뒤진 것은 당연한 순서였다.

50~60년대 문화사를 다룬 사료에는 만화를 낱장으로 째서 대여하던 담배 가게 풍경과 공원에 나들이 나와 좌판에 깔린 만화책을 보던 식모들의 모습이 담겨 있었다. 어떤 자료에는 라이파이를 흉내 내던 어린 시절을 회고하는 구술이 적혀 있었는데 마분지로 만든 검은 안대를 쓰고 장식용 일본도를 휘두르다 부친에게 흠씬 두들겨 맞았다는 이야기였다. 대규모 전쟁을 배경으로 탄생한 슈퍼히어로의 정치적 함의를 다룬 한 논문은 미국의 슈퍼맨, 일본의 아톰 그리고 한국의 라이파이를 논했다. 전후에 등장한 아톰과 마찬가지로 라이파이도 폐허가 된 현실을 첨단기술로 극복하자는 과학 입국 이념에 복무했다. 즉, 이 시절에는 '박사'라면 껌뻑 죽었다는 뜻이었다. 영우가 읽은 『라이파이』의 부분 복각본만 해도 거의 모든 이야기가 윤 박사라는 인물이 납치되면서 시작했다. 납치 소

식을 접한 사립 탐정 김철수는 윤 박사를 찾아내지만 그때마다 번번이 악당들에게 포위된다. 위기에 빠진 김철수가 호출기로 구조 요청을 보내면 태백산맥에 숨겨진 비밀 기지에서 제비기가 출격한다. 제비기가 현장에 도착하면서 아래 뚜껑이 열리고, 마침내 정의의 용사 라이파이가 땅으로 내려와 화려한 돌려차기로 잔챙이 악당들을 물리치며 등장한다.

돌려차기.

돌려차기가 문제였다. 영우는 부흐 경기장에서 그렇게 생각했다.

마상곡예가 끝나자 가이드는 몽골식 씨름인 부흐가 펼쳐질 경기장으로 안내했다. 슬레이트와 각재를 엮어 만든 관람석 곳곳에는 중국인 관광객들이 먼저 자리를 잡고 있었다. 조한흠 부자와 장 사장 일행이 자리에 앉고 얼마 있지 않아 원형 경기장으로 부흐 선수 두 명이 들어왔다. 튼실한 맨몸에 짧은 팬츠만 입은 그들이 부흐용 상의를 둘렀다. 등 위쪽과 양팔만 덮은 상의는 사이즈가 작은 볼레로를 억지로 껴입은 것처럼 보였다. 경기장 풀밭 한가운데서 어슬렁거리며 탐색전을 하던 선수들이 몸을 부딪쳤다. 목 뒷깃과 소매를 서로 잡은 그들이 상대방을 넘기려 기를 썼다. 붙잡고 놓기를 반복하며 팽팽하게 유지되던 긴장은 한 선수가 상대방의 다리를 끌어안아 몸통으로 밀어젖히면서 무너졌다. 통쾌한 한판승에 경기장 관람석에서 함성이 터져 나왔다. 경기가 끝나고 부흐 체험이 이어지자 장 사장이 자신 있게 일어났다. 경기장 한복판으로 걸어 들어간 장 사장은 하와이안 셔츠를 훌훌 벗었다. 덩치도 부흐 선수 못지않았지만 벗은 그의 상반신은 무척 탄탄했다. 영우는 꾸준히 관리받은 몸이라고 생각했다.

"야, 몽고!"

경기 진행자에게 부흐 상의를 받은 장 사장이 가이드를 보조하는 현지인 소년을 불렀다. 관람석 구석에서 대기하던 소년이 장 사장 쪽으로 뛰어갔다. 진짜 국적은 중국이겠지만 장 사장은 아침부터 소년을 그렇게 불렀다. 가까이 다가온 소년에게 장 사장이 셔츠를 둘둘 말아 던졌다. 소년은 잽싸게 몸을 놀려 땅에 닿지 않게 셔츠를 받아냈다. 총총거리며 구석진 자리로 돌아가는 소년이 만족스러운 미소를 지었다.

장 사장을 대적할 상대는 없었다. 프리미엄팀에서 두어 명이 도전했지만 치아를 드러내며 웃은 장 사장은 싱겁게 그들을 넘어트렸다. 중국인 관광객들과도 맞붙었지만 그들 역시 적수는 되지 못했다. 경기 진행자가 중국어로 무어라 외쳤다. 마지막으로 도전할 사람이 없냐고 통역한 가이드는 관람객 중에서 젊은 축에 속하는 영우에게 나가보라며 부추겼다. 멀찍이서 이 모습을 본 장 사장도 영우에게 나오라고 손짓했다.

영우는 질색하며 손을 내저었다. 자리에서 일어나지 않으려는 영우와 그를 일으키려는 가이드가 실랑이를 벌이는데, 영우 옆에서 조한흠이 벌떡 일어났다.

난데없이 일어난 아버지를 올려다본 영우의 머릿속이 하얘졌다. 가이드도 당황했는지 망설임 없이 경기장으로 들어가는 조한흠을 지켜보기만 했다. 장 사장은 다가오는 그를 보면서 가소롭다는 듯이 허, 허, 하고 끊어 웃었다. 경기장 한가운데로 간 조한흠은 경기 진행자에게 부호용 상의를 건네받아 반팔 와이셔츠 위에 덧입었다.

"어이. 스타트, 스타트."

우물쭈물해하는 진행자에게 장 사장이 귀찮아하며 말했다. 허리를 숙인 장 사장은 한 손 끝으로 땅을 짚으며 눈을 치떴다. 그가 정석에 가까운 근접 격투기 준비 자세를 잡으니 허리를 꼿꼿이 편 조한흠이 모로 서서 두 주먹을 명치로 모았다. 그 모습을 본 영우의 눈이 한껏 커졌다. 그것은 사흘 전 새벽, 조한흠이 정확히 똑같이 취했던 자세였다. 불길한 생각이 머리를 스치자 영우는 자리를 박차고 일어났다.

마지막 야간작업을 끝내고 집으로 돌아온 사흘 전 새벽이었다. 영우는 인기척을 느꼈지만 현관에서 신발을 벗을 때만 해도 대수롭지 않게 여겼다. 젊은 나이에 사별한 조한흠은 건강관리에도 강박적이었다. 식탁 한편에 가득한 건강보조식품과 기상하자마자 시작되는 스트레칭은 영우가 기관에 취직해 독립했을 때도, 최근에 다시 아버지 집에 들어왔을 때도 변함이 없었다. 하지만 거실에 들어선 영우가 본 모습은 그런 익숙함과는 거리가 멀었다. 베란다로 스민 박명이 조한흠을 비췄고, 모로 서서 주먹을 움켜쥔 그가 형형한 눈으로 베란다 밖을 응시했다. 밖에 뭐가 있나 싶어 영우도 그쪽을 쳐다보는데 조한흠이 갑자기 "하압!" 하고 기합을 넣었다.

"뭐 하세요?"

깜짝 놀란 영우가 물었다. 조한흠이 흠칫거리며 영우를 돌아봤다.

"왔냐?"

무뚝뚝하게 말한 조한흠은 처음부터 스트레칭을 했던 마냥 어색하게 허리를 돌렸다.

그때는 확신하지 못했으나 뒷다리를 들어올리는 조한흠을 보자 영우는 확신했다. 기합을 내지른 그가 하려던 동작은 돌려차기였다. 영우는 경기장 한복판으로 달려갔다. 하지만 그가 미처 닿기도 전에 조한흠의 뒷다리가 앞으로 돌아갔는데, 다리는 높이 올라가지 않았고 동작은 굼떴다. 장 사장은 황당해하며 한 발자국 물러섰다. 조한흠이 헛발질을 하자 관람객들이 웅성거렸다. 헐레벌떡 뛰어온 영우가 다급히 그를 말렸다.

"왜? 발 쓰면 안 되나?"

조한흠이 영우에게 물었다. 평소와 다른 맹한 말투 탓에 영우는 그가 정말 몰랐는지, 그저 능청을 떠는 건지 분간이 가지 않았다.

"당연히 안 되죠. 아니, 그게 아니라……."

"그럼 어떻게 이겨?"

부호용 상의를 벗은 조한흠이 물었다.

"발 써도 저 사람을 어떻게 이겨요? 아니, 그게 중요한 게 아니고……."

벗은 상의를 영우에게 턱, 하고 안긴 조한흠은 영우의 말은 듣지도 않은 채 어딘가로 유유히 걸어갔다. 영우는 손에 쥔 상의를 망연히 내려다보았다. 던지면 되돌아오는 삼지창. 하늘을 나는 로켓벨트. 적을 단숨에 해치우는 광선포. 라이파이가 쓰는 무기는 다양했지만 라이파이가 라이파이인 이유는 돌려차기였다. 영우는 뒷골이 서늘해지는 것을 느꼈다.

아버지 안에서 라이파이가 점점 커지고 있다.

여기까지 생각이 미치자 영우는 초조해하며 주위를 두리번거렸다. 홀로 경기장 밖을 나서는 조한흠을 발견한 영우가 그를 쫓아 나갔다.

오후 5시도 되지 않았지만 해가 지평선 가까이 내려와 있었다. 경기장을 나선 조한흠은 관광 시설을 등지고 하염없이 펼쳐진 초원을 정처 없이 걸었다. 영우는 가만히 그를 뒤따랐다. 관람이니 체험이니 하며 끌려다니느라 막상 이렇게 탁 트인 풍경을 보는 것은 영우도 처음이었다.

"약은 제대로 드시는 거예요?"

조한흠에게 따라붙은 영우가 물었다. 걸음을 멈춘 조한흠이 멀뚱히 영우를 돌아봤다.

"걱정되잖아요. 조금 전에도 그렇고, 며칠 전에도 그랬고."

조한흠은 대꾸 없이 눈만 끔뻑였다.

"약이 별 효과가 없는 게 아닐까요?"

"무슨 말인지 모르겠구나."

조한흠이 걸음을 옮기려 하자 영우가 그의 손목을 잡았다.

"아버지, 솔직히 그거 라이파이잖아요. 병세가 심해진 거면 병원에 연락하든, 빨리 귀국하든 조치를 해야 할 거 아녜요?"

조한흠은 영우가 잡은 손목을 흔들었다.

"놔라, 이거."

"왜 모른 척하세요? 모른 척한다고 없어져요?"

"모른 척한 거 없다. 이거 놓기나 해라."

"제대로 말을 해야 아버지가 어떤 상태인지 알죠. 그게 뭐라고 자꾸 숨겨요?"

"놓으라고 했다."

조한흠이 목소리를 낮게 깔았다.

"아니, 대체 그게 뭐라고 이러세요? 그냥 만화잖아요?"

"놔! 놓으라고 자식아!"

영우의 손을 뿌리치며 조한흠이 소리쳤다. 휘둥그레진 영우에게 조한흠이 눈을 흘겼다.

"넌, 네가 알고 싶은 건 다 알아야 되지?"

조한흠이 마땅찮다는 투로 빈정댔다.

"그래. 그렇게 살아보니 어떻디? 네 하고 싶은 대로 사니까 어때? 너 가고 싶대서 대학원까지 보내주지 않았냐? 그런데 지금 네 꼴을 봐라. 입때껏 멋대로 살다가 나 죽을 때나 돼서 집구석에 기어들어온 놈이 뭐? 걱정? 네가 나를 걱정해? 왜? 유산이라도 챙기고 싶은 거냐?"

"하!"

외마디를 낸 영우가 머리카락을 쓸어넘겼다. 불이익이라면 눈곱만큼도 참아낼 의지가 없는 아버지다운 사고 전개였다. 아버지 눈에 정의의 용사씩이나 보인다는 것도 같잖았다. 뒷목을 붙잡고 한숨을 푹푹 내쉬던 영우는 조한흠을 뒤로한 채 왔던 길을 허적허적 되돌아갔다.

"네 주제에 나를, 나를 걱정한다고?"

조한흠이 목청을 돋웠다. 영우는 그 말을 무시하며 멀어져 갔다.

"책임감이라고는 하나도 없는 놈이! 네 엄마 죽어갈 때 넌 뭐 했냐? 똥이라도 한번 치워봤어? 그런 주제에 감히, 네가 걱정 같은 소리를 해!"

조한흠이 악에 받쳐 소리쳤다. 영우는 걸음을 멈췄다. 일그러진 영우의 얼굴이 벌겋게 달아올랐다. 이건 너무 야비하지 않나? 그때 영우가 군에 있었다는 사실을 누구보다 잘 아는 이는 조한흠이었다. 영우는 머리카락을 헝클어트렸다. 목구멍 끝까지 분노가 차오른 영우가 조한흠을 향해 세차게 몸을 돌렸다. 크게 소리라도 내지를 기세였지만 조한흠을 보는 순간 영우는 말문이 막혀버렸다.

풀밭에 주저앉은 조한흠이 보이지 않는 무언가를 향해 한 손을 뻗치고 있었다. 찌푸린 얼굴로 하늘의 한 지점을 응시하던 그가 잔디를 짓이기면서 느릿느릿 앞으로 기어갔다. 거뭇해진 허공을 바라보던 그의 시선이 서서히 땅으로 내려왔다. 시선과 함께 그의 몸도 아래로 기울었다. 한쪽 볼이 거의 땅바닥에 닿고서야 조한흠은 얕게 탄식을 내뱉었다. 제비기에서 내려오는 라이파이가 조한흠의 눈에 비치고 있음을 영우도 알아차릴 수 있었다.

"아버지……."

영우의 말에 조한흠이 고개를 들었다. 아득한 꿈에서 갓 깬 듯 퀭한 눈으로 주위를 살피던 조한흠은 그러다 번뜩 정신이 들었는지 새하얗게 질린 얼굴로 영우를 쳐다봤다. 영우도 넋이 나간 얼굴로 멍청히 서서 그를 바라보았다.

소년은 해가 떨어지고서야 그들을 찾아왔다. 조한흠과 영우는 어스레한 빛이 얇게 깔린 풀밭에 앉아 있었다. 멀리서 그들을 본 소년이 휘파람을 길게 불었다. 영우가 소년에게 손을 흔들었다. 소년이 그들 가까이 오자 영우는 어깨를 으쓱였다. 한 손으로 둥글게 그릇 모양을 만든 소년이 다른 손으로 밥 먹는 시늉을 했다. 영우는 힘없이 미소를 지으며 고개를 끄덕였다. 식사 때가 되어도 보이지 않는 그들을 찾아오라고 가이드가 시킨 모양이었다.

"밥 먹자."

조한흠이 말했다. 영우가 먼저 일어나 아버지를 일으켰다.

얼굴이 불콰해진 가이드가 소년을 따라 대형 식당으로 들어온 조한흠 부자를 맞았다. 그는 꼬인 혀로 어디 있었느냐고 묻고는 그들을 자리로 안내했다. 식당 맨 안쪽 벽 가까이에 스폿 조명으로 비추는 제단이 하나 있었다. 성인 한 명이 누우면 딱 맞을 제단 앞으로 커다란 원탁이 놓여 있었고, 거기에 둘러앉은 장 사장 일행이 시끌벅적하게 떠들어댔다. 헤집어놓은 안주 접시들 사이로 중국술이니, 맥주니, 양주니 가릴 것 없이 빈 술병들이 빽빽했다.

"왔다, 왔어."

장 사장 일행이 조한흠을 발견하고는 비웃듯이 말했다. 가이드는 그들 자리 옆에 있는 작은 원탁에 조한흠 부자를 앉혔다. 이따 특식이 나올 테니 간단한 요리부터 들라고 한 가이드가 장 사장 일행 쪽으로 갔다. 전채 요리가 나왔지만 머릿속이 복잡했던 영우는 수저 들 생각을 하지 못했다. 주위에서 조한흠을 힐끔힐끔 보며 수근대는 것도 신경이 쓰였다. 유난히 취기가 오른 장 사장은 대놓고 조한흠에게 손가락질까지 하더니 맥주잔을 가지고 조한흠이 있는 자리로 다가왔다. 맥주잔에는 맥주 대신 중국 백주가 반쯤 담겨 찰랑거렸다.

"소싯적에 당수 좀 하셨나 봅니다!"

장 사장이 그렇게 말하고는 호쾌하게 웃었다. 뒤편에서 그들 무리가 떠나가라 웃었다. 장 사장은 자기를 쳐다보며 코를 벌름거리는 조한흠에게 가져온 술을 권했다. 영우는 절대로 술을 마시지 말라던 의사의 말을 상기시키면서 조한흠을 말렸으나 그가 아랑곳없이 받은 술을 단숨에 털어 넣었다. 영우는 제 목이 타들어가는 듯이 얼굴을 찡그렸다.

"이 영감님 화끈하시네!"

장 사장의 말에 뒤편에 앉은 이들이 박수를 치며 웃어댔다. 장 사장이 제자리로 돌아가자 영우는 지끈거리는 이마를 감쌌다. 저들이 내는 조소가 끊임없이 들려왔다. 몸도 좋지 않은데 독주까지 들이켠 아버지도 문제였다. 그렇지 않아도 심란했던 영우는 피로한 눈을 감았다. 소년이 찾아오기 전에 초원에서 들은 이야기 때문이었다. 영우는 감은 눈을 손바닥으로 문질렀다. 조한흠이 들려준 이야기가 영우의 머릿속에서 계속 맴돌았다.

정신을 차린 조한흠 곁에 영우가 앉았을 때였다. 하늘은 지평선부터 층층이 어두워지고 있었고, 영우는 더 검은 곳부터 명료해지는 별빛을 초점 잃은 눈으로 바라보았다. 한동안 침묵을 지키던 조한흠이 옆에서 입을 열었다. 조한흠은 본인도 잊고 있던 어느 여름밤의 일을 꺼냈다. 그 밤에는 광활한 초원을 누비던 라이파이와, 라이파이에 몰두하던 아이가 있었다. 아이가 내려다본 골목길에 만취한 남자가 서 있었고, 그가 날린 주먹과 그를 내리치던 경봉이 있었다. 그리고 조한흠은 남자의 목이 꺾이던 순간을 어렵사리 고백했다.

'새벽에 골목길에서 한 남자가 시체로 발견됐다.'

다음 날, 학교에 이런 소문이 돌았다. 조한흠은 침을 꼴깍 삼켰다. 그럴 리 없는데. 누군가에게 말해야 하나? 그가 생각했다. 하지만 누구에게. 그는 부모를 먼저 떠올렸으나 그 시각까지 깨어 있던 것만으로도 경을 칠 일이었다. 선생이라고, 급우들이라고 믿어줬을까. 경찰까지 떠올린 그는 경봉에 얻어맞는 자신을 상상하며 도리질을 쳤다. 결국 누구에게도 말하지 못한 그 일은 조한흠에게서 서서히 잊혔다. 조한흠은 장롱 밑에 숨긴 만화책을 다시 꺼낸 기억이 없다고 했다. 할아버지가 죽고 이사도 한 차례 했지만, 이미 은행원이 된 그의 기억에 어린 시절에 읽은 만화책 따위는 남아 있지 않았다. 어둠 속으로 숨어든 라이파이는 그렇게 완벽히 지워졌었다.

이제 와, 눈앞에 나타나기 전까지는.

생각에 빠졌던 영우가 귀를 막으며 눈을 떴다. 요란스러운 취주악이 스피커를 타고 울려 퍼졌다. 식당 안에 있던 사람들은 음악 소리와 함께 입구로 들어오는 가마를 쳐다봤다. 직원 두 명이 짊어진 가마에는 통째로 구운 양 한 마리가 실려 있었다. 가마는 장 사장 일행 근처에서 멈췄다. 직원들이 양 통구이를 제단에 올리자, 가이드가 오늘 준비한 특식이 바로 이것이라고 말했다. 장 사장 무리는 식당이 떠나가라 소리를 지르며 제단으로 몰려갔다. 누군가가 "사진, 사진!"이라고 소리쳤다. 가이드는 식당 입구에서 대기하던 소년에게 손짓을 했다. 소년은 장 사장 무리가 있는 곳으로 걸어갔다. 그들이 빠르게 단체사진 대형을 갖추자 조급해진 가이드가 중국말로 소년을 재촉했다. 그 말에 소년이 달리기 시작했다. 바삐 달려오던 소년은 장 사장 무리 근처에 이르러 발을 헛디뎠다. 그들 무리는 바닥을 구르는 소년을 재빨리 피했으나 소년이 제단에 정통으로 부딪치면서 식당 안에 한순간 탄식이 일었다. 몸을 추스르는 소년에게 장 사장이 다가갔다. 장 사장이 검지로 소년의 이마를 밀었다.

"야, 몽고."

소년이 장 사장을 올려다봤다. 장 사장은 제단을 가리켰다. 쓰러진 제단 옆으로 양 통구이가 바닥에 널브러져 있었다. 소년은 바닥에 떨어진 양에서 눈을 떼지 못한 채 오들오들 떨었다. 장 사장은 소년의 볼을 톡 쳤다. 소년이 그를 바라보자 소리 내어 웃은 장 사장은 다시 소년의 뺨을 가볍게 쳤다. 소년이 그의 눈을 피했다. 장 사장은 소년의 턱을 움켜잡아 제 눈을 보게 하고는 괄괄하게 웃어댔다. 창백한 얼굴로 입술을 떨던 소년이 장 사장을 따라 웃음을 지어 보이며 볼을 씰룩였다.

"웃어?"

눈을 희번득인 장 사장이 소년의 뺨을 후려쳤다. 비틀대며 뒷걸음질 친 소년이 부어오른 볼을 감쌌다. 장 사장은 반대쪽 뺨도 세차게 갈겼다. 나가떨어진 소년이 바닥에 쓰러졌다. 그것을 본 영우는 저도 모르게 엉덩이를 들썩였다. 그대로 두면 소년에게 무슨 일이라도 생길 것만 같았다. 누군가는 말려야 하지 않나, 라고 생각했지만 그 누군가가 조한흠이 되는 일은 영우의 생각 속에 없던 일이었다.

쾅, 하고 원탁을 내리치는 소리가 났다. 몸을 일으키던 영우가 놀라 다시 자리에 주저앉았다. 고개를 옆으로 돌리니 두 손바닥으로 원탁을 힘껏 내려친 조한흠이 의자 위로 올라가는 게 보였다. 조한흠은 무언가에 사로잡힌 듯 치뜬 눈으로 허공을 쳐다보면서 후들후들 떨리는 발을 원탁 위에까지 옮겼다. 그가 원탁 위에 올라서자 식당 안이 술렁였다. 아무것도 없는 천장을 해쓱한 얼굴로 응시하는 조한흠을 보며 영우는 아랫입술을 깨물었다.

"아버지."

영우의 부름에 조한흠이 뻣뻣하게 고개를 내렸다. 조한흠의 얼굴은 가면을 쓴 것처럼 굳어 있었고 눈빛은 흐리멍덩했다. 영우가 내려오라는 손짓을 했지만 조한흠은 그를 보지 않았다. 조한흠의 시선은 영우보다 예닐곱 걸음 뒤에 있는 장 사장에게 가닿았다. 장 사장을 발견한 그가 갑자기 눈을 부라리더니 콧바람을 씩씩 냈고, 목을 따라 기다랗게 핏줄이 선 채로 간신히 입을 열었다.

"그게…… 죽을죄라도…… 됩니까……."

조한흠은 마디마다 용을 썼다. 힘겹게 말을 마친 그의 몸이 격하게 떨렸다.

"당신 뭐라 그랬어?"

장 사장이 조한흠을 향해 걸어왔다. 영우가 손사래를 치며 장 사장을 가로막았다. 장 사장은 영우도 한 대 칠 기세로 쿵쾅거리며 다가왔다. 조한흠은 가까워지는 장 사장을 노려보면서 거친 숨을 몰아쉬더니 별안간 절규에 가깝게 소리쳤다.

"그게에!"

장 사장이 움찔했다.

"주, 죽을, 죄라도!"

조한흠이 온 힘을 다해 주먹을 말아 쥐었다.

"되냐고오!"

마지막 일성까지 토해낸 조한흠이 원탁에서 풀쩍 뛰어올랐다. 공중에서 허리를 비튼 조한흠의 발뒤축이 허공에 솟구쳤다. 그가 돌려 찬 다리가 부질없이 공기를 갈랐다. 영우는 안간힘을 쓰며 등부터 떨어지는 조한흠을 받았다. 조한흠의 몸이 가슴팍에 닿는 순간 영우는 크게 휘청댔다. 기우뚱 쓰러지며 영우가 눈을 질끈 감았다. 영우의 등이 바닥에 부딪쳤다. 식당을 울릴 만큼 크게 텅, 소리가 났다. 극심한 통증에 영우가 신음을 냈지만 자기 위에 포개진 조한흠만은 놓지 않았다.

"뭐야, 저게?"

장 사장의 목소리에 영우가 눈을 뜨니 커다란 그림자가 그의 얼굴에 드리웠다. 물끄러미 내려다보는 장 사장을 본 영우가 조한흠을 끌어안으며 절박하게 외쳤다.

"아픕니다! 아픈 사람이에요!"

장 사장은 영우의 말에 관심이 없어 보였다. 별 해괴한 것들을 다 본다는 눈빛으로 바닥에 포개진 그들을 훑던 장 사장은 조한흠의 아랫도리를 보고는 질겁했다. 손등으로 코를 가린 장 사장이 혀를 끌끌 차며 돌아섰다. 자기네 무리가 있는 곳으로 돌아가며 장 사장은 손가락 하나를 귀에 대고 뱅뱅 돌렸다.

영우는 조한흠에게 깔린 몸을 조심스럽게 빼냈다. 상반신을 일으킨 영우가 제 허리를 짚었다. 조한흠은 뻣뻣하게 고개를 좌우로 돌리고 있었다. 안면은 제멋대로 씰룩였고, 눈동자를 사방으로 굴리며 불안해하는 기색을 내비쳤다. 무슨 말을 하려는 듯 입술을 꿈틀댔지만 끙끙 앓는 소리만 내고 있는 아버지를 본 영우는 문득 무언가 떠올라 주위를 살폈다. 장 사장 일행은 가이드를 둘러싸고 항의를 했다. 양 통구이는 여전히 바닥에 내동댕이쳐져 있었다. 식당 안에 있는 다른 사람들은 저마다 다른 표정으로 영우와 조한흠을 쳐다보았다. 그리고 영우 눈에, 소년은 보이지 않았다.

"도망쳤나 보네……."

영우가 읊조리듯이 혼잣말을 했다. 긴장이 풀린 영우가 허리를 젖히며 두 손으로 바닥을 짚는데 한쪽 손바닥에 축축한 것이 자박자박하게 닿았다. 영우가 그 손을 천천히 들었다. 뜨뜻한 액체가 손바닥에서 뚝뚝 떨어졌다. 영우는 그제야 조한흠의 아랫도리를 쳐다봤다. 검은 자국이 조한흠의 바지를 타고 아래로 퍼지고 있었다. 바지를 적신 오줌이 바닥으로 흘려내려 흥건했다. 번져가는 얼룩을 멀거니 지켜보던 영우는 고개를 돌려 조한흠의 얼굴을 바라봤다. 딱딱하게 굳었던 아버지의 얼굴에는 힘이 풀려 있었다. 조한흠은 미소인지 울음인지 알 수 없는 표정으로 천장을 응시했다. 영우도 그의 시선을 따라 먹먹히 그곳을 올려다봤다.

단 한 번의 돌려차기.

긴 어둠 끝에 나타난 라이파이를 영우가 본 것은 그때가 처음이었다.

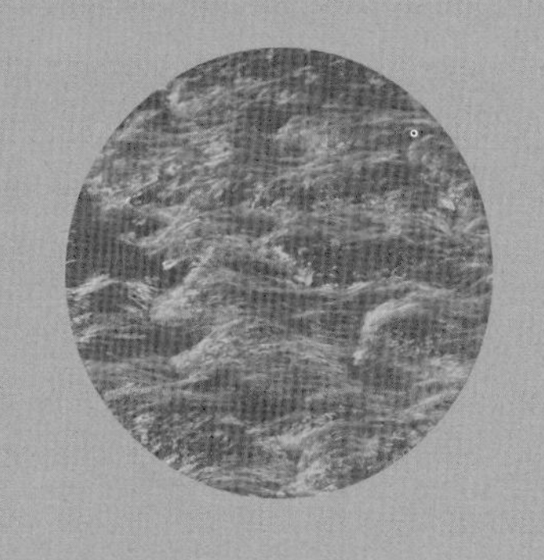

부태복

진단은 귀납적 추론이다.

개별 증상을 통해 가능성 낮은 질병부터 소거하여 단시간에 결론을 도출해야 한다. 이 과정은 편견을 수반하며, 축적된 임상 경험으로 구분과 배제에 능할수록 유능한 의사가 된다. 나는 여전히 부태복을 신뢰할 만한 인간이라고 생각하진 않지만 그렇다고 그가 유능한 내과 의사였다는 사실이 변하는 것은 아니다.

내가 그 이름을 처음 본 것은 2년 전 이맘때인 초가을이었다. 그 무렵 K시 재정은 파탄에 빠졌고 우리 시립의료원도 긴축에 시달렸다. 동료들은 나은 조건을 찾아 인근 광역시로 떠났다. 다섯 명이던 내과 의사도 점점 줄어 내과에는 서른일

곱의 독거 남성인 나와 이 지역 토호인 과장만 남았다. 인력 충원이 절실했으나 상대적으로 낮은 공공의료원의 임금 수준을 감수하면서까지 광역시에서 백여 킬로미터 떨어진 소도시까지 올 의사는 드물었다. 그러므로 진료실에 들어온 과장이 어느 지원자의 이력서를 내밀었을 때 나는 반색하지 않을 수 없었다. 비록 들뜬 기분은 서류 윗부분을 읽자마자 싹 가셨지만.

지원자의 나이는 나보다 열 살가량 많은 반면 의사면허번호는 한참 뒤였다. 보수적인 이 바닥에서 나이 많은 후배와 같이 일하는 것은 여러 불편함을 예고했다. 못마땅하다는 티를 내며 이력서를 읽던 나는 '청진의과대학 임상의학부'라는 최종 학력에 고개를 갸웃거렸다. 처음 듣는 곳인 데다 '임상의학부'도 경성제국대학에서나 썼을 법한 말이었다. '평강군 보위성병원 군의관'이란 경력도 그랬다. 국군병원도 보훈병원도 아닌 '보위성병원'은 들어보지 못했고 '평강군'은 평창군의 오기 같았다. 의아한 눈으로 낯선 고유명사들을 훑던 내게 과장은 예전 정부 시책 하나를 알려줬다. 참여정부 때였나, 북한에서 의사였음이 인정된 소수에게 한국 의사면허를 교부해준 적이 한두 해 있었다고. 그 말에 납득이 가기는커녕 의혹만 더해졌다. 대부분의 전문 자격증은 국가 간에 상호 배타적이다. 이를테면 미국 의사라도 한국에서 의사 생활을 하려면 한국 의대에 재입학하거나 한국 의사 시험을 쳐야 한다. 관례를 건너뛴 점부터 미덥지 못했으나 과장은 마음을 정한 눈치였다. 수익률 반등이 절실한 마당에 소화기내과 세부전문의가 제 발로 굴러들어 왔으니 반기지 않을 이유가 없었을 것이다. 아래위로 내시경만 좀 꽂아줘도 일반 내과 의사인 과장이나 호흡기내과 세부전문의인 내가 벌어들이는 돈보다 훨씬 많은 수익을 낼 수 있었기 때문이었다. 희귀한 식물이라도 채집한 듯 이력서를 펄럭인 과장이 능글맞게 웃으며 말했다.

"양진석 선생은 안 신기해? 무려 조선민주주의인민공화국 출신이라잖아!"

부태복의 첫인상은 이력서만큼 별로였다. 희끗한 머리카락은 거뭇한 얼굴을 도드라지게 했고, 각진 턱에 눈매가 매서웠다. 위압감이 들 만큼 큰 데다 비쩍 마르기까지 해 그가 입은 흰 가운은 양쪽으로 늘어난 치즈스틱 속의 치즈처럼 보였다. 여러모로 범상치 않아 보였으나 무엇보다 내 눈길을 끈 것은 교자만두같이 납작하게 찌그러진 왼쪽 귀였다. 격투기 선수들에게 많아 소위 '레슬러 귀'라 불리는 변형으로, 누적된 외상 때문에 생긴다고 학생 때 배웠지만 그 전까지 실제로 본 적은 없었다. 내가 힐끔대는 걸 눈치챘는지 그가 딱딱한 제 귀를 톡 치며 말했다.

"군에서 부하들이랑 격술 연습하다 이리 됐습다."

한국에 온 지 10년도 넘었지만 그쪽 억양을 고칠 의지는 없어 보였고, 투박한 말투로 말까지 많아 점심시간은 대체로 고역이었다. 권총과 군의관 증명서만 챙겨 임진강을 넘은 그가 남쪽 초소 문을 두드렸다는 무용담이나 한국에서 레지던트를 하는 동안 남북의 의학 용어가 달라 당황했던 경험 따위는 그와 함께한 첫 봄이 될 무렵에는 벌써 인이 박일 정도였다. 그러나 다른 어떤 때보다도 그가 자기애로 충만해지는 순간은 고향 이야기를 할 때였다.

부산과 울산 중간쯤 되는 곳.

부태복은 함경북도 청진시를 그렇게 표현했다. 제철업의 요충지였던 그곳을 김일성이 '북방의 대야금도시'라 칭했다는 것도, 여름이면 피서객으로 해변이 인산인해였다는 것도 그가 자주 고향을 수식하는 말이었다. 그의 아버지는 그런 청진시에서 제일가는 국영기업인 김책제철연합기업소 간부 노동자였고 할아버지는 한국전쟁 때 남해까지 진군한 조선인민군 6사단 출신으로 중좌까지 지냈다. 그의 고고한 성분 자랑은 대체로 북한의 수능인 정무원 시험을 준비하던 90년대 중반까지 이어졌다. 소위 '고난의 행군'이 시작됐으나 세상 부럼 없이 자란 그는 대기근을 실감하지 못한 채 수험에 몰두했다. 입시 지옥은 북한이 더하면 더했지 결코 덜하지 않다며,

성적은 물론 충성심과 성분까지 인정받아야 그 지옥을 무사히 통과할 수 있다는 게 반복되는 레퍼토리였다. 처음에는 흥미가 돋았지만 여러 번 듣다 보면 자연스레 턱을 괼 수밖에 없었다. 물리적으로 닿지 못할 곳에서 벌어진 일은 현실감 있게 다가오지 않았고, '그래봤자'라는 생각이 들었던 것도 사실이며, 속으로 비웃은 적도 꽤 있었다. 그럼에도 그의 말을 듣다 보면 어느새 나는 주눅이 들어 있었다.

내가 유년을 보낸 소도시는 K시만큼 작았다. 부모님이 하던 조그만 중식당과 그 위층에 세 들어 살던 우리 집은 그 소도시의 중심가에 있었다. 중심가는 가운데부터 곪아가는 환부처럼 쇠락의 냄새가 진했다. 전투적 입시 가족의 지원 없이 인근 광역시의 국립대 의대에 들어간 일은 분명 내 삶에서 티내고 싶은 이력이다. 그러나 과목당 일이백만 원짜리 과외를 받았다는 동기들 틈에 낄 자리를 찾지 못했고 그때부터 계속 어떤 벽에 가로막히곤 했다. 가령 모교 대학병원에 남아 인기가 급증하던 과에 레지던트 지원을 했을 때도 그랬다. 학부 성적이 나쁘지 않아 내심 기대했지만 지원서를 넣은 당일, 한 선배가 연락해 와 해당과 교수의 조카가 그 과에 들어가길 원한다고 전했다. 되지 않을 일에 매달리는 편이 아니었던 나는 큰 힘 들이지 않고 들어갈 수 있는 중소병원으로 눈길을 돌렸다. 세부전문의까지 마치고 첫 직장으로 우리 시립의료원을 택한 이유도 비슷했다. 의외로 잘 작동하는 관료제 덕에 채용 과정은 비교적 공정했고 원한다면 죽을 때까지 눌러앉을 수 있는 무기계약직이었으므로 자족하는 삶에 이보다 적합한 곳이 없었다. 부태복이 나타나 내 속을 긁어대기 전까지는 확실히 그랬다.

나와 달리 과장은 부태복의 수다를 즐겼다. 과장은 특히 그의 의대 시절 일화를 좋아했다. 김일성·김정일 말씀 학습과 조선로동당 정책 과목이 내과학이나 외과학만큼 중요하다는 이야기를 들을 때면 과장은 껄껄 웃어댔고, 병실 바로 옆에 학생 강의실이 붙어 있어 그날 배운 내용을 그날 적용했다는 대목에서는 탄성을 내뱉었다. 학생 때 신생아 조산을 직접 하고, 영어나 러시아어로 된 원서 교과서를 번역하며, 남녀 불문 병참에서 수개월간 지내는 군진의학실무를 마쳐야만 졸업 요건이 된다고 말한 부태복이 "남한 의사들 긴장해야 함다. 이러다 통일되면 어쩌갔슴까?"라고 너스레를 떨면 과장은 박장대소했지만 나는 듣기가 거북했다. 근본 모를 인간이 한국 의사를 저평가하는 게 어이없기도 했거니와, 그 말이 나를 콕 집어 비난하는 것처럼 들렸기 때문이었다. 그렇다고 근거 없는 자신감은 아니어서 딱히 반박할 수도 없었다. 열악한 환경에서 의업을 시작한 그는 병증을 묻는 '문진'과 환자의 용태를 관찰하는 '진찰'에 특화돼 있었다. 이 두 가지는 가장 원시적인 동시에 현대 의료의 기본이 되는 진단법이었는데, 문진과 진찰만으로 어려운 질병을 진단해내는 그의 실력이 탁월했다는 점만큼은 부인할 수 없다.

부태복의 충만한 자신감을 떠올리면 지금도 몸이 떨리는 순간이 있다. 재작년 겨울, 아침 회진을 앞두고 당직 전화를 받은 나는 응급실에 내려가 노인 한 명을 살폈다. 노인이 횡단보도 앞에서 쓰러지는 걸 보고 어떤 행인이 신고한 까닭에 보호자는 없었다. 상태를 파악하려 몇 가지 질문을 했지만 노인은 대답 없이 신음 소리만 냈다. 나는 의식 저하자용 세트 처방을 내리고 7층 내과 병동으로 올라갔다. 세트 처방에는 혈액검사, 소변검사, 뇌 CT촬영 등이 포함돼 있었다. 검사 진행 시간은 회진을 도는 시간과 얼추 맞아떨어졌다. 과장과 부태복과 함께 내과 병동을 돌고 3층 중환자실을 들렀다가 1층 응급실까지 내려오면 결과를 확인한 다음 추가 처방을 내릴 생각이었다. 하지만 응급실에 내려온 부태복은 내게 양해도 없이 노인의 환자복을 들추더니 몸 여기저기를 만져댔다. 청진기를 대고, 노인의 눈꺼풀을 까뒤집고, 이경으로 귓속까지 살핀 그가 눈을 치켜뜨더니 병상 근처에 있는 컴퓨터로 가서 내가 내린 처방을 확인했다.

"남한 의료는 이게 문제디오."

부태복이 혀를 날름거렸다. 내가 격앙된 목소리로 그게 무슨 뜻이냐고 묻자 코웃음을 친 그가 내게 이경을 건넸다. 이경을 잡아챈 나는 노인의 귓속을 살폈는데, 그 안에 생각지도 못했던 거대한 이물질이 시야를 막고 있었다. 당황한 나는 반대쪽 귀에도 이경을 밀어넣었다. 그쪽에도 누런 덩어리가 가득했다. 이구색전. 노인의 귓속에 귀지가 병적으로 차 있었다.

"그카시면 어쩜까? 이거 의식 저하 아이오. 노인네가 못 들은 거디. 양 선생께서 귀만 한번 들다보셨어도……."

착잡하다는 듯이 말끝을 흐린 부태복은 먼 산을 보며 비릿한 웃음을 머금었다. 그때는 신경 좀 쓰라는 과장의 타박에 얼굴을 붉혀야 했으나 나는 지금도 세트 처방이 잘못됐다고 생각지 않는다. 사람은 누구나 오류를 낸다. 오류를 줄이려면 객관적 지표가 필요하다. 검사를 안 하고 놓치기보다는, 하고 나서 아니라는 결과가 나오는 편이 백번 낫다.

부태복은 그렇게 생각하지 않았다. 그는 기계에 의존하는 시스템을 불신했다. 낙후된 병원에서 맨손으로 환자를 돌본 기억을 훈장처럼 말하는 그에게 최소한의 검사는 신념이자 자랑이었다. 의학부를 지망할 때부터 군의관이 목표였을 정도로 조국에 대한 믿음이 굳건했던 그였다. 경제난으로 군의관 경쟁률이 치솟았음에도 평양의과대학 졸업자들을 재치고 철책 인근인 강원도 평강군 보위성병원에 배치된 그는 '피가 모자라면 내 피를, 뼈가 분질러지면 내 뼈를'이라는 보건전사강령을 충실히 따랐다고 했다. 달리 말하면 그가 자랑하는 '실력'도 의료의 한 부분만 기형적으로 발달한 결과일 뿐이라는 뜻이었다. 아무리 뛰어난 의사라도 맨몸으로 진단하는 데는 한계가 있었다. 하지만 그는 고집스럽게 오감에 의지했고 설령 실수를 하더라도 자신이 틀렸다는 사실을 인정하려 들지 않았다.

이번에도 마찬가지였다. 부태복은 이번에도 자신이 옳다는 것을 증명하는 데 집착했다. 따지고 보면 이번 일은 아이가 내과에 입원한 것부터 문제였다. 2주 전 화요일, 소아청소년과로 입원한 그 아이는 입원 이틀째에 만 16세 생일을 맞아 우리 과장 앞으로 전과됐다. K시 시장이 바뀌고 시 재정이 나아지면서 내과에는 부태복 말고도 의사가 몇 명 더 충원됐지만 소아청소년과 의사는 여전히 부족해 만 16세가 넘으면 내과에서 맡기로 합의된 탓이었다. 여기까지는 나름 '경영상의 이유'였으므로 수긍할 만했다. 그러나 과장이 도의원들의 싱가포르 출장에 합류하게 됐다며, 전과받은 그날 환아를 내게 돌렸을 때는 짜증이 벌컥 일었다. 예전 같으면 내놓고 불퉁거렸겠지만 과장의 위상은 그사이에 많이 달라져 있었다. 작년 지방선거 이후 K시 시장이 바뀔 때부터 의료원 실세에 올라선 과장은 외유에서 돌아오면 의료원장에 취임할 예정이었다. 재정 파탄의 여파로 야당 후보가 급부상하던 시기에 과장은 누구보다 먼저 줄을 갈아탔다. 바뀐 시장은 행정부원장 임명과 의료원 증축으로 과장의 조력에 보답했다. 허수아비가 된 원장을 대신해 새롭게 탄생할 시립의료원의 청사진을 그리게 된 그는 수술로봇, 인공지능 진단기기처럼 공공의료원에 어울리지 않는 수익성 기계들을 대거 들여왔다. 공공성은 감염병 격리 시설인 음압병실을 신축 별관에 추가하면서 그나마 구색을 갖춘 정도였다. 과장은 자신의 원장 취임식에 맞춰 새로운 시설들을 정식 가동하고 시장의 공공부문 정규직화 공약도 함께 이행하겠다고 공언했다. 무기 계약직인 의사들도 예외는 아니었다. 그가 원장에 취임하면 처음 결재할 서류는 인사 관련임이 자명했다. 입맛에 맞는 사람만 남길 텐데 눈 밖에 날 필요는 없었으므로 나는 기꺼이 아이를 맡겠다고 했다. 그러나 막상 의무기록을 보자 곤욕감이 몰려왔다.

고열로 입원한 아이의 흉부 촬영 영상에는 바이러스성 폐렴 소견이 무척 심했다. 치료가 어려운 데다 자칫하면 악화되기 일쑤라 피할 수 있으면 피하고 싶은 병이었다. 골치 아픈 점은 그뿐만이 아니었다. 아이의 유일한 가족인 어머니는 수년 전 교통사고를 당해 공립 요양병원에 누워 있었다. 아이는 병원을 집 삼아 통학했고 일가친척은 연락이 닿지 않았다. 사실상 무연고자였지만 나중에 친척이라며 나타나 소송을 거는 경우도 있었기에 최선을 다했다는 액션은 취해둬야 했다. 그럴 경우에는 비용이 문제였다. 보험공단이든 친인척이든 누구에게라도 구상받지 못하면 내과 차원에서 치료비를 게워내야 했다. 이런 상황에서 과장은 훌쩍 떠나버렸고, 그게 2주 전 금요일이었다.

바로 그 금요일 아침, 과장 대신 회진을 이끈 나는 그 아이부터 챙겼다. 산소마스크를 낀 아이의 폐음은 부글부글 끓었다. 양쪽 폐에 가득한 수포음은 나쁜 예후를 의미했다. 내가 좀 어떠냐고 묻자 아이는 숨 쉬기 불편해 잠을 못 잔 것만 빼면 괜찮다고 했다. 임상 소견이 나빠도 본인이 잘 느끼지 못하는 점 역시 이 병의 특징이었다. 나는 이마를 긁으며 산소포화도 측정기를 바라봤다. 산소 투여량을 늘렸지만 산소포화도는 오를 기미를 보이지 않았다. 차도가 없으면 중환자실로 옮겨야 할지도 모르겠다고 생각하는데, 공동 간병인이 아이가 전날부터 설사를 했다고 말하자 부태복이 끼어들었다.

"코로나바이러스 같잖소?"

부태복은 코로나바이러스 감염에서 특징적으로 설사 같은 복부 증상이 동반되는 점을 지적했다. 아이의 체격이 작아 소아와 비슷한 면역상태라고 가정하면 폐렴은 코로나바이러스의 2차 면역반응으로 볼 수 있다는 게 그의 주장이었다. 인플

루엔자처럼 상기도 감염을 일으키는 코로나바이러스는 메르스나 사스처럼 지독한 변종을 제외하면 흔히 접하게 되는 바이러스였다. 적절한 지적이라고 여긴 나는 내과 전담 간호사에게 질병관리본부에도 검체를 보내달라고 부탁했다. 흔한 바이러스인 만큼 의료원 자체 동정검사만으로도 충분했으나, 메르스 사태 이후 코로나 계열은 의무적으로 신고해야 했기 때문이었다. 그렇게 마무리하고 다음 환자로 넘어가려는데 부태복이 난데없이 아이의 환자복을 들췄다. 그런 행동에는 익숙해질 대로 익숙해졌기에 나는 같잖다는 듯이 그를 보며 팔짱을 꼈다. 늘 하던 대로 청진기의 오른쪽 이어피스를 먼저 꽂은 그는 한 손으로 왼쪽 이어피스를 잡고 변형 탓에 잘 들어가지 않는 왼쪽 귀를 감쌌다. 디제잉을 하는 것처럼 나머지 손으로 가슴 곳곳에 청진판을 대며 인상을 찌푸리던 그가 눈을 희번덕였다.

"바이러스 동정검사는 내셨습까?"

대답을 하지 않은 나는 당연한 걸 왜 묻느냐는 얼굴로 부태복을 쳐다보기만 했다. 귀에서 뗀 청진기를 목에 건 그가 각진 턱을 매만지며 "이거, 소리가 너무 이상하오"라고 중얼거렸다. 하나 마나 한 말이었다. 상태 안 좋은 걸 누가 모르나. 괜한 어깃장을 놓고 있다는 생각에 나는 회진이나 마저 하자고 신경질적으로 보채며 병실을 나섰다. 그도 군말 없이 따라 나오긴 했지만 이어지는 회진 내내 전혀 집중하지 못하는 모습을 보이자 꺼림칙한 기분이 들었다. 내가 그를 쳐다볼 때마다 그는 입을 다문 채 무언가에 골몰해 있었는데, 그가 자기만의 세계에 빠진 모습이 계속 눈에 띌수록 불안감은 차츰 강해졌다. 낯설지 않은 모습이라 여긴 까닭은 내 머릿속으로 부태복이 급성 췌장염 환자를 놓쳤던 때의 일이 파고들어서였다. 나는 꺼림칙한 기분이 분명 그 일 때문이라고 생각했다.

작년 봄, 부태복 앞으로 입원한 환자는 이십대 후반의 결혼이주여성이었다. 알코올중독, 담석, 특정 약물 등에 의해 주로 유발되는 급성 췌장염은 원인을 제거하면 비교적 잘 회복되는 병이었다. 그러나 환자는 음주력도, 담석도 없었고 영양제 말고는 먹는 약도 없다고 했다. 원인을 특정하지 못하면 복강으로 누출되는 췌장액 때문에 사망 위험이 가파르게 높아진다. 그런데도 부태복은 자신만만해했다. 환자의 깡마른 몸에 군데군데 멍이 있었고, 보호자는 시어머니밖에 없었으며, 남편은 보이지 않았다. 달리 뭘 생각하겠느냐고 퉁명스레 말한 그는 외상을 원인으로 지목하며 췌장 절제를 주장했다. 그러나 일반외과에서는 복부 CT에서 췌장 파열이 보이지 않는다는 이유로 수술을 반려했다. 췌장액이 고인 상태에서 칼을 대면 소화효소가 주요 장기를 녹일 가능성이 컸기 때문이었다.

그럼에도 부태복은 제 주장을 굽히지 않았는데, 그는 파열 없이 췌장염이 생긴 경우를 봤다며 비슷한 사례를 다룬 논문까지 찾아내 집요하게 수술을 요청했다. 외상에 의한 연쇄 염증 반응이 원인이면 교정이 불가능하므로 한시라도 빨리 췌장을 제거해야 한다는 게 그의 논리였다. 결국 요청을 수락한 외과에서는 모든 위험을 감수하겠다는 환자의 서약서를 받아오라고 했다. 서약서는 어렵지 않게 받았을 것이다. 중환자일수록 의사의 말은 신탁처럼 들리니까. 한국말이 어눌한 환자나 문맹인 시어머니가 거기 적힌 내용을 제대로 이해했을지는 모르겠지만. 우려대로 개복 도중 췌장액이 대동맥을 녹였고 합병증을 견디지 못한 환자는 얼마 뒤 사망했다. 안타까운 일이었으나 예상 가능한 위험이었기에 그대로 마무리됐다면 불가피한 죽음으로 여기고 넘어갔을지도 몰랐다.

환자의 시어머니가 회진 도중 중환자실에서 나오는 우리를 발견하지 못했다면 아마 그랬을 것이다. 수술 당일, 중환자실 맞은편의 수술실 앞에서 대기하던 시어머니가 우리에게 다가와 "애기가 이걸 먹었다는데……"라며 약통 하나를 내밀었다. 건네받은 약통을 훑은 부태복의 거뭇한 얼굴이 순간적으로 하얗게 질렸다. 곁눈으로 약 이름을 본 나도 말문이 막혔다. 환자가 먹던 것은 영양제가 아니었다. 췌장염을 일으킬 위험이 있다고 알려진 다이어트 약이었다. 당혹감에 휩싸인 나와 부태복과 달리 과장은 평정심을 잃지 않았다. 별것 아니라는 말로 안심시킨 과장은 시어머니의 손을 잡으며 수술이 잘 끝나길 빈다고 했다. 그러고는 나를 본 과장이 중환자실을 향해 손짓을 했다. 무슨 의미인지 알아차린 나는 중환자실 바깥문을 열었다. 이중으로 된 출입문 사이 공간, 즉 전실(前室) 오른편에 물품 창고가 있었다. 회진을 돌다가 조용히 할 말이 있으면 과장이 들어가던 곳이었다. 창고 안에 들어선 부태복은 약으로 유발된 췌장염과 양상이 다르다며 장황하게 설명했으나 과장은 어차피 지나간 일이니 목소리나 낮추라고 했다. 하지만 부태복은 외려 자신이 틀릴 리 없다고 언성을 높였고 그 말에 과장이 가소롭다는 듯이 웃었다.

"부 선생."

과장이 목소리를 낮게 깔았다.

"주제 좀 파악해."

과장이 말끝을 올리며 그를 노려보자 부태복이 눈에 힘을 주었다. 그들 사이의 기 싸움이 말없이 이어지는 동안 나는 어디다 눈을 둬야 할지 몰라 바닥만 쳐다봤다. 한없이 늘어나기만 하던 적막은 부태복이 고개를 숙이며 마무리됐다. 읊조리는 투로 죄송하다고 말하는 그의 팔뚝을 과장이 툭툭 쳤다. "그럴 수도 있지." 과장이 예의 능글맞은 웃음을 지으며 말했다.

"알지? 약통은 못 본 거야."

고개를 숙이긴 했지만 부태복은 끝까지 틀렸다는 말을 하지 않았다. 과장이 아니었다면 고개 숙이는 시늉도 하지 않았을 것이다. 과장은 알고 있었다. 의료원이 언제 폐원돼도 이상하지 않던 시기, 과장은 그의 이력서를 펄럭이며 물었다. 이 한지까지 온 까닭이 무엇이겠느냐고. 나는 굳이 답하지 않았다. 그의 이름 앞에 붙은 괄호 안에 들어찬 낯선 수식어들을 나만 미심쩍게 여겼을 리 없었으므로. 그를 투명하게 이윤으로만 계산한 과장은 어디서도 자리 잡지 못했던 그를 받아줬다. 숱한 거절의 빌미였을 수식어들은 그를 여기 붙잡아둘 빌미가 됐는데 부태복도 그걸 모를 리 없었다. 그래서 나는 그가 주제 파악을 못 한 게 아니라, 오히려 너무 잘 파악했기에 제 주장을 고집스럽게 고수했을 거라 여긴다.

스스로를 증명할 밑천은 알량한 '실력'뿐이었을 테니까.

이해하려고 했다면 이해할 수 있었을까. 잘 모르겠다. 나는 그저 화가 나 있었다. 너무 화가 나 머리가 멍할 지경이었다. 어딘가에 골몰한 부태복에게 꺼림칙함을 느낀 지 몇 시간 만에 그는 선을 넘었다. 오후 외래를 마치고 저녁을 먹으러 지하 구내식당으로 내려가던 길이었다. 요란스레 울리는 핸드폰을 받자 수화기 저편에서 중환자실 담당 간호사가 부태복이 난동을 부린다고 속삭였다. 자기 환자도 없는데 중환자실로 들어온 그가 소리를 지르며 아이를 흔들어대는 바람에 생체 징후가 나빠지고 있다는 것이었다.

'야, 어케 N95가 떨어졌네? 이게 병원이야!'

익숙한 목소리가 스피커 저편에서 들리자 간호사가 서둘러 전화를 끊었다. 나는 피가 거꾸로 솟는 듯했다. 그날 점심 무렵 상태가 악화된 아이를 중환자실로 옮긴 나는 기도 삽관 대신 밀착형 산소마스크로 산소 공급량을 높이기로 했다. 기도에 관을 꽂으면 아이의 생명은 연장될지 모르나 한번 집어넣은 관은 가족의 동의 없이는 뺄 수 없었다. 아이에게는 동의해줄 가족이 없었고 삽관은 역설적으로 회복 가능성을 떨어트릴 수 있었다. 더 나빠지기 전에 스스로 회복되기를 바라는 게 최선이었다. 조용히 기도해도 모자랄 판에 부태복은 아이를 나락으로 떠밀고 있었다. 열이 오른 나는 3층까지 단숨에 뛰어올라가 중환자실 출입구 비밀번호를 눌렀다. 바깥문이 양옆으로 열렸고 전실에서부터 시끄러운 목소리가 들렸다.

'똑바로 말하라!'

나는 내측 문 위에 달린 감지기에 손을 내저었다. 윙, 소리를 내며 문이 좌우로 열리자 어처구니없는 광경이 펼쳐졌다. 아이의 병상은 내가 지시한 적 없는 파란색 반투명 비닐막에 둘러싸여 있었다. 간호사들과 보조 인력들은 격리용 비닐막 밖에서 발만 동동 굴렀다. 황당하게도 머리부터 발끝까지 감염 방지용 방호복을 입은 부태복만이 수족관 같은 그 안에서 아이에게 소리를 질러댔다. 비닐막을 젖히고 경보음이 어지럽게 울리는 안으로 들어가니 아이의 검은자위가 위로 돌아간 게 보였다.

“지금 뭐 하는 겁니까!”

기함한 내가 부태복을 거칠게 밀쳤다.

“삽관 세트 가져오고 벤틸레이터 준비하세요!”

의료진이 기계환기장치를 준비하는 동안 나는 아이의 입에 씌워둔 밀착마스크를 벗기고 기도 안으로 관을 집어넣었다. 총알처럼 가래가 튀어 내 입가에 묻었다. 아이의 가래를 가운 소맷자락으로 대충 닦은 나는 관을 환기장치에 연결시켰다. 프로토콜대로 처치를 계속했지만 그럴수록 머릿속은 보호자 문제, 입원비 문제, 보험 청구 문제 따위로 복잡해졌다. 아이의 상태가 안정적으로 돌아온 뒤에도 뜨거운 정수리를 벅벅 긁던 나는 머리칼을 부여잡은 채 고개를 뒤로 돌렸다. 멀찍이 떨어져 서 있는 부태복을 보자 욕이 나와야 마땅했으나, 아니었다.

내 입에서는 실소가 터져 나왔다. 부태복의 얼굴은 흡사 마트료시카에 그려진 둥근 얼굴 같아 보였다. 먹이를 놓친 맹수 같은 눈빛도 방호복 후드에 동그랗게 싸인 얼굴 탓에 도무지 진지하게 느껴지지 않았다. 그가 입은 풍덩한 방호복은 길쭉한 몸에 맞지 않아 아래로 내려갈수록 켜켜이 구겨져 있었고,

방진마스크는 기어이 찾지 못했는지 일반 위생마스크를 쓴 데다, 그마저도 왼쪽 귀에 제대로 걸리지 않아 한쪽 손바닥을 얼굴 옆에 붙이고 있었다. 바삐 뛰어다니는 의료진 뒤에서 혼자 방호복으로 무장한 채 우두커니 서 있는 모습은 어느 행성에 외따로 떨어진 우주인이 교신을 시도하는 것처럼 보였다. 고개를 모로 흔든 나는 그를 보며 중환자실 전실을 가리켰다.

한동안 들어오지 않은 사이 전실 물품 창고는 더 복잡해져 있었다. 벽 한쪽의 철제 선반에 도뇨관, 배뇨주머니, 거즈 따위가 칸마다 들어차 있었고 나머지 벽에는 수액주머니나 위생장갑 등이 담긴 상자들이 위태롭게 쌓여 있었다. 내가 형광등을 밝히자 뒤이어 들어온 부태복이 창고 문을 닫았다.

"이럴 때가 아이오. 당장 음압병실로 옮겨얍다."

머리를 감싼 방호복 후드를 벗어 넘기며 그가 말했다. 워낙 당당한 투라 처음에는 잘못 들은 줄로만 알았다. 음압병실이라니. 무슨 말도 안 되는 소리냐고 내가 말하자 급성 감염병이 틀림없다고 되받아친 그는 아이의 증상이 이전에 경험한 치명적인 감염병과 같다고 주장했다. 아침에 아이를 청진했을 때부터 폐음이 심상치 않다고 느꼈는데, 중환자실에서 다시 아이를 진찰하고서야 확신했다면서. 그러나 정작 병명이 뭐냐는 내 질문에는 제대로 답하지 못했다. 임진강을 넘기 직전이라 원인을 알아낼 여건이 아니었다며 옹색한 변명만 하는 그의 면전에 대고 나는 헛웃음을 쳤다.

"글케 웃지 마쇼. 양 선생도 메르스 때 고생했잖습까? 미리 안 막으면 답 없소."

지독했던 그해 여름은 나도 생생히 기억했다. 그러나 아이는 경우가 달랐다. 비슷한 증상을 보인 환자도 없었고, 질병관리본부에서 문자메시지로 보내는 감염병 뉴스레터에도 전염병 경보는 뜨지 않았다. 내 상식선에서도 아이의 임상 증상은 바로 그가 말했듯이 단순 코로나바이러스에 합당했다. 절차만 따져도 동정검사 결과가 나오기 전에는 일반적인 바이러스성 폐렴에 준해 치료해야 했다.

"아니 부 선생, 감염병이라면 접촉력이나 여행력이라도 있어야죠. 애가 해외를 갔겠어요, 어딜 갔겠어요?"

내가 비아냥거리는 투로 말했음에도 부태복의 표정은 오히려 밝아졌다. 심지어 희죽이기까지 하더니 그가 제 이마를 치면서 말했다. 점심께 요양병원에 전화했을 때만 해도 소득이 없는 줄 알았는데 그게 아니었다는 것이었다. 종잡을 수 없는 말에 어리둥절해하는 내게 그는 아이 어머니의 요양보호사와 통화한 내용을 이야기했다. 그에 따르면, 보호사는 아이의 비행을 늘어놓기 바빴다. 아이는 꼼짝거리지도 못하는 엄마의 생계급여를 술, 담배와 오토바이에 탕진했다. 거의 매일 밤 동네 폭주족과 근처의 돼지 축산단지 공터에 모여 밤새 놀다 들어오는 아이 때문에 보호사는 잠을 이루지 못했다고 불평을 늘어놓았다. 술에 떡이 돼 바닥에 굴렀는지 술 냄새, 담배 냄새는 기본에다 똥 냄새까지 풍겨 잠에서 깨지 않고는 배길 수가 없었다는 게 그가 전한 보호사의 말이었다. 몰라도 될 부분까지 엿본 기분에 불쾌해진 내가 퉁명스레 물었다.

"그게 아이의 병이랑 무슨 상관이랍니까?"

"모르갔소, 양 선생? 돼지 아이오? 인수공통감염에 그보다 좋은 매개가 어딨소?"

물색없는 말에 나는 얼굴을 일그러트렸다. 비약에 비약을 곱한 논리였다. 그는 제 주장을 관철하려고 한 줌도 안 되는 단서들을 억지로 끼워 맞추고 있었다. 활짝 편 그의 얼굴에는 광기마저 비쳤고 작년 봄의 일이 다시금 떠오른 나는 화가 치밀었다.

"제발 그만하세요!"

내가 역정을 내며 소리쳤다.

"사람이 어떻게 그래요! 당신 고집 때문에 환자 한 명 골로 보냈잖아요? 벌써 잊으셨어요?"

내 말에 부태복이 눈을 부릅떴다. 굳은 얼굴로 눈 주변 근육을 파르르 떨던 그가 포효하듯이 소리를 내질렀다. 그가 큼지막한 손으로 옆에 쌓여 있던 상자 더미를 거세게 밀치자 무너진 상자들이 바닥에 부딪혀 둔탁한 소리를 냈다. 퍽, 하고 입구가 터진 상자들에서 비품들이 토사물처럼 쏟아졌다. 주먹을 움켜쥔 부태복은 거칠게 숨을 몰아쉬며 시선을 바닥에 고정했다. 들숨에 올라가고 날숨에 내려가는 왼쪽 귀는 주먹만큼 위협적이었다. 이개혈종이 생길 만큼 격투기로 단련한 그였다. 그런 그가 불현듯 고개를 치켜들어 나를 봤을 때 나는 몸을 움츠리며 눈을 질끈 감지 않을 도리가 없었다. 하지만 주먹을 휘두르기는커녕 찬찬히 숨 고르는 소리만 들렸고 그 소리마저 잦아든 창고는 이내 고요해졌다.

나는 눈을 살며시 떴다. 부태복의 눈가는 얼핏 보기에도 붉어져 있었다. 금방이라도 눈물이 떨어질 것 같은 두 눈 사이로 찌푸린 미간은 흡사 애원이라도 하는 듯했다. 뜻밖의 모습에 긴장이 풀린 나는 가슴께로 모았던 팔을 슬그머니 내렸다. 발간 눈으로 나를 바라보던 그가 한참 만에야 입을 열었다.

"나만 살았슴다⋯⋯ 나머진 다 뒈졌소."

임관 이후 몇 년 만에 받은 첫 휴가는 부태복이 북에서 보낸 마지막 휴가가 됐다. 닷새로 예상된 여정은 연료난으로 지연돼 열흘 만에 고향에 도착했다. 해변에는 전과 같이 굴뚝이 늘어서 있었지만 연기는 피어오르지 않았고 간부 노동자의 영예였던 동유럽풍 아파트 외벽에도 쩍쩍 금이 가 있었다.

그가 철로에 발이 묶인 사이 이웃들은 어머니를 먼저 묻었다. 대기근이 깊어지면서 기승을 부린 콜레라 탓이었다. 탈수만 막았어도 살 수 있었을지 몰랐으나 부질없는 가정이었다. 쇠약해진 어머니와 연락하지 못하는 동안에도 그는 조국이 충성했던 가문을 지켜주리라 여겼다. 하지만 그에게 돌아온 것은 부고뿐이었고 말뚝 하나만 박힌 장지에 모인 이웃들은 요즘에는 매장도 특권이라고 입을 모으며 달러를 요구했다. 빈털터리로 부대에 복귀하던 그는 그제야 차창 밖의 풍경을 제대로 볼 수 있었다. 안온했던 유년이 담긴 아파트의 외벽처럼 공화국은 뿌리부터 무너져 내리고 있었다.

첫 번째 환자는 그로부터 얼마 지나지 않아 발생했다. 열감으로 보위성병원에 온 아이의 체온은 하루 만에 40도를 넘겼다. 호흡곤란과 설사를 보인 아이는 사흘 뒤에 시신이 되어 병원을 나갔다. 같은 증상을 호소하는 이들이 조금씩 늘어나더니 보름째가 되던 날부터 물밀 듯이 몰아쳤다. 예후는 같았다. 누구도 살아서 병원 밖을 나서지 못했다. 괴질에 대한 의견은 제각각이었으나 정확한 원인은 알 수 없었다. 전기가 없어 엑스레이나 시료 분석기 따위는 수년 전부터 멈춰 있었고 원인을 안다 해도 치료할 자원이 없었다. 약제나 일회용 주사기, 수액 같은 필수품은 오래전에 거덜나 있었다. 그렇게 죽어나가는 환자들을 무력하게 지켜보던 어느 날, 병실을 돌던 부태복은 무언가에 훅 찔리는 듯한 느낌을 받았다. 폐부 깊숙이 파고든 오한에도 회진을 멈추지 않았지만 후들거리는 몸을 주체하지 못한 그는 병실 바닥에 그대로 쓰러졌다.

며칠이 지났는지, 몇 시인지도 모를 캄캄한 밤이었다. 창백한 달빛만 비치는 1인실에서 눈을 뜬 그가 몽롱한 정신으로 눅눅한 몸을 뒤척였다. 이마에 끈적이는 땀을 닦으려고 왼팔을 움직이는데 이물감이 느껴졌다. 그리로 천천히 고개를 돌리니 그의 왼팔 오금에 종이테이프로 고정된 주삿바늘이 보였다. 그는 주삿바늘에 연결된 선을 따라 눈길을 옮겼다. 그가 누운 병상 위로 투명한 수액주머니와 해열제가 담긴 약병이 달려 있었다. 모두 병원에서 자취를 감춘 지 수년이 지난 것들이었다. 아직 꿈속인가, 아니면 벌써 죽은 건가. 비몽사몽간에 그는 생각했으나 오른손에 닿은 주삿바늘이 명백한 감촉으로 느껴지자 소스라치게 놀란 그는 그것이 환영이 아님을 깨달았다.

그것은 현실이었고, 그것도 아주 지독한 현실이었다.

힘이 들어가지 않아 떨리는 검지로 종이테이프 끝을 고슬고슬 말아 올린 그가 주삿바늘을 뽑았다. 시간이 흘러 오한이 다시 그를 덮쳤다. 몸이 떨리고 눈이 감겼지만 그는 정신을 집중했다. 열감과 숨소리. 통증과 앞뒤로 지리는 변들. 혼미해지는 중에도 몸에 일어나는 변화를 기억하려고 안간힘을 썼는데, 그럼에도 의식이 흐려지는 것은 막지 못했다. 몸이 깊숙이 꺼지는 듯했고 희미한 소리가 들려왔다. 병실 문 열리는 소리. 군홧발 구르는 소리. 이 멍청한 에미나이가. 선배 군의관의 욕설. 물속처럼 먹먹하게 들려오는 소리들이 귓전을 때렸지만 그는 그것이 기억인지 유추인지 아직도 분간하지 못한다고 했다.

삼엄한 간호 속에 회복한 그가 1인실에서 관사로 잠자리를 옮긴 밤. 그는 관사 책상 서랍에서 권총을 꺼내 관자놀이에 총구를 댔다. 공이만 쳤는데 두개골이 울렸다. 탄약을 챙긴 그는 권총을 뒤춤에 찔러 넣었다. 캄캄한 계단을 따라 진료실로 내려온 그는 진료실 뒷벽에 걸려 있던 액자에서 종잇장을 빼냈다. 군의관 증명서를 꼬깃꼬깃 접어 전투야상 속주머니에 집어넣은 채 야음 속으로 뛰어들었다. 허리춤에는 죽음을, 가슴에는 생존을 예비한 그가 별빛이 흔들리는 검은 강을 향해 아래로, 아래로 무작정 뛰었다.

"내 몸에, 똑똑히 새겼소."

그 밤, 군의관 증명서를 숨겼을 가슴팍을 치며 부태복이 말했다. 복장뼈를 따라 그가 주먹을 쓸어내리자 방호복 비닐이 바스락거렸다. 방호복 한가운데 움푹 들어간 자국은 쓸어내린 주먹의 흔적이 남아 할퀸 듯 좁아지는 사선을 그렸다. 그가 했던 이야기 어디에도 감염병을 객관적으로 증명하는 내용은 없었다. 하지만 나는 잠시나마 흔들렸다. 핏발이 선 그의 눈이 그가 얼마나 확신하는지를 짐작케 했으므로.

그럼에도 나는 고개를 저었다. 돌이켜보면 지난 2년간 그의 진단은 틀린 적이 거의 없었다. 서너 번에 불과한 다른 실수들은 실수라고 말하기도 애매했고 치명적인 결과로 이어지지도 않았지만 그때만큼은 그 단 한 번의 실수가 도드라졌다. 도드라진 실수는 그를 불신하게 만들었다. 불신이 다시 실수를 양각시키는 되먹임질의 고리가 내 머리에서 쉴 새 없이 돌아갔다. 나는 그에게 아이를 옮기는 일은 없을 거라고 단호히 선을 그었다. 직감만 믿고 시스템이 정한 사안을 건너뛸 수 없다, 음압병실은 과장이 원장이 된 후에나 가동하기로 되어 있다, 근거 없이 환자를 그곳에 들일 권한은 내게 없다, 옮긴다 해도 동정검사 결과에서 단순 코로나바이러스라고 나오면 얼마나 많은 금액을 물어내야 하는지 아느냐.

말을 할수록 화가 차올라 날카롭게 쏟아낸 나는 지끈거리는 이마를 짚었다. 더는 관여하지 말라고 진절머리를 낸 나는 물품 창고의 문을 열었다. 전실로 나가자 바깥문 안쪽 감지기가 내 몸을 인식했다. 모터 소리와 함께 문이 좌우로 열리니 맞은편 중앙수술실 출입문의 직사각형 반투명 유리로 새어나온 형광등 조명이 희뿌옇게 빛을 발하고 있었다. 그 빛을 본 나는 고개를 옆으로 돌렸다. 반쯤 열린 물품 창고 문틈 사이로 부태복의 옆모습이 보였다. 자신이 엉망으로 만든 창고 바닥을 딛고선 어느새 집어 든 수액주머니를 움켜쥐고 있었다. 부태복이 매섭게 내려다본 비닐백은 그의 악력에 곧 터질 것만 같았다. 그때 나는 이미 예감했는지도 모르겠다. 그가 결코 포기하지 않을 것임을. 설령 잘못된 길이라 할지라도 그는 절대 멈추지 않으리라는 것을.

그래서인지 다음 날 의료원장이 내게 전화를 걸어왔을 때 나는 허탈한 웃음소리만 냈다. 원장은 아이의 주치의를 부태복으로 돌리라고 했다. 만에 하나라도 아이가 감염원이라는 결과가 나올 경우를 생각해보라면서, 아무 조치도 취해두지 않는다면 자기가 다 뒤집어쓰지 않겠느냐고 언성을 높였다. 소심함을 애써 감추는 그의 목소리를 듣는 동안, 과장의 그늘에 가려 유령처럼 지낸 그를 겁박과 설득으로 부추기는 부태복의 모습이 그려졌다. 지위 계통은 분명했다. 원장의 지시에 따라 나는 진료실 컴퓨터로 담당 주치의를 변경했다. 그리고 솔직히 안도했다. 안도감에 도장을 찍듯, 아이를 인계받은 부태복은 모든 책임을 지겠다는 내용을 의무기록지에 명시했다. 그렇게 아이는 K시 시립의료원 음압병실에 입원한 첫 번째 환자가 됐고, 나는 아이와 관련된 일체의 사항에서 손을 뗐으며, 전체 회진 때도 음압병실에는 부태복만 들어가기로 했다.

회진을 마치고서 음압병실이 있는 신축 별관으로 향하는 부태복의 걸음은 내가 그를 보아온 기간을 통틀어 가장 가벼워 보였다. 단 며칠뿐이었지만 그는 전력을 다해 아이를 돌봤다. 나는 분명히 말할 수 있다. 아이가 지금까지 버틸 수 있었던 것은 전적으로 그의 덕이다. 그러므로 나는 그 짧은 기간 동안 그가 만족했기를 진심으로 바랐다.

아이가 의료원에 입원한 지 여드레 만인 지난주 화요일. 외래 틈틈이 진료실 컴퓨터로 처방을 내던 나는 화면 우상단의 작은 아이콘이 깜빡이는 걸 발견했다. 그것을 클릭하자 '바이러스 동정검사 결과 확인 요망'이라 적힌 안내창이 떴다. 처방을 냈던 내게 알림이 온 것으로, 나는 심호흡을 한 번 하고 마우스 버튼을 눌렀다. 하얀 결과 창이 모니터를 가득 메웠지만 거기 적힌 진단검사의학과 전문의의 메모는 한 줄이었다.

'인간 코로나바이러스 229E형 검출.'

단순 코로나바이러스라는 뜻이었고 부태복도 조만간 확인할 내용이었다.

언젠가 부태복이 내게 술을 마시자고 한 때가 있었다. 나는 술을 즐기지 않았고 회식이 아니면 그와 술자리를 할 일도 없었기에 그러자는 말이 흔쾌히 나오진 않았다. 그럼에도 내가 거절하지 못한 이유는 수술을 마친 췌장염 환자가 사망했다는 소식을 그즈음 들어서였다. 다른 데서 말 못 할 속내를 동료에게 푸는 일은 직업적 관습이었고, 그런 고백을 듣는 것도 동료로서 감수해야 하는 일이었다. 단지 그가 속죄나 회개와는 어울리지 않는 부류라 여겼기에 의외라는 생각은 했다.

역시나 부태복은 그런 부류가 아니었다. 의료원 앞에 있는 시장의 식당에서 두부김치와 김치찌개를 시킨 그는 소주병의 빨간 뚜껑을 따더니 혼자서 술을 연신 들이켜며 일전에 했던 이야기를 또 떠들어댔다. 그것은 그가 한국에 온 직후 합동신문센터에서 독방 생활을 하던 시기의 일이었다. 나는 그 이야기가 취조를 끝낸 국정원 직원이 그에게 매일 했다는 말로 끝날 것임을 알고 있었다. 귀순자는 한국군의 허점을 드러내는 증거다. 나가서도 함부로 입 놀리지 말라. 실실 웃으며 어설프게 표준말을 흉내 낸 그가 두부김치를 입에 넣고 쩝쩝거렸다. 나는 하나도 우습지 않았다. 고작 수다나 늘어놓자고 나를 부른 건가. 밥맛이 떨어진 내가 젓가락을 소리 나게 내려놓자 그가 나를 보더니 흐흐거렸다. 그가 소주로 입가심을 하고는 내게 귀순자가 그쪽에서 온 사람들 사이에서도 인간 취급을 받지 못한다는 얘기를 한 적이 있는지 물었다. 나는 입을 비죽이며 고개를 저었다. 싱겁게 웃은 그가 소주잔을 채우고는 이전에 하지 않았던 이야기를 꺼냈다. 87일간의 독방 생활을 마친 그가 하나원 입소식장에서 같은 테이블에 앉은 이들과 담소를 나누다 벌어진 일이었다. 함께 앉은 이들은 모두 함경북도 출신이었으나 그를 제외하고는 모두 두만강을 건너 중국을 거쳐 왔다. 우쭐해진 기분에 부태복이 자기는 임진강을 건너왔다고 말하자 나쁘지 않던 테이블의 분위기가 돌연 식어버렸다. 사람들이 그를 노려봤고 옆에 앉아 있던 젊은 여성 한 명은 그에게 귀순자냐며 날 선 목소리로 물었다. 그가 의아한 얼굴로 고개를 끄덕인 순간 그녀가 그의 뺨을 힘껏 올려붙였다. 달려온 직원들에게 붙들리면서도 그녀는 분노에 찬 눈으로 그를 보며 군인 새끼들은 싹 다 죽여버려야 한다고 소리쳤다.

"몰랐디. 도강하던 사람들 쏴 죽인 게 군인인데 누가 좋아했겠슴까."

또 한 잔을 들이켠 부태복이 왼뺨을 어루만지며 말했다. 이제와 생각하면 그가 그만큼 스스로를 드러낸 적이 없었다. 하지만 그때의 나는 그저 유난을 떤다고 생각했다. 이쪽에 온 게 벌써 몇 년인데 아직도 저러나. 여기 와서 누릴 건 다 누린 주제에, 동정심이라도 사겠다는 건가. 이런 생각이 들자 그가 했던 말이 죄다 희극처럼 느껴졌다. 나는 아니꼬운 눈으로 그를 쳐다봤다. 구겨졌을 내 얼굴을 힐긋 본 부태복이 고개를 주억였다. 굼뜨게 입맛을 다시며 손가락으로 탁자를 두드리던 그는 웃음기를 지운 얼굴로 나를 바라봤다.

"양 선생도 오진이라 생각하오?"

느닷없는 물음에 나는 답을 못 하고 머뭇거렸다.

"난 글케 생각 않소. 약인성 췌장염이면 약 끊고 호전됐어야디."

그가 나직이 덧붙였다. 그랬을지도 모른다. 부태복은 금식을 지시했을 것이고 환자는 입원 기간 동안 약을 먹지 못했을 테니까. 그러나 당시에는 그의 완고함이 나를 압도했고, 다른 의견을 받아들일 일말의 여지도 비추지 않는 그를 보며 속으로 혀를 차기만 했다. 다시 부은 술을 단숨에 비운 부태복은 알근해진 목소리로 자신이 사망선고를 내린 환자가 작은 학교 하나는 채울 거라고 말했다. 내게도 그만큼 되지 않느냐고 묻기에 나는 고개를 까닥였다.

"헌데, 아직도 익숙해지지 않을 때가 있시오."

그는 빈 술잔을 잡은 손으로 턱을 괬다. 모로 누운 얼굴을 손등으로 받친 그가 천장을 멍하니 바라봤다. 초점 없는 눈은 생각에 잠긴 듯이 보이기도 했고 취해서 정신을 놓은 것처럼 보이기도 했다. 어색한 침묵 끝에 그가 턱에서 손을 뗐다. 그는 소주잔을 굵은 볼펜처럼 쥐고는 잔 아랫부분 모서리를 탁자에 댔다.

"그 환자…… 그림 기리는 거처럼 서명했소. 이케 말입다. 삐뚤, 삐뚤."

그가 소주잔 모서리를 움직였다. 잔 겉면에 맺힌 액체가 탁자에 짤막한 궤적을 남긴 후에도 손은 멈추지 않았다. 눌러 새기듯 긴 이름을 한 획 한 획 더디게 그리던 그가 마지막 획까지 긋고는 빈 잔을 구두점처럼 탁자에 가만히 내려놓았다. 콧김을 길게 내쉬며 묵묵히 잔을 바라보던 그가 이만 일어나자고 했는데 이것이 처음으로 그와 독대한 술자리였다.

그리고 이제는 마지막이 됐다.

싱가포르에서 돌아온 과장은 길길이 날뛰었다. 멋대로 음압병실을 가동해 막대한 손실을 입힌 점도 문제였지만 과장은 부태복이 원장에게 손을 뻗친 것에 더욱 분개했다. 은혜도 모르고 뒤통수칠 놈이었다는 걸 진작 알아봤어야 했다며 한바탕 푸닥거리를 한 과장이 부태복의 가운에 달린 명찰을 뜯어낸 그날, 부태복의 계약도 해지됐다. 며칠 후 의료원장이 된 과장은 K시 시장의 공약을 곧바로 이행했다. 기술적으로 내과 직원 전원의 고용이 승계됐지만 당연하게도 부태복은 승계 대상조차 아니었다.

과장의 빈자리는 내가 채웠다. 삶에서 자랑할 만한 두 번째 이력이 생긴 셈이었음에도 2년간 거의 매일 본 사람이 한순간에 사라진 게 찜찜했던 나는 환송회라도 조촐하게 하려고 전화를 몇 차례 했다. 부태복은 내 전화를 받지 않았고, 문자도 서너 번 남겼지만 여태 답이 없었다. 마지막으로 한 번만 더 연락해볼 요량으로 핸드폰을 만지작거리던 나는 왠지 언짢은 기분이 들어 핸드폰을 가운 주머니에 넣고는 중환자실 출입문 비밀번호를 눌렀다. 평년보다 일찍 찾아온 한파 탓인지 그렇잖아도 낮은 온도로 유지되는 중환자실이 더욱 쌀쌀하게 느껴졌다. 나는 으슬으슬한 몸을 감싸 안고서 팔뚝을 비비며 출입구 바로 앞에 있는 병상으로 다가갔다.

아이는 내게 돌아왔다. 음압병실에 갈 때는 카트를 격리 천막으로 덮고 의료진도 모두 방호복을 입느라 소동이 일었지만 다시 중환자실로 올 때는 언제 그런 일이 있었느냐는 듯이 조용히 돌아왔다. 아이의 폐음은 이전처럼 끓지 않았다. 흉부 촬영 영상을 봐도 완연히 나아져 있었다. 설사도 멈춘 아이는 가끔 이렇게 희미하게 의식이 돌아오곤 했다. 눈을 설핏 뜬 아이가 입에 문 호흡기를 오물거리는 것을 본 나는 아이의 볼을 가볍게 꼬집었다.

"이제 담배 끊어, 자식아."

곁에 있던 의료진이 크고 작은 웃음을 터트렸다. 나는 아이의 이마를 짚고서 병상맡에 달린 측정기들을 훑었다. 생체 징후들은 더할 나위 없이 좋았다. 이대로 호전된다면 며칠 뒤에는 기도에 넣은 관을 뺄 수도 있겠다고 생각했다.

그때 가운 주머니에서 귀에 거슬리는 단음이 들렸다. 나는 핸드폰을 꺼내 화면을 봤다. 잠금화면에 미리보기로 뜬 메시지 앞부분은 '[Web 발신]'으로 시작했다. 스팸문자라 여기고 화면을 끄려는데 익숙한 지명이 눈에 들어왔다. 삐뚜름히 그러쥔 핸드폰에서 눈을 떼지 못한 나는 고개를 갸울이며 화면을 눈 가까이로 댔다.

[Web 발신]
신종 감염병 경보. 질병관리본부는 K시 시립의료원에 바이러스성 폐렴으로 입원한 만 16세 소아의 검체를 의뢰받아……

끊긴 메시지의 전문을 읽기 위해 손가락을 화면에 올리려는데 갑자기 전화벨이 울렸다. 잠금화면은 착신화면으로 검게 바뀌었고 화면 위편에 낯선 번호가 떴다. 내가 전화를 받기 무섭게 수화기 너머에서 한 여성이 "양진석 선생님 맞으시죠?"라고 물었다. 내가 답을 하기도 전에 질병관리본부 주무관이라고 신분을 밝힌 상대가 내처 말을 이었다.

"선생님, 보름 전에 보내주신 검체에서 지금……."

주무관의 급작한 목소리가 이어졌다. 하지만 나는 들을 수 없었다. 깊은 물속에 푹 잠긴 듯 먹먹해진 내 귀에는 아무 말도 들어오지 않았다. 나는 핸드폰을 쥔 손을 바들바들 떨며 아이를 내려다봤다. 화각이 망원으로 바뀐 것처럼 아이의 입가에 흘러내린 침이 거대한 강물처럼 일렁였다. 누군가의 손이 거기로 불쑥 들어왔다. 손에는 침을 닦기 위한 거즈가 들려 있었다. 그것을 본 나는 경기를 일으키며 목이 터져라 소리 질렀다.

"만지지 마!"

쩌렁쩌렁 울리는 목소리에 의료진이 벙한 얼굴로 나를 쳐다봤다. 삽시간에 얼어붙은 중환자실 한편에서 윙, 하고 모터 돌아가는 소리가 들려왔다. 나는 소리가 나는 곳을 향해 뻣뻣하게 고개를 돌렸다. 소란 따위는 안중에도 없다는 듯, 혈액 샘플 수거함을 옆구리에 낀 아르바이트생이 제 할 일을 하러 중환자실을 나서고 있었다. 그의 궤적을 따라 이중문이 차례로 열리자 복도 너머의 수술실 정문에서 희뿌연 빛이 비쳐들었다.

빛 한가운데로 길쭉한 형체가 아른거렸다. 켜켜이 구겨진 윤곽. 둥글게 감싸인 얼굴. 얼굴을 가린 마스크. 그것을 응시한 순간 마스크의 한끝이 툭 풀려 내렸고 나는 눈을 찡그리며 그의 얼굴을 보려 했지만 문은 이미 닫히고 있었다.

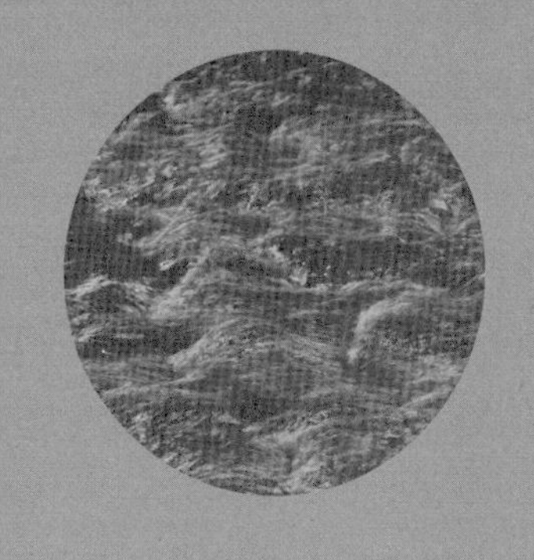

컨프론테이션

중견 엔터테인먼트 그룹의 사내 변호사 자리가 곧 난다며 내게 들어갈 의향이 있는지 헤드헌터가 물어왔을 때, 나는 당연히 있다고 했다. 원하던 자리였다. 제대로 진행만 된다면 수년간 지적재산권 분야에서 실무 경험을 쌓은 다음 어딘가에 소속된 경력을 끝내고 강원도 고성이나 충청남도 태안처럼 번잡하지 않은 곳으로 이주할 계획이었다. 지재권을 전문분야 삼아 소장을 대신 써주는 서면 알바만 하면 생활비는 벌 수 있으리라는 계산은 끝낸 뒤였다.

오래전부터 나는 이런 생각을 해왔다.

삶의 끝이 다가왔을 때, 그림을 그리는 사람으로 죽고 싶다고. 그러나 끝은 종종 예고 없이 찾아왔고, 불시에 갈비뼈 아래로 스며든 원발성 담즙성 간경변증이라는 발음조차 어려운 병으로 서서히 죽어간 어머니의 끝을 열두 살 내내 지켜봐야 했던 나는 되도록 이른 시기에 내 삶이 내가 바라는 방향에 가까워지길 바랐다.

때때로 나는 끊임없이 그림에 이끌린 이유를 따져보았는데 이제는 그것이 스무 해 전, 열세 살이었던 내 눈에 박힌 오를레앙의 풍경 때문이었음을 안다. 어머니가 돌아가시고 몇 달 지나지 않아 교환교수로 프랑스에 가게 된 아버지와 함께 나는 그곳에서 3년을 보냈다. 공법학 중에서 공법사학, 그중에서도 로마 속주정 시대 갈리아 지역 법체계를 전공한 그는 예나 지금이나 입신과 학문적 성취 외에는 무감했고, 그건 담쟁이덩굴이 휘감은 학교 건물 4층에서 본 오를레앙의 시가지를 떠올릴 때마다 여전히 헤어나지 못할 양가감정에 사로잡히는 이유이기도 하다.

철제 사물함 사이의 좁고 긴 창문. 창밖으로 보이던 낮은 건물들과 우거진 숲. 그곳에서 나는 한국과 달리 시간마다 교실을 옮겨 다녔다. 우르르 뛰어가는 프랑스 아이들을 뒤쫓았으나 뿔뿔이 흩어진 그들은 각기 다른 교실로 들어가기 일쑤였고 누구도 동양인 여자아이에게는 교실을 알려주지 않았다. 나 역시 어느 교실로 가야 하느냐고 물어볼 능력이 없어 짧지 않은 시간 동안 그들 안에서 존재하지 않는 인간으로 지냈다. 텅 빈 복도에 홀로 남을 때면 사물함과 사물함 사이의 작은 공간으로 들어가 낯선 풍경이 익숙해질 때까지 멍하니 밖을 내다봤는데, 나는 이러한 사정을 아버지에게 말해본 적이 없다. 밤늦게 사택으로 돌아와도 제 방에 틀어박혀 책상에 머물던 그는 내게 곁을 주지 않았고 내가 무슨 말을 한다 해도 돌아올 대답은 뻔했다.

불어를 더 열심히 공부하면 될 일 아니냐.

너무 맞는 말이어서 화만 돋우는 그런 말. 아버지와의 삶은 쉽지 않았다. 그럼에도 나는 은연중에 그를 닮아갔다. 둘만 남은 가족 안에서 내가 행한 최초의 반항다운 반항은 남아도는 사법연수원 성적에도 법원이나 검찰청으로 가지 않는 정도였다. 처음에는 그 선택이 답답한 세계 안에서 굳이 더 답답한 세계를 택하고 싶지 않다는, 단순하고 사소한 마음에서 비롯됐다고 여겼지만 아버지의 거센 반대는 그것이 단순하거나 사소한 마음이기는커녕 나를 감싼 더께를 근본부터 털어내려는 들끓는 마음임을 깨닫게 했다.

서울의 집에서 나와 나주혁신도시에 소재한 공공기관의 법무팀에 들어간 뒤로 아버지와의 관계는 더욱 소원해졌고, 요즘은 학회 소식지나 법률 관련 신문의 기사를 통해 생사를 확인하는 게 전부다. 그곳을 첫 직장으로 택한 까닭은 문화행정을 경험해볼 수 있는 데다 학예사나 예술경영 전공자들과 법무팀 간의 경계가 명확해 서로의 전문성을 침해하지 않는다는 평을 들어서였다. 사내 변호사로 일하는 선배들은 아니, 변호사가 이따위 것까지 해야 돼? 라며 애매한 지위에서 발생하는 고충을 자주 토로했으므로 직종 간의 선명한 선은 분명 큰 이점이었지만 예상치 못한 지뢰는 팀 안에 있었다. 6년을 만났다는 여자친구와 헤어진 연수원 다섯 기수 위의 남자 선배는 헤어지기 전부터 밤마다 내게 전화를 걸었다. 이 변호사. 뭐 하냐? 술 한잔 하자. 응? 정민아 술 좀 마시자고—오. 명백히 미친 새끼였음에도 미친 새끼를 대하는 법을 몰랐던 나는 차악을 택했다. 부처 간 회의에서 만난 산업통상자원부 산하기관의 남자 변호사는 에둘러 거절하는 내게 끈질기게 대시했다. 상대를 사랑하는 자신에 겨워 제 생각만 강요하면서도 강요하는 줄 모르는 '대시'라는 의례도 싫었지만 정말 싫었던 것은 끈질김 그 자체였다. 그러나 미친 새끼의 전화에 지친 어느 밤, 그가 순한 눈망울로 재차 애원하자 나쁜 인간이 된 것만 같은 착각에 빠진 나는 고개를 끄덕였고 우리가 서로의 집을 오간다는 소문이 퍼지면서 미친 새끼의 전화는 뚝 끊겼다.

남자친구는 한 치의 의심도 없이 우리 관계가 조만간 결혼으로 이행하리라 믿었다. 나는 그렇지 않았다. 업무 시간에 반복되는 미친 새끼의 딴죽도 지겨웠고, 기능적이기만 한 혁신도시의 풍경도 지겨웠으며, 섹스라고는 삽입밖에 모르는 그가 일을 끝내고 곁에 누워 이후의 삶을 읊는 것도 지겨웠다. 아이는 두 명만 낳자. 우리 사이에 아기가 나오면 누굴 닮아도 똑똑하겠지? 자기가 그림도 잘 그리고 예술에 조예가 깊으니까 아이한테 정서적으로도 좋을 거야. 결혼하면 서울로 돌아가자. 신혼집은 목동에서 시작하고 나중에 한강이 보이는 곳으로 옮기면 되지 않을까? 못해도 광장이나 화우는 들어갈 테니 걱정하지 마. 내가 다 책임질게.

내 인생은 말이야.

어느 날 침대에서 몸을 일으킨 내가 말했다.

내가 책임져.

깍지 낀 손을 베고 누운 그가 얼떨떨한 얼굴로 나를 보았다. 그리고 너, 남의 침대에 기어올라올 때는 좀 씻어, 네 냄새, 되게 좆 같아, 라고 말한 나는 혼자 서울로 돌아와 지금의 법무법인에 들어왔다. 그즈음 나는 내 인생에 누구를 들일지는 내 선택인데 내 감식안은 왜 이 모양인가, 라고 스스로를 탓하다가도 그나마 잘생겼고, 허우대 좋고, 똑똑하다는 남자들만 만났는데도 이 모양이라면 그냥 이 종자들이 원래부터 이렇게 생겨먹은 게 아닌가, 라는 의심을 거두지 못했다.

돌이켜보면 내 삶에 처음 들어온 남자부터 그랬다. 대학 신입생 때 나는 짝짓기에 혈안이 된 복학생들을 피한다고 피해왔지만 내 안에 자리한 연민은 피하지 못했다. 홀어머니 밑에서 자라는 동안 겪은 곤궁과 차별을 숨김없이 얘기하던 그는 반드시 출세하겠다는 포부를 조금의 주저함도 없이 밝히곤 했는데, 도리어 그 모습이 제 결여를 적극적으로 숨기는 듯이 보여 이상하게도 눈길이 갔다. 종강파티 중간에 잔뜩 취한 그가 내게 고백했을 때 나는 그의 손을 잡아주었고 다음 학기부터 우리는 다른 많은 법대 커플들처럼 함께 학내 고시반에 들어갔다. 강의실과 고시반에서 대부분의 시간을 보낸 우리는 일주일에 한 번, 그의 원룸으로 가서 저녁을 만들어 먹었는데 어릴 적부터 몸에 밴 살림의 습성은 일주일이 멀다 하고 너저분해지는 그의 원룸에서도 멈추지 않았다. 어리석게도 나는 그걸 사랑이라 여겼고, 2년이 지나 우리는 사법고시 1차에 나란히 합격했으나 나만 동차합격하자 그는 당당함으로 덧칠한 유리 갑옷 아래 숨겨둔 자기 연민을 쏟아냈다. 결국 너는 성골이라며, 우리는 애초 어울리지 않았다고, 처음부터 이렇게 되리라는 걸 너는 알고 있지 않았냐며 소리치고는 다시 전화를 걸어와 정말 헤어질 거냐며 매달리길 반복했다. 매년 사법연수원에는 층마다 '조강지처 조강지부 버린 쌍년놈'이라는 꼬리표가 붙은 예비 법조인이 두세 명은 있었다. 당연히 내게도 그런 꼬리표가 달렸지만 그나마 내가 율사가 됐기에 그가 악성 루머만 퍼트리는 데서 멈췄으리라 짐작한다.

그러니까 남자에 대한 기대를 접은 지는 오래되었다. 가끔씩 치밀어 오르는 연애 감정도 잠시, 만나고 나면 금세 지루해졌다. 부양가족과 부채 없이 안정된 직업을 가진 여자가 남자와 같이 사는 일은 어느 모로 보나 합리적이지 못했고 내 목표인 조기 은퇴와 화가로서의 삶을 생각해봐도 그 모습이 선뜻 그려지지는 않았다. 책 표지를 펼쳐 차례만 훑고 덮어버리는 것과 다름없던 당시의 내 연애 패턴을 고려해보아도 그랬다. 김한서와의 만남은 무척 예외적이었다.

*

지난해 봄, 나는 교대역 스터디룸에서 한서와 처음 만났다. 지재권 시장을 분석하고 관련 구인 정보를 공유하는 모임에서였는데, 친한 대학 동기 언니가 보내준 캡처 화면 덕에 나는 그 모임에 참석할 수 있었다. 언니는 법학전문대학원 출신 변호사들만의 커뮤니티에 올라온 게시물을 보내주면서 괜찮으면 한번 가보라고 했다. 연수원 출신이 로스쿨 출신을 깔보는 건 공공연한 사실이라 언제인가부터 우리는 그 사실을 없는 듯이 취급해왔기에 언니가 굳이 그런 사족을 붙여 보낸 것이었다. 사실 나로서는 마다할 까닭이 없었다. 이직은 정보전이다. 다른 분야보다 좁은 지재권 시장의 정보는 이런 모임이 아니면 한곳으로 모이지 않았다. 그럼에도 평일 저녁 예닐곱 명의 변호사들이 스터디룸에 모였을 때 그 게시물을 올렸던 모임장 격의 남자가 귀하신 몸이 누추한 곳엘……이라며 계면쩍게 웃자 조금은 후회했다. 그래도 다들 표준적인 사회성은 갖춘 터라 이후에는 그런 농담이 나오지 않았는데 한 시간가량 향후 일정을 짠 우리는 근처의 카페로 자리를 옮겼다.

지재권을 축으로 모인 만큼 구성원들은 예술 시장에 관심이 많았다. 우리는 그즈음 대형 갤러리에 작품을 전시하면서 활동을 재개한 유명 작가의 표절 사건을 얘기하다 실체적 유사성 입증의 어려움을 논했고, 근래 열린 젊은 작가 특별전에서 구매한 신진 화가들의 작품을 품평하다 미술 관련법이 엉망이라며 입법자들의 무지를 성토했다. 여러 줄기로 흐르던 이야기는 경복궁역 부근의 사설 갤러리에서 진행된 어떤 전시회로 모여들었다. 당시 세간의 화제였던 전시로, 생존 화가 중 경매 사상 최고가를 갱신한 것으로 유명한 게르하르트 리히터의 기획전이었다. 사람들이 입을 모아 그 비싼 작품들이 일개 사설 갤러리에 걸렸다는 사실에 놀라워한 것은 수년 전 광주비엔날레에 전시될 예정이었던 아이웨이웨이의 작품이 운송 과정에서 파손된 적이 있어서였다. 작품을 대여해준 해외 미술관이 7억 상당의 소를 제기했는데 5년여의 소송 끝에 상소를 기각한 대법원이 파손 입증책임의 소재가 대여자에게 있다는 하급심의 선고를 유지한 뒤로 해외 오너들은 한국에 고액 작품을 대여하는 것을 꺼려왔다. 입증책임에 관한 판시를 두고 열띤 토론이 이어졌으나 정작 나는 리히터의 그림을 구체적으로 떠올리진 못했고 그건 비단 나만의 문제는 아닌 듯했다. 리히터의 작품들이 어떤 게 있었나를 꼽아보다 사람들의 말수가 눈에 띄게 줄어들자 내 오른편에 앉아 있던 한서가 서류가방을 열었다. 멀끔하게 생긴 편이라 나는 이미 몇 번인가 그에게 눈길을 줬었는데 가방에서 아이패드를 꺼낸 그가 긴 손가락을 차분히 움직이며 무언가를 검색하더니 자신이 가장 좋아하는 리히터의 작품이라며 그림 한 장을 띄워 커피 테이블 가운데 올려놓았다.

그림은 어둡고, 아주 흐릿했다. 거기에는 퍽퍽한 질감의 옷을 입은 사람의 상반신이 그려져 있었다. 아무래도 여성처럼 보이는 피사체는 거무스름한 벽을 배경으로 비스듬히 서 있었다. 피사체의 헝클어진 검은 머리칼은 옆으로 짙게 드리운 그림자와 구분이 되지 않았으며, 검은 눈동자 또한 안와에 진 음영과 뒤섞여 형체가 분간되지 않았다.

애착하는 대상에게 느끼는 불안 같은 거?

한서가 모호하기 이를 데 없는 초상을 두고 무엇을 말하는 작품처럼 보이냐고 묻기에 나는 그렇게 답했다. 눈을 동그랗게 뜬 한서는 자기도 처음에는 그렇게 읽었다고 했다. 이런 식으로 흐릿하게 처리된 윤곽이 리히터 초기작의 특징이라고 말한 그는 화면을 옆으로 넘겼다. 두 번째 그림에서 피사체의 윤곽은 좀 더 명확했다. 무표정하게 정면을 보던 첫 번째 그림과 달리, 피사체는 공허한 눈빛으로 웃고 있었다. 한서가 또 한 번 화면을 넘기자 이번에는 흐릿함이 완전히 사라진 그림이 나타났다. 그 피사체는 고개를 아래로 떨군 채 몸을 옆으로 돌리고 있었는데 나는 이 그림을 보고서야 피사체가 두른 거적 같은 옷이 다름 아닌 죄수복임을 알 수 있었다.

그림의 모델은 구드룬 엔슬린. 독일 적군파의 일원이었던 그는 1972년에 체포되기 전까지 다섯 차례의 폭탄 테러를 일으켰다. 리히터는 엔슬린의 머그샷 중에서 몇 장을 골라 사진 그대로 캔버스에 옮긴 다음 그림을 흐릿하게 변형했다. 그것으로도 모자라 수인의 흔적을 지우기 위해 원래 사진에서 상반신만 교묘히 트리밍했다고 말한 한서는 이런 작업을 통해 리히터가 테러리스트의 초상을 무해한 이미지로 재탄생시켰다고 설명했다. 중립적이지 않나요? 마치 팝스타처럼. 작품 사진 아래에 적힌 설명을 훑어보던 한서가 첫 번째 그림을 두고 리히터 본인이 평자들에게 물었다는 말을 인용했다. 이런 말도 했네요, 라며 그가 덧붙였다. 당시 나는 그들의 이데올로기에 전혀 공감하지 못했고 이해할 수도 없었다. 그러나 분명 인상적이었고, 당대의 많은 사람들처럼 나도 감명을 받은 듯했다.

한서는 흐릿하게 처리된 테러리스트의 이미지가 이런 질

문을 던지는 게 아닐까, 생각한다고 말했다. 우리 모두 엔슬린처럼 괴물이 될 수 있는 인간이 아니냐고. 그래서 문제작으로 남았는지도 모르겠다고 그가 나긋한 목소리로 이야기했지만 나는 그런 관점이 나이브하게 느껴졌다. 비도덕적 행위에 감정적으로 동조하는 것은 아닌가, 라는 생각이 들자 예술의 의미가 무엇인지는 모르나 아닌 것에 대해서는 아니라고 말하는 것도 예술이 복무할 윤리가 아닌지 묻고 싶어졌다. 테러리스트는 테러리스트일 뿐이라고, 어떤 포장으로도 그 사실은 가릴 수 없다고, 정교한 포장은 단지 살인범에 대한 관음증적인 욕망일지 모르며 그것은 도덕적으로도 유해하지 않느냐고. 나는 이런 맥락으로 반론을 제시했는데 한번 트인 입은 닫히지 않아 변호사가 돼가지고 왜 이렇게 순진한 척을 하냐고, 거짓말하지 않는 의뢰인을 본 적이 있느냐며, 수임료 떼먹힌 적이 한 번도 없냐고 핀잔을 주었다. 김 변호사는 로클럭하다 관두고 얼마 전에 필드로 나왔어요. 속세 사정을 잘 몰라. 맞은편에 있던 다른 변호사가 그를 두둔하기에 조금 지나쳤나, 싶어진 나는 내가 원체 필터가 없어서 그렇다며 사과했는데 고개를 저은 한서가 그것도 좋죠, 라며 조용히 대꾸했다.

뭐가요?

필터, 없는 거요, 라고 대답한 한서가 어렴풋이 웃어 보였다. 부러 지어낸 웃음으로는 보이지 않아 내심 안도했지만 그렇다 해도 안도의 깊이가 지나치게 깊다는 기분이 들었다. 대화의 주제가 육아로 넘어가면서 다른 이들과 공분모를 찾지 못한 우리는 자주 둘만의 대화를 나눴다. 학부 때 미학 같은 것을 전공하지 않았을까, 라는 추측과 달리 그는 전직 경찰이었다. 넉넉지 않은 형편을 고려해 내린 최선의 결정이 경찰대였다고 말한 그는 학교를 다니는 내내 맞지 않는 옷을 입고 있다는 느낌에서 자유롭지 못했다고 했다.

의무복무 기간을 채우고 진로를 바꿨습니다. 경로가 정해진 삶을 살게 되면 그 경로에서 벗어나는 것만으로도 실패가 아닐까, 그런 걱정을 하게 되잖아요? 우습게 들리시겠지만, 법전원에 들어갔을 때 오히려 해방감이 들더라고요.

나는 그 말이 하나도 우습지 않았고 무슨 느낌인지도 알 것 같았다. 카페에서 일어나 헤어지는 길에 우리는 번호를 교환했다. 택시에 타자마자 나는 한서의 카톡 프로필을 확인했는데 프로필 사진에 담긴 그의 너른 뒷모습보다 그 뒤의 배경화면이 눈길을 끌었다. 프랜시스 베이컨의 작품으로, 제목은 기억나지 않았지만 붉은 바탕에 입을 벌린 괴물이 그려진 제법 알려진 그림이었다. 그림을 터치해 옆으로 넘기니 그가 배경화면으로 삼았던 다른 작품들이 이어졌고 마이너한 것 중에서 메이저한 것을 좋아하는 그의 취향은 일관되어 보였다. 그랬기에 'PYSCO SLUT'이라고 큼직하게 적힌 트레이시 에민의 퀼트 작품을 본 나는 조금 의아해졌다. 아무래도 에민이 지옥에서 온 페미니스트 느낌이라 그의 오서독스한 취향과는 동떨어져 보인 탓이었다.

—김 변호사님 ㅋ

나는 카톡을 보냈다.

—넵 ㅎㅎ 잘 들어가고 계시죠?

—네 ㅋ 근데 트레이시 에민 좋아하세요??

—아…… 그냥 인상이 좀 강하게 박혀서요 ㅎㅎ

—왜요???

—아 ㅎㅎ 음……

뜸을 들이던 한서는 이런 얘길 해도 되는지 모르겠다며 또 쩜쩜쩜을 찍어 보냈다. 뭔데요 뭔데? 라는 내 재촉에 굳이 여쭈어보시니 대답한다고 귀책사유가 내게 있음을 적시한 그는 예전 여자친구가 좋아해서 자기도 좋아하게 된 작품이라고 털어놓았다.

—그런 얘기 못 할 건 뭐야 ㅋㅋㅋㅋ

푭, 하고 웃은 내가 빠른 손놀림으로 메시지를 보냈다.

—누구랑 헤어지고 그림 몇 점 음악 몇 곡 남으면 괜찮은 장사 아닌가? ㅋㅋㅋ

내가 놀림조로 덧붙이자 한서가 눈물을 흩뿌리며 웃는 모양의 이모티콘을 보내왔다. 이모티콘 위로 그의 웃는 낯이 겹쳐졌고 나는 양재 집으로 가는 사이 그와 계속 카톡을 주고받았다. 요즘 같은 변호사 과잉 공급 시대에 수요가 한정적인 지재권은 썩 인기 있는 분야가 아니었다. 미술 관련법은 더욱 그러했는데 그럼에도 취향의 현금화가 나의 알리바이라고 메시지를 보내자 한서는 유난히 ㅎㅎㅎ를 많이 붙이며 공감을 표했다. 자기도 그 취향의 현금화라는 알리바이로 이 분야를 파게 됐다며 일단은 사례를 많이 접할 수 있는 기업에 인하우스로 들어가길 원한다고 했다.

— 그다음엔?

— 글쎄요…… 언젠가는 바다가 보이는 곳에서 개업하려구요 ㅎㅎ

— 거기서 뭐 하게요? ㅋ

— 그냥…… 나태하게 살고 싶어요 ㅎ

그 문장을 읽고서 나는 혼자 픽, 웃었는데 그와 동시에 화구를 챙겨 한적한 해변으로 향하는 내 모습이 머릿속에 그려져 놀라지 않을 수 없었다. 최근에 와서야 나는 한서에게 그토록 빨리 빠져든 이유를 생각해본 적이 있다. 그에게는 마음만 먹으면 무엇이든 가능하다고 여기는, 경쟁을 뚫고 올라온 인간 특유의 전능감이 없었다. 좋아하는 것을 열광적으로 말하면서도 너무 많이 떠들지는 않았는지 걱정하는 그는 꼬마 김기춘들로 득실대는 업계 남자들과 분명히 달라 보였다. 집에 도착한 나는 이제 씻으러 간다고 카톡을 보냈지만 샤워 후에도 우리의 대화는 계속됐고, 다음 스터디 일정은 보름 뒤였으나 둘 다 교대역 인근에서 일했던 터라 누가 먼저랄 것도 없이 조만간 저녁이나 먹자고 했다.

그래서 그 여자친구랑은 왜 헤어졌어요?

다음 날 저녁, 하얼빈 맥주로 목을 축이는 한서에게 내가 물었다. 한서는 너무 훅 들어오는 거 아니냐며 그런 얘기는 가지튀김이라도 나오면 하자고 했지만 그런다고 보채지 않을 내가 아니었다. 지금 말하지 않으면 가지튀김이고 뭐고 없다고 하니 사람 좋아 보이는 웃음을 지은 그가 하는 수 없다는 듯이 고개를 모로 젓고는 그때의 이야기를 주섬주섬 꺼냈다.

오랜 시간 친구로 지낸 그들은 한서가 로스쿨에 들어가던 해에 연인이 됐다. 미술사 석사과정을 밟고 있던 여자친구의 학교는 한서의 대학원과 인접해 있었다. 한서가 살던 연희동 자취방과 그 근처의 카페에서 각자 다른 공부를 하던 그들은 짬이 나면 서촌이나 북촌으로 가서 작은 전시들을 보았다. 지금처럼 핫플이 되기 전의 그곳은 고즈넉했는데 여자친구와 골목을 거닐며 작품에 관한 이야기를 나누다 보면 한서는 갈색이었던 제 삶이 보랏빛으로 물드는 느낌을 받곤 했다. 어쩌면 자기와 비슷한 배경에도 제 힘으로 예술에 투신하고자 하는 모습에 더욱 이끌린 것 같다고 말한 한서는, 그러나 정확히 한 해가 지난 시점부터 그들 사이에 금이 갔다고 했다. 여자친구가 한서의 자취방에 노트북을 두고 나간 사이, 영화를 보려고 노트북 화면을 펼쳤는데 절전모드가 해제되면서 비공개 블로그가 눈앞에 나타났다. 당황한 한서는 곧장 인터넷 창을 끄고 노트북을 닫았지만 눈에 들어온 것은 지워지지 않았다. 블로그 화면 오른편에는 남자의 이름으로 된 폴더들이 있었다. 거기에는 한서와도 알고 지낸 전 남자친구도 있었고 한서의 이름으로 된 폴더도 맨 마지막 칸에 있었다. 잠시 후 자취방으로 돌아온 여자친구가 노트북을 켰다가 무언가 바뀌었음을 알아차리고는 한서에게 혹시 봤느냐고 물었다. 그가 엉겁결에 큰 소리로 아니라고 대답하니 여자친구는 어처구니없다는 듯이 웃었다. 감정이 있는 게 아니야. 기억을 되새길 필요가 가끔 있을 뿐이야. 여자친구는 원한다면 지우겠다고 했으나 한서는 그럴 필요가 없다고 했고, 그렇게 없던 일로 지나가나 싶었지만 한 가지 의문은 한서의 머리를 떠나질 않았다. 왜 너는 나를 만나는 걸까. 그런 생각을 하다, 스스로가 비루해져 있다 말다 하길 반복한 끝에 한서가 어렵사리 물었을 때, 여자친구는 무심하게 그냥, 이라고만 답했다. 한서는 그 말을 듣는 순간 거짓말처럼 그에 대한 사랑이 사라져버렸다고 했다. 믿음이 열어지면서 그들 사이에 다툼은 잦아졌고 변호사 시험 준비를 핑계로 한서가 각자의 시간을 갖자고 하자 외려 그때부터 여자친구의 집착이 시작됐는데 그 집착조차 목적이 있는 것처럼 느껴져 관계는 엉켜버렸고 그런 종류의 지독함이 서로에게 해롭다는 사실이야 진즉에 깨달았지만 그들이 완전히 헤어지기까지는 그러고도 수 개월이 더 걸렸다.

에이, 정말 그분이 한서 씨를 그냥 좋아했을지도 모르잖아?

내 말에 한서가 격하게 고개를 끄덕였다. 예전에는 불신 탓에 헤어졌다고 여겼으나 이제는 그게 아님을 안다고. 그런데 이 변호사님은, 사람이 사람을 그냥 좋아할 수 있다고 생각하세요?

아뇨. 나는 가지튀김을 씹다 말고 천연덕스레 대답했다. 맥주 두어 잔에 얼굴이 불그스름해진 한서가 '엥?' 하는 표정으로 나를 쳐다봤다. 그럴지도 모른다고 했지, 그렇다고는 안 했는데?

변호사 맞네요.

그럼요. 매일 영혼을 팔잖아. 그것도 헐값에. 사람 저울질하는 것쯤이야. 내가 양손바닥을 번갈아가며 위아래로 움직이자 한서가 크게 소리 내어 웃었다. 그의 연애담을 듣고 있자니 내 대학 시절을 바친 그 지질한 새끼가 자꾸 떠올랐고, 성골이니 어쩌니 소리치고는 정말 헤어질 거냐고 매달리다 악성 루머까지 퍼트린 그 인간과의 지독한 연을 말해주자 한서는 벌레라도 본 듯한 얼굴로 도리질을 쳤다. 더 소름 돋는 거 뭔지 알아요? 걔 그다음 해에 붙었다! 라는 내 말에 한숨을 쉰 한서가 잘 마시지도 못하는 술을 한 잔 더 채웠다. 그가 혼자 홀짝이고는 눈을 내리깐 채 잠자코 있기에 나는 술 식겠다며, 무슨 생각을 그렇게 하느냐고 물었다. 음, 하고 말을 삼가던 그는 조심스러운 말투로 그 사람이 느꼈을 열등감이 뭔지는 알 것 같다고 했다. 젓가락으로 테이블을 내려치면서 쓸데없는 데 감정이입하지 말라고 목소리를 높이니 손사래를 친 그는 그렇다고 그래도 된다는 말은 절대 아니라며 안절부절못했는데 나는 그 모습이 재미있어 말꼬리를 잡아 계속 놀려댔다. 말발 경력은 못 따라잡겠다고 항복을 선언한 그가 해탈한 듯이 웃기에 나는 그 웃음을 우스꽝스레 흉내 냈고 그런 나를 보며 미소를 지은 그는 헤어질 무렵이 아니었음에도 우리 다음엔 언제 만날까요? 라고 별안간 진지하게 물었다. 나는 그의 성마른 질문에 웃음을 터트렸다. 말간 얼굴로 뒤통수를 긁는 그를 보니 나도 모르게 입꼬리가 올라갔다. 그런 허술함도 싫지가 않았다. 자주 보고 싶은 얼굴이었다.

*

1959년, 동독의 젊은 화가 게르하르트 리히터는 카셀도큐멘타에 전시된 자유 진영의 화풍에 충격을 받아 서독으로의 이주를 결심한다. 베를린장벽이 세워지기 전이라 가능한 일이었다. 서독으로 넘어온 리히터는 뒤셀도르프 아카데미에서 만난 지그마어 폴케, 콘라트 루에크와 '자본주의 리얼리즘'

그룹을 결성해 단체전을 열었고 당대의 평자들은 리히터의 흐릿한 사진 회화에 주목했다. 훗날 '리히터스 블러(Richter's Blur)'라 불리게 될 그 기법은 반사투영기로 실제 사진을 캔버스에 비춰 본을 뜬 다음 아직 마르지 않은 캔버스를 스펀지나 찰필로 눌러 뭉개버리는 것으로, 홀로코스트 이후 예술의 가능성을 회의하던 평자들에게 직관적인 통찰을 제공했다고 알려져 있다. 죽음까지 불사하는 그 맹신적 힘은 무엇이었을까. 갤러리 지하 전시실로 내려가는 계단 벽면에 리히터가 했다는 말이 적혀 있었다. 한서는 그 앞에서 작가가 이런 말을 하게 된 배경을 들려주었다. 나치군에 복무한 리히터의 외삼촌은 교전 중 전사했고 아버지는 부역자라는 이유로 전후 사회에서 소외됐다. 정신병력이 있던 이모는 히틀러 정권의 인종청소로 강제 안락사를 당했는데 나중에 리히터는 본인의 장인이 안락사를 진행한 의사 중 한 명임을 알게 된다. 그의 설명을 듣자 검붉게 쓰인 문구가 새로이 보여 나는 얼마간 그 문장에서 눈을 떼지 못했다.

가지튀김을 먹은 그날 이후로 우리는 자주 만났다. 평일에는 서로의 직장이 있는 교대역에서 데이트를 했다. 그러나 강남 한복판에 말뚝처럼 박힌 중앙지법의 기운 때문인지 그 동네를 벗어나지 않으면 여느 율사들의 대화와 다를 바 없는 이야기가 오갔다. 하늘 높은 줄 모르고 치솟는 파트너 변호사들의 연봉과 거기에 반비례해 깎여나가기만 하는 우리 같은 어쏘 변호사들의 보수, 제정신으로 버티기 힘든 무의미한 송무들과 도저히 인간적으로 대할 수 없는 진상 의뢰인들. 3백억대 자산가가 2천만 원 때문에 진행하는 소송을 맡았는데 감정이입이 하나도 되지 않는다는 한서의 푸념에 나도 지금 그런 케이스를 두 개나 쥐고 있다며 질색했고, 우리 중에 누가 신문 1면에 제일 먼저 나올까? 물론 나쁜 쪽으로, 라며 실실 웃어대던 연수원 남자 동기들에 관해 내가 이야기하면 한서는 몸서리를 쳤다. 그와 입으로 스트레스를 푸는 평일 저녁은 분명 즐거웠으나 일이 끝난 후에도 일에서 벗어나지 못하는 기분이라 주말이면 우리는 강박적으로 강남 일대를 벗어났다.

우리의 주말 데이트는 보통 경복궁역에서 만나는 것으로 시작했다. 화랑을 돌아다니며 자신의 나태한 꿈 사이를 유영하고 나면 한서는 조금 높아진 목소리로 간증하듯 말했다. 맹목적인 열광의 이면에 비치는 위태함은 그의 얇은 입술과 도드라지는 목빗근처럼 그에게 빠져든 이유이기도 했다. 다른 어떤 전시회보다 우리가 리히터 특별전을 먼저 보러 간 것은 당연한 순서였다. '카셀도큐멘타 시기부터 10월 연작까지'라는 부제가 붙은 그 전시회의 제목은 '자본주의 리얼리즘의 잠정적 귀환'이었는데 우리에게는 하이라이트가 될 〈1977년 10월 18일에 죽은 자〉 연작은 갤러리 지하에 전시돼 있었다.

가장 맛있는 부분을 아껴 먹듯 3층 전시실부터 관람하며 내려온 우리는 검붉은 글씨가 적힌 계단을 지나 지하층에 당도했다. 암막커튼이 가로막은 전시실 입구에는 브로슈어가 놓인 작은 책상이 있었고 그 위의 벽면에도 이런 글귀가 붙어있었다.

나는 어떤 강령도, 어떤 방향성도 갖고 있지 않다.

나는 일관성이 없고, 충성심도 없으며, 수동적이다.

나는 무규정적인 것을, 무제약적인 것을 좋아한다.

나는 끝없는 불확실성을 좋아한다.

넘나 인스타 감성, 이라고 내가 그 문구를 보면서 중얼거리자 소리 죽여 웃은 한서가 암막커튼을 열어젖혔다. 브로슈어 한 장을 들고 컴컴한 내부로 들어가니 노란색 레일 조명이 각각의 작품을 비추었다. 1977년 10월 18일은 수감 중이던 독일 적군파 조직원들이 연쇄적으로 사망한 날이다. 집단자살인지 공권력에 의한 보복성 살해인지는 지금도 논란이 분분하지만 열다섯 점의 연작은 그에 대한 판단을 보류한 채 울리케 마인호프의 젊은 날을 그린 초상부터 사망한 조직원들의 관이 슈투트가르트 공동묘지로 옮겨지는 장면을 재현한 대형 작품까지 이 조직이 생장하고 절멸해간 과정을 담담하게 묘사했다.

컨프론테이션(Confrontation).

한서가 아이패드로 보여주었던 구드룬 엔슬린의 초상에

는 이런 제목이 붙어 있었다. 연작 속 연작의 형식을 띤 세 점의 작품은 각기 〈컨프론테이션 1〉 〈컨프론테이션 2〉 〈컨프론테이션 3〉이라 불렸다. 브로슈어에는 그 단어가 심리학에서 '직면'으로 번역된다고 적혀 있었으나 내게는 '대질'이 더 익숙한 번역이었다. 사진으로 볼 때와 달리 작품은 1제곱미터가 넘을 만큼 큰 편이었고 그 덕에 유화물감의 질감도 생생히 보였다. 유화 작품을 대할 때면 나는 붓 터치를 관찰하기 위해 가까이 다가가는 버릇이 있었는데 초점이 맞지 않는 느낌에 어지러워져 이내 뒷걸음질을 쳐야 했다. 특히 〈컨프론테이션 1〉은 멀어질수록 또렷해지는 착각이 들어 나는 그 작품을 앞에 두고 자꾸만 멀어져갔다. 그런 나의 등을 한서가 손바닥으로 가볍게 받쳤다가 뗐다. 뒤를 돌아보니 교도소 바닥에 쓰러진 남자, 즉 독일 적군파의 우두머리 중 한 명이었던 안드레아스 바더의 죽음을 그린 또 다른 작품이 격벽에 전시돼 있었다. 한서에게 고맙다고 속삭인 나는 다시 정면에 걸린 엔슬린의 초상을 바라봤다. 당연하게도 그림은 여전히 흐릿했는데, 강제로 안경이 벗겨진 고도 근시자의 당혹스러운 시선과도 같은 그 흐릿함이 문득 처연하게 느껴진 것은 눈앞에 두고도 닿지 못할 누군가를 그리는 막막함처럼 그것이 상실을, 언제일지 모르나 반드시 다가올 상실을 말하는 것처럼 보인 까닭이었다.

그래서였을까.

나는 불현듯 오를레앙에서의 한 시절을 떠올렸다. 프랑스 아이들과 말을 튼 후에도 투명한 구체에 갇힌 듯, 잘해봐야 그들 사이에서 두더지나 청설모같이 아담하고 신기한 동물일 수밖에 없었던 그 시절을, 누구에게도 티 내지 못했던 고립을, 그리고 그로 인한 외로움을, 언젠가 도래할 끝을 기다리며 견뎠던 그 시간들을.

토요일 오후의 봄바람은 선선했다. 많이 걸어도 땀이 나지 않을 날씨였다. 갤러리를 나선 우리는 저녁식사를 예약해둔 북촌의 레스토랑까지 걷기로 했는데 한번 되살아난 기억은 가시지 않아, 자하문로를 따라 발걸음을 옮기면서 나는 한서에게 타지에서 보낸 학창 시절을 얘기해주었다. 한서는 텅 빈 복도의 사물함 사이로 걸어 들어가는 아이가 제 앞에 있기라도 한 듯이 싱숭생숭한 얼굴로 나를 보았다.

어쩌면, 그게 이 변호사님이 뭔가 다른 이유인가 봐요.

그 말에 코웃음을 친 나는 언제까지 꼬박꼬박 '변호사님'을 붙일 거냐고 면박을 주었다. 그러면서도 이해받고 있다는 생각에 기분이 나아진 까닭은 어설프게 공감하면 도태되기 십상인 이 바닥에서 그나마 공감 능력을 유지할 수 있었던 것은 철저히 소외됐던 유년 시절의 경험 때문인지도 모르겠다고 남몰래 생각해와서였다. 말없이 걷기만 하던 우리가 자하문로에서 효자동삼거리 쪽으로 방향을 꺾었을 때, 한서는 자기도 어린 시절에 나와 비슷한 일을 겪었다고 말했다. 관심 있는 한 가지에 외통수로 몰두하는 성향은 지금과 다르지 않아 만만한 표적이 되기 십상이었다는 그는 상상하는 것보다 조금 더 끔찍한 시기였다고, 성인이 되고서 공권력 언저리를 계속 배회한 것도 그때 살아남으려고 발버둥친 결과라는 생각을 종종 한다고 덤덤히 말했다. 나는 그 이야기를 듣고서 잠시 멈춰 섰다. 그를 쳐다보면서 그의 어깨를 툭툭 치자 그가 멋쩍어했다. 아니, 그렇게 불쌍하게 보진 마시구요.

우리 자주 봐요.

뜬금없을 법한 내 말에 한서가 그러고 있잖아요? 라며 환하게 웃어 보였다. 그러고서 우리는 경복궁의 돌담길을 따라 계속 걸었다. 청와대가 한눈에 들어오는 신무문 앞은 관광객들로 북적였고, 국적을 알 수 없는 관광객들이 주변을 살피지 않은 채 기념사진을 찍느라 길을 막아섰다. 그 바람에 내가 머뭇거리자 한서가 내 왼손을 살며시 잡고는 삼청동 방향으로 이끌었다. 나는 그때의 따스한 촉감에서 우리의 미래를 잠깐 엿보았던 것 같다. 섬세한 미감을 공유한다는 감각과, 조금은 대책 없어 보이는 우리의 모습과, 그럼에도 서로가 서로의 비빌 언덕이 되리라는 안정감이 자리한 어떤 장면들을.

흐드러지게 피었던 꽃들이 지면서 업무는 예년처럼 바빠

졌지만 우리는 어떻게든 시간을 냈다. 경복궁을 벗어나 석파정으로, 북서울로, 과천으로 우리의 반경은 넓어졌고 오래지 않아 우리는 무람없이 서로의 집에 드나드는 사이가 됐다. 그럼에도 우리가 주말 저녁을 함께 보낸 장소는 대체로 한서의 집이었다. 그건 내가 그의 투룸짜리 전셋집을 워낙 좋아해서였는데 사당역에 있던 그 집은 다소 좁았으나 한서의 취향과 성향이 집약돼 있어 현관에 들어설 때마다 그의 따뜻한 몸속으로 들어가는 기분이 되곤 했다. 그 공간에서 나는 거실에 있는 패브릭 소파를 가장 좋아했다. 세탁하는 주기가 짧은지 짙은 남색의 커버에서는 늘 좋은 향기가 났고, 그 소파 옆의 장스탠드만 켜둔 채 서로가 좋아하는 음악을 번갈아 들을 때면 나는 자주 그의 허벅지를 베고 누웠다. 한서는 그런 나의 머리카락을 간간이 쓰다듬었으며 나는 결코 태만해지지 않는 그의 손길이 가능한 한 오래도록 내 곁에 머무르기를 바랐다.

에어컨을 잠시도 끌 수 없는 열대야를 지나 컨벡터 작동음이 끊이지 않던 겨울의 끝자락까지, 우리는 노란색 조명이 구석구석 스며든 그 소파에서 많은 이야기를 나눴다. 돌이켜보면 직업도 같고 취향도 비슷했던 우리 사이에는 동질감만큼이나 미묘한 긴장감이 처음부터 있었다. 예컨대 내가 좋아하는 작가는 세라 루커스나 에민처럼 직설적인 반면 한서는 좀 더 올드하고 사연 있어 보이는 작가들, 이를테면 문승근이나 리히터 같은 디아스포라들의 작품을 좋아했다. 은근한 취향 전쟁에도 그런 소소한 논쟁은 우리 사이에 균열을 일으키기보다는 이 관계를 더욱 특별하게 여기도록 만들었기에 우리는 지나간 연애들을 스스럼없이 회고하면서 우리가 그때, 그러한 사람으로 만나지 못했다면 나누지 못했을 법한 이야기들, 그러니까 헌신과 선택과 기만에 관해 기꺼이 이야기를 나눌 수 있었다. 육욕이나 열정을 넘어 사랑의 저 깊은 층위에 헌신이 있다면, 헌신은 곧 유일성을 묻는 과정일 것이고 그 과정은 역설적으로 다른 선택의 가능성을 내포할 텐데, 그렇다면 사랑은 스스로를 얼마나 속일 수 있는가에 달려 있는 것은 아닌지, 그렇기에 우리는 스스로에게 거짓말을 하는 데 실패해온 것은 아닌지 자문하면서. 하지만 이와 같은 논리라면 우리 사이에도 반드시 존재해야 했던 거짓말이 다른 거짓말들과 달리 성공적으로 유지되리라는 확신은 어디서 비롯된 것이었을까. 아마 나는 모순되고 불가해하기만 한 그 시간들마저 이 관계의 특별함을 증명하는 무언가로 믿고 싶어 했는지도 모르겠다.

한번은 한서가 그 소파에서 이런 이야기를 꺼낸 적이 있었다. 그가 공을 들였던 항소심에서 패한 어느 주의 토요일이었다. 크게 상심한 그는 아직도 판사라면 치가 떨린다고, 어떻게든 3년을 채우려 했지만 1년도 버티질 못했다며 높아진 목소리로 말했다. 법원조직법이 개정된 뒤로 법학전문대학원 졸업생들은 재판연구원 경력이 있어야 판사 임용이 가능했다. 한서를 지도했던 부장판사는 그가 로스쿨 출신에다 경찰 출신이라는 점까지 들먹이며 노골적으로 그를 무시했다. 누구보다 법을 잘 아는 사람들로 이루어진 곳에서 벌어진, 개인에 대한 공격을 넘어 범주화된 집단을 향한 공격이었다. 괴롭힘은 조직적이되 은밀했고 사수가 바뀐대도 달라질 문제는 아니었으며, 설령 본인이 판사가 된다 해도 나아지리라는 보장은 없었다. 자신이 당했던 치졸한 따돌림을 토로하다 말고 고개를 젓고는 연일 계속된 야근으로 충혈된 눈을 감았는데 그의 입가에 잔물결처럼 남은 웃음기는 지금 그리라면 그릴 수 있을 정도로 유독 스산해 보였다.

나는 한서가 겪은 모욕감이 무엇인지 알았다. 아니, 안다고 생각했다. 그 무렵 내가 다닌 로펌의 파트너 변호사들도 모두 전직 법관이었다. 수억대의 연봉을 받는 그들이 어쏘들도 열정을 가지고 일하면 반드시 좋은 날이 올 거라고 채근하는 말을 내가 귓등으로도 듣지 않은 것은 우리가 결코 그들처럼 될 수 없음을 우리도 알았고 그들도 알고 있었기 때문이었다. 그들 사이에서도 급은 철저히 나뉘었다. 부장판사였는지 아닌지, 부장판사였다면 고법 부장이었는지 지법 부장이었는지, 대학은 어디인지, 같은 대학이면 법대인지 아닌지. 그들을 보조하는 나 같은 어쏘들은 대학은 물론, 연수원 수료자인지 로스쿨 졸업생인지로 나뉘었고, 부모가 수임에 도움이 되는 위치에 있는지 아닌지로도 나뉘었다. 내 직속 상사였던 파트너 변호사는 인격적으로 존경할 만한 사람이었지만 지방법원에서 일하다 필드로 나온 그가 고등법원 부장판사였던 대표 앞에서 저같이 천한 놈이 감히! 라고 스스로를 비하해 웃길 때면 어디부터 잘못됐는지 일일이 짚기도 곤란해 그저 아득해질 따름이었다.

한서의 허벅지를 베고 누운 내가 한쪽 팔을 위로 뻗어 고개 숙인 그의 정수리를 쓰다듬자 그가 느릿하게 눈을 떴다. 내 얼굴을 가만히 내려다보던 그는 힘없이 웃으며 다 지나간 일이라고 말했다. 한서는 나와 마찬가지로 내 머리카락을 쓰다듬었고 우리는 한참동안 서로를 바라보면서 서로의 머리칼을 매만졌는데 나를 보는 그의 얼굴과, 거기에 서린 음울함과, 그럼에도 나와 계속 눈을 마주치려는 그의 노력이 내 마음에 닿는 듯했지만 나는 그 느낌에 온전히 몸을 맡기기보다는 외려 내 감정을 의심했던 것 같다. 또다시 연민이 쳐둔 덫에 걸리는 게 아닌가, 라고 생각하며. 그의 눈을 관통한 나의 의심이 지난한 포물선을 그리며 내게 맹렬히 돌아오고 있다는 사실은 철저히 외면한 채.

*

한서와는 헤어졌다. 서로를 천천히, 나중에는 허겁지겁 읽어가던 우리는 누가 먼저랄 것도 없이 서로의 뒤표지를 덮어 각자의 서랍장 안에 넣어두었다. 그와 보낸 서너 계절이 그저 사랑일 뻔한 순간에 불과했는지도 모른다고, 그와의 연애도 짤막했던 다른 만남들과 다를 바 없으며 단지 낭만적 각본에 좀 더 충실했을 뿐이라고 여기고 싶지만 끝내 그러지 못한 나는 지금도 간혹 서랍장을 열어보곤 한다. 노란 색감과 따스한 촉감으로 충만한 기억을 되새기다 보면 결국에는 단단해 보였던 우리의 관계가 열없이 허물어져간 장면들에 당도하리라는 것을 알면서도. 이를테면 그것은 구드룬 엔슬린과 안드레아스 바더가 연인 사이였음을 뒤늦게 알게 된 여름밤처럼 평범한 대화 끝에 찾아왔다. 한서의 아이패드로 웹서핑을 하다 우연히 이 사실을 알게 된 나는 소파 반대편에서 책을 읽고 있는 그에게 둘의 관계를 알고 있었느냐고 물었다. 한서는 책에서 눈을 떼지 않고서 고개만 끄덕였다.

어쩐지 크리피하지 않아?

그게 왜? 한서가 의아해하는 얼굴로 나를 봤다. 일종의 가스라이팅 아니었을까? 다문 입술을 앞으로 내민 한서는 생각에 잠길 때면 늘 그러하듯 눈을 내리깔았다. 잠시 후 그는 엔슬린이 바더에게 세뇌당해서 테러리스트가 됐을 거라는 가정 자체가 편견일지도 모른다고 말했다. 나는 고개를 저었다. 상식적으로 생각해봐.

상식?

응, 상식. 그래봤자 거기도 70년대였어.

글쎄……. 내가 신념형 범죄자들을 많이 접해본 건 아니지만 하나같이 왜곡된 정의감으로 똘똘 뭉쳐 있긴 했거든. 네 생각대로라면 되레 엔슬린의 주체성을 무시해버리는 것 아닐까? 그럼, 같은 여자였던 마인호프는? 바더 못잖은 수괴였잖아? 나는 한서의 이마에 대고 검지를 튕겼다. 그런 속편한 소리는 네가 남자니까 할 수 있는 거야.

정말 그렇게 생각해?

당연한 거 아냐? 우리가 처한 입장이 다르니까 다르게 보이는 거 아니겠어? 대답을 미룬 한서는 나를 가만히 쳐다보다가 하긴, 우리가 좀 다르지? 라고 되물었는데, 그의 머리카락을 손바닥으로 마구 비벼댄 나는 그런 말은 좀 웃으며 하라고 타박했다. 부스스해진 머리칼을 쓸어내린 그가 실없이 웃어 보이기에 나는 너 좀 이상해, 라며 피식거렸다.

넌 아니고? 어이없다는 듯이 말한 한서가 두 손으로 내 뺨을 만졌다. 분명 나도 그의 뺨을 어루만지며 그를 마주 보았을 텐데, 또렷이 떠오를 것만 같은 그때를 되새길 때마다 그 순간, 그의 얼굴만큼은 붙잡히지 않은 채 흩어져버리고 만다.

그러고서 우리의 웃음소리는 점점 커졌고 서로에게 더욱 가까이 다가가면서 대화는 끊겼으므로 어렴히 그가 다정한 눈으로 나를 보았으리라 여기지만, 잠깐 스쳤던 그의 무표정한 얼굴에 담긴 어떤 결락이 내가 기억해내지 못하는 그 찰나에 포착되어 있을지도 모른다는 생각에 지금도 가끔씩 사로잡히곤 한다.

너 좀 이상해.

시간이 지나 한서가 내게 이 말을 그대로 돌려준 날, 우리의 관계는 이미 변곡점을 찍고 급격히 내리막길을 걷고 있었다. 당연하게도 헤드헌터는 내게만 사내 변호사 자리를 제안하지는 않았다. 나주에서 서울로 돌아올 무렵 나를 각별히 챙겨준 업자였기에 내가 높은 확률로 그 자리에 들어가게 될 거라는 그의 말을 최대한 믿고 싶었으나 새로운 자리가 날 예정이라는 소문은 업계에 빠르게 퍼져나갔다. 지재권 모임에 나간 그날은 채용공고까지 올라온 뒤여서 오퍼를 받은 사람이 있느냐는 모임장의 질문에 나는 가감 없이 손을 들었다. 이 변호사한테 오퍼가 왔으면 괜한 수고는 안 해야겠네요. 혹시 또 없나요? 나는 헤드헌터가 한서에게도 연락해 왔음을 알고 있었지만 그는 모임이 끝날 때까지 그런 전화를 받은 적이 없다는 듯이 모르쇠로 일관했다. 속내를 알 수 없어 답답해하던 나는 모임을 마치고서 바깥으로 나오자마자 왜 솔직히 말하지 않았느냐고 그에게 질책조로 물었다.

연말이라 그런가. 사람 많네. 한서는 목도리를 매며 딴소리를 했다. 두꺼운 모직코트의 단추를 다 채우고서야 그는 결론적으로 솔직했다며, 자기는 지원하지 않을 거라고 말했다.

왜? 너 그 자리에 관심 있었던 거 아니야?

정말 모르겠냐는 듯이 멀거니 나를 보던 한서가 입을 뗐다.

네가 원하잖아.

뭐?

네가 얼마나 원하는지 아는데 내가…….

야, 김한서. 갑작스레 밀려든 모멸감에 나는 그의 말을 끊었다. 열이 끓어올랐고 얼굴이 화끈거렸다. 한서는 너무 늦었다고 말하며 강남역으로 발걸음을 옮기려 했지만 나는 그의 팔을 붙들었다.

그냥 가자.

너, 지금 네가 무슨 말을 한 건지 알긴 해? 한서는 피곤해하는 얼굴로 나를 보더니 고개를 떨궜다. 헛웃음이 튀어나온 나는 몇 번인가 끊어 웃다가 그게 무슨 개같은 신사도냐고, 넌 나를 도대체 뭐라고 생각하느냐며, 이러면 내가 좋아하기라도 할 줄 알았냐고 언성을 높였다. 길바닥을 내려다보며 나를 외면하던 그의 귀가 차츰 붉게 달아올랐다.

김 변호사님. 설마 나한테 질 거 같아서 먼저 발 빼시는 거예요?

그런 거 아니야.

그런 거 아님, 뭐 좆 달린 게 벼슬이라서 네가 한번 봐준다는 거야, 뭐야? 말해봐! 한 무리의 남자들이 술 냄새를 풍기며 우리 옆을 지나갔다. 한서는 겨울 정장 차림의 그들이 킥킥대는 것을 힐긋 보더니 고개를 들어 주위를 살폈다. 한참이나 주변을 두리번거리던 그는 정민아, 라며 평소보다 더 나긋한 투로 나를 불렀다. 전에 말이야. 곤란한 표정으로 혀끝을 날름거린 그가 나를 바라보면서 말을 이었다. 우리 단둘이 처음 만났을 때, 내가 물었던 거 기억해? 나는 대답 대신 한서를 노려보기만 했다. 그는 그런 나를 응시하며 숨을 깊이 들이마셨다가 한꺼번에 내뱉었다. 하얀 입김이 그의 얼굴 가렸다가 사라졌고, 다시금 나타난 그의 얼굴은 딱딱하게 굳어 있었다. 그때 내가, 사람이 사람을 그냥 좋아할 수 있냐고 물었잖아. 한서는 굳은 얼굴만큼이나 무뚝뚝한 목소리로 내게 물었다.

넌, 나를 왜 만나니?

한서를 노려보던 나의 두 눈가가 떨려왔다. 이가 시리도록 꽉 다문 입 주위로도 경련이 작게 일었다. 어느새 늘어난 인파가 저마다 웃음소리를 달고 우리 곁을 지나쳤지만 내 눈에는 그들이 사람 아닌 다른 무언가로 변해 녹아내리는 것만 같았다. 바로 맞은편에 서 있는 한서의 무테안경 렌즈가 네온사인 불빛을 반사해 반짝였다. 그 위로 가르마를 왼쪽으로 탄

반곱슬머리 아래 깔끔하게 정리한 눈썹과, 둔각을 그리며 갸름하게 각진 얼굴과, 입가에 하루 동안 거뭇하게 올라온 수염과, 그 사이에 자리한 엷은 입술을 따라 깊게 패인 인중을 타고 올라가면 마주하게 되는 도드라진 코와, 옆으로 길게 찢어져 끝이 아래로 처진 그의 눈 그리고 눈빛, 나를 바라보는 그 퀭한 눈빛이 그의 얼굴과 함께 사정없이 흔들렸다.

면접장에서 보자.

그렇게 말하고서 나는 몸을 틀었다.

안 그러면 우리, 다시는 볼 일 없을 거야.

한서를 등진 나는 강남대로로 이어지는 길목으로 걸어갔다. 정민아! 한서가 등 뒤에서 소리쳤다. 그렇게까지 하고 싶어? 나는 돌아보지도 멈칫거리지도 않았다. 너 좀 이상해! 알아? 우리의 거리만큼 멀어진 목소리는 그 말을 끝으로 들려오지 않았다. 그제야 나는 길목 한가운데에서 걸음을 멈췄다. 드넓은 강남대로를 앞둔 그곳에는 술에 취해 건물 벽에 기댄 사람들이 휘청거리며 담배를 피우고 있었다. 나는 누구도 내게 말을 걸어오지 않던 어린 날의 텅 빈 복도에서처럼 그곳에 서서 눈을 지그시 감았다가 떴다. 짓눌러 뭉개버린 유화와 같이 초점을 잃은 눈앞의 풍경은 제스처로만, 포즈로만, 그저 시도로만 남게 될 우리의 모습처럼 보였으나 그 일이 있은 후에도 우리가 헤어지기까지는 몇 달이 더 걸렸다.

왜 그랬냐고, 한서가 물은 적이 있다.

왜 부추겼냐고, 그러지 않았다면 이렇게까지 되지는 않았을 거라며. 우리가 우리의 관계를 끝내기로 최종적으로 합의한 날, 한서는 처음으로 내 앞에서 눈물을 보였다. 글쎄, 나는 생각했다. 그러지 않았어도 그렇게 되었을 것이다, 라고. 뒤를 보며 앞으로 날아가는 새처럼 어느 방향이 맞는지도 모르면서 나는 질주해왔다. 누군가는 그 방향이 옳다 했고 어떤 이들은 그쪽이 아니라며 저마다 다른 방향을 제시했지만 섣부른 응원도, 삿된 가르침도, 심지어 어떠한 방향조차도 내게는 아무 의미가 되지 못했다. 나는 이렇게 살아왔고, 이렇게 살고 있으며, 앞으로도 이렇게 살 것이므로. 널찍한 어깨를 들썩이면서 눈물을 훔치던 한서는 가쁜 호흡 사이로 무슨 말인가를 끊임없이 토해냈으나 무심하게 그를 쳐다보다 잘 지내라는 인사를 건네고 돌아선 내게 남은 질문은 이것뿐이었다.

한서라고 달랐을까.

나는 아니라고 생각한다.

Gerhard Richter, <Confrontation 1>(112cm x 102cm, Oil on canvas), 1988

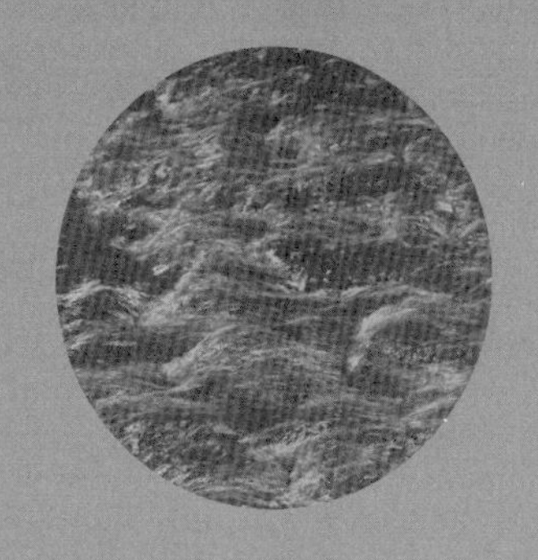

눈빛이 없어*

* 이 소설은 W. G. 제발트가 쓴 「헨리 쎌윈 박사」의 이야기 구조를 차용했으며, 이에 대한 부연은 책 뒷부분에 수록한 '참고한 내용과 약간의 덧붙임'에 적어두었다.

근무를 시작하기에 앞서 지낼 곳을 알아보러 희곤이 M군에 간 때는 2001년 5월 중순이었다. 원주의 한 대학에서 그해 여름에 박사과정을 수료할 예정이었던 희곤은 지도교수의 추천으로 2학기부터 M군에 소재한 전문대로 내려가 당분간 교편을 잡기로 했다. 아침 일찍 원주 시외버스터미널을 출발해 J시까지 가는 대여섯 시간 동안 그는 내리 잠을 잤고 J시 터미널에서 환승하는 사이 김밥 한 줄을 먹은 다음 M군 군청으로 가는 버스에 올랐다. 한참 동안 도농 복합단지의 조야한 풍경이 이어졌지만 어느 때인가부터 버스가 해안도로를 타자 두터운 방풍림 너머 윤슬이 드문드문 비쳐들었다. 이름이 익숙한 해수욕장 옆을 지날 때는 바다가 탁 트인 맨살을 드러냈다가 군청이 가까워질 즈음 다시 자취를 감췄다.

희곤이 전날 연락한 부동산 중개소는 쉽게 찾을 수 있었다. 군청 건너편에 읍사무소가, 읍사무소 옆에 중국집과 노래방과 건강원이 있는 2층 건물이, 그 건물 1층에 부동산 중개소가 있었다. "어제 전화드렸던 사람입니다." 사무실에 들어선 희곤이 말했다. 그를 본 중개인이 턱으로 소파를 가리켰다. 희곤이 앉은 소파 앞에는 판유리 아래 녹색 광목천을 덮어둔 검은 다탁이 있었다. 중개인은 서류철 하나와 자기가 마시던 믹스커피를 들고 한쪽 다리를 절뚝거리며 다탁으로 왔다. "혼자 지내실 거라고 했나?" 맞은편 소파에 앉은 중개인의 물음에 희곤이 그렇다고 했다. "운전원으로 온 거요, 정비로 온 거요?" 중개인이 그렇게 묻고는 멀뚱멀뚱 쳐다보았다. 희곤도 중개인을 멀뚱멀뚱 쳐다보자 중개인은 발전소에 일하러 온 것이 아니냐고 물었다. 희곤은 아니라고 했다. "그거 별일이군……." 중개인이 혼잣말을 했다. 희곤이 근처에 있는 전문대에서 일할 예정이라고 하니 중개인은 거기가 아직도 굴러가느냐고 물었다. "오늘내일한답니다." 희곤이 답했다. "그것도 참 별일이군……." 또 혼잣말을 한 중개인이 커피를 한 모금 마시고는 "바닷가라……"라며 다시 혼잣말을 했다. 전날 중개인과 통화했을 때 그는 바닷가에 있는 집을, 이왕이면 주택으로 원한다고 했다. 희곤이 검색을 해본바 M군의 집값은 어디든 터무니없이 저렴했다. 남는 게 시간일 텐데 학교까지 걷거나 자전거를 타고 다닐 요량이었으므로 그는 바다가 보이면 그만이었다. 검지에 침을 묻힌 중개인은 서류철을 뒤적이다 어디론가 전화를 했다. 전화가 연결되지 않자 인중을 길게 늘어트린 중개인이 무언가를 생각하더니 "따라오슈"라고 말하고는 사무실 밖으로 나갔다. 희곤은 중개인의 구형 쏘렌토 조수석에 올라탔다.

읍내에서 해안도로로 나온 자동차가 해안선을 따라 구불구불 달렸다. 중개인은 말이 없었고 차창 틀에 팔꿈치를 올린 희곤도 가는 내내 바다만 내다봤다. 자동차는 해안도로에서 논 사이의 간선도로로 들어갔다. 얕게 물대기를 한 논 위로 고개를 치켜든 푸른 벼들이 바닷바람에 휘청거렸다. 도로는 방조제로 이어졌는데 방조제에는 갈매기 그림이 너무 갈매기처럼, 구름 그림이 너무 구름처럼 그려져 있었다. 방조제를 통과하자 속도를 늦춘 중개인이 반대 차선을 가로질러 시멘트로 포장된 길목에 들어섰다. 포장이 형편없어 일고여덟 번 굽이치며 언덕 위로 올라가는 동안 차가 계속 덜컹거렸다. 너르고 평평한 언덕배기에는 여러 세대가 띄엄띄엄 촌락을 이루고 있었다. 중개인이 소개해준 그 집은 마을회관 근처였다. 붉은 벽돌로 지어진 단층짜리 마을회관의 정문 설주에는 '씨니어 센—타'라고 궁서체로 적힌 나무 현판이 세로로 걸려 있었다. 마을회관 마당에 주차한 중개인이 차에서 내리자 희곤도 그를 따라 내렸다.

벼랑 가까이 자리 잡은 그 집으로 걸어가면서 희곤은 울릉도 나리분지나 에든버러 절벽 지대, 오키나와 만좌모 같은 곳들을 떠올렸다. 희곤은 그런 풍경들을 좋아했다. 하지만 직접 가본 곳은 한 군데도 없었는데 당시로서는 앞으로도 가지 못하리라 여겼으나 결국 가게 될 곳들이었다. 길가에는 자운영과 살갈퀴가 한창 꽃을 피웠다. 꽃들 사이로 두툼하게 살이 오른 풋베기 콩잎이 소금기를 머금은 바람에 이따금 일렁였다. 중개인은 파란 철제 대문에 달린 파란 사자 모양 문고리를 두드렸다. 대문 오른쪽으로 깨진 병 조각이 꽂힌 시멘트 담장이 벼랑까지 이어졌다. 대문 왼쪽에는 병 조각은커녕 담벼락도 없었다. 대신 길가를 따라 줄지어 심긴 쥐똥나무가 안팎을 나누었고 그 덕에 안이 훤히 보였다. 관리가 제대로 되지 않은 너른 마당 뒤로 판이하게 생긴 집 두 채가 나란히 자리했다. 본채는 반지하 위에 단층 건물이, 단층 건물 위에 다락과 박공지붕이 올라간 전형적인 새마을 주택이었다. 그러나 지붕은 완전한 첨형이 아니었다. 지붕은 아래 끝부터 3분의 1 지점까지 올라가다 평평해졌는데 그것은 옥상이 존재함을 뜻했다. 본채 옆으로 5미터가량 떨어진 별채는 목조 가건물이나 컨테이너가 아닌 콘크리트로 지어진, 말하자면 또 하나의 집이었다. 넉넉잡아 건폐율 일곱 평쯤으로 보이는 작은 건물이었지만 명확한 2층으로 지어져 고도는 오히려 본채보다 높았다. 중개인은 희곤이 여기를 고른다면 별채에서 살게 될 거라고 했다. 희곤은 벌써부터 이 집이 마음에 들었다. 강원도 문막에 있던 그의 외갓집도 새마을 주택이었고 그 집 마당에 연결된 밭에는 개암나무가 가득했다. 외할머니가 뇌졸중으로 쓰러지기 전까지 그는 자주 그곳에 갔는데 말년의 외할머니는 손수 지은 목조 별채에서 가구를 만드는 일에 몰두했다. 희곤이 어릴 적 외할머니에게 받아 여태 쓰고 있는 원목 책상을 저 별채에 두면 잘 어울릴 거라 생각하는 사이 중개인은 사자 모양 문고리를 몇 번 더 두드렸다.

"우재!" 인적 없는 담장 너머로 중개인이 소리쳤다. 대답이 들리지 않자 중개인은 무어라 구시렁거리더니 오른쪽 담장을 따라 절뚝절뚝 걸어갔다. 희곤도 중개인을 뒤따랐는데 집 뒤편으로 갈수록 경사가 심해져 몸을 뒤로 젖혀야 했다. 담장 모서리를 돌아 벼랑길로 들어서니 바다가 한눈에 들어왔다. 벼랑은 커다란 호를 그렸고 그와 같은 호들이 해안선을 따라 좌측으로 여러 개 이어졌다. '자연' 외에는 덧붙일 말이 없는 풍경 속에서 단 한 가지 이질적인 광경이 있다면 오른쪽 능선 너머로 나란히 솟아오른 일곱 개의 굴뚝이었다. 굴뚝들은 멀리 떨어져 있었지만 가까이 있는 것처럼 느껴질 만큼 크고 높았다. 굴뚝 아래를 가린 능선을 타고 늘어선 송전탑들을 따라 전선이 사방으로 뻗어나갔다. 희곤은 그렇게 큰 굴뚝을 본 적이 없었다. 바다를 면한 산자락 뒤로 선박의 후미가 삐져나와 있었는데 그렇게 큰 배를 직접 보는 일도 그로서는 처음이었다. 희곤은 훗날 그 배가 과테말라에서부터 웬만한 야산 한 채의 부피에 해당하는 석탄을 싣고 발전소 하역장으로 입항했음을 알게 되지만 지금은 중개인이 옥상을 올려다보며 혀를 끌끌 차는 소리에 그도 고개를 위로 젖힐 뿐이었다.

옥상 담벼락에는 늙수그레한 남자가 있었다. 정확히 말하면 거기에 그 남자의 머리만 보였다. 난간 윗면에 가슴을 댄 채 고개를 바깥으로 내민 남자가 아래를 응시했다. 그것은 내다보거나 내려다보는 것과는 거리가 먼, 시선이 지면에 직교하도록 내리꽂듯이 땅바닥을 바라보는 모습이었다. "우재!" 중개인이 날카롭게 외쳤다. 그제야 중개인을 발견한 남자가 몸을 일으켰다. 남자는 중개인과 희곤을 번갈아 보더니 싱긋이 웃어 보였다. 중개인과 희곤은 내려왔던 길을 되돌아가 다시 대문으로 갔다. 남자가 대문을 열어주자 중개인이 남자의 팔뚝을 툭툭 치며 괜찮으냐고 물었다. 어깨를 한번 으쓱인 남자는 꾹 다문 입을 양쪽으로 끌어올렸다. 중개인은 말없이 고개를 끄덕이는 남자를 보며 싱겁게 웃었다. 그러고는 희곤에게 집주인과 함께 천천히 집을 둘러보라며 자기는 마을회관에서 기다리겠노라고 말했다. 우재라 불린 남자는 키가 컸다. 그와 눈을 맞추기 위해 중키의 희곤이 고개를 꽤 들어야 할 정도였다. 우재는 어깨도 우람했지만 움츠린 그의 어깨는 펴질 줄 몰랐고 희곤과 악수를 하는 그의 손도 어깨처럼 경직되어 있었다. 구부정한 자세 때문에 뒤로 넘긴 우재의 잿빛 머리카락이 연방 아래로 흘러내렸다.

마당 곳곳에 잡초가 무성한 데 비해 본채와 별채로 가는 길은 Y자로 말끔히 정리돼 있었다. 갈림길에서 왼쪽으로 틀어 별채로 가는 동안 우재가 주먹을 꽉 쥐고는 팔을 위로 들어올렸다. 그는 그런 식으로 벌을 서듯이 걷다가 갑자기 힘을 빼고 팔을 툭 떨어트렸다. 우재는 이렇게 과도하게 신전시켰다가 갑자기 이완하는 동작을 취하면 기분이 한결 나아진다고 말하며 희곤을 쳐다봤다. "선생님도 나중에 한번 해보십시오. 조금 전에도 난간 앞에서 이런 동작들을 취하고 있었습니다. 그런데 땅에 핀 꽃이 너무 예뻐서 시간 가는 줄도 모르고 지켜봤네요. 패랭이꽃 같기는 했습니다만 그렇게 파란 녀석은 처음이었어요." '파란'을 한 번 더 길게 발음한 우재가 낮게 웃었다. "아, 그렇군요." 희곤도 상냥한 투로 응대했다.

별채 안은 희곤이 밖에서 본 것처럼 아담했으나 혼자 살기에는 충분히 넓었다. 바닥엔 모노륨이 깔려 있었고 도배지도 울지 않았다. 개수대 물은 제대로 나왔으며 화장실 물도 잘 내려갔다. 우재는 2층도 보여주겠다고 했다. 2층으로 올라가는 시멘트 계단은 본채처럼 건물 오른쪽 외벽에 붙어 있었다. 2층 출입문 앞에서 희곤이 뒤를 돌아보자 본채의 옥상이 내려다보였다. 옥상에는 널어두고 잊은 듯 바랜 빨래가 빨랫줄에 널려 있었고, 빨랫줄 너머로 한쪽 모서리에 파라솔이 꽂힌 나무 평상이 놓여 있었다. 평상 가운데는 청주 한 병과 주먹만 한 놋쇠 그릇 하나가 자리했다. 그 옆으로 스프링 노트 위에 두꺼운 책 한 권이 엎어져 있었다. 본채 옥상을 훑어보는 희곤에게 우재는 자신이 주로 저기서 시간을 보낸다고 말하고는 별채 2층의 문을 열었다. 2층도 1층과 똑같은 구조로, 원룸에 작은 부엌과 화장실이 딸려 있었다. 이 별채를 두고 우재는 자신의 어머니가 살아 계실 때 세를 주기 위해 올린 건물이라고 말했다. "요즘도 그렇겠지만 저기서 일하는 사람들은 대개 외지에서 옵니다. 마음 둘 곳이 별로 없죠. 지금이야 다들 읍내 아파트촌에서 살 테지만 10여 년 전만 해도 여기 별채는 물론, 본채의 방들이며, 다락이며, 반지하방까지 제 직장 동료들로 북적였습니다." 우재는 창밖으로 보이는 굴뚝을 가리키며 말을 이었다. "81년도부터 저곳에서 일하다 재작년에 사직했습니다. 제가 J시 시내에 있는 작은 대학에서 수학과를 졸업했는데 입사는 고졸로 했어요. 먼저 일하고 있던 공고 동기가 괜찮은 회사라고 소개시켜줘서 들어갔습니다. 시험 치고, 면접도 보고, 사령장 받아서 집에 돌아오니 어머니가 대공과에서 전화가 왔다고 하더군요. 위장취업 아니냐면서 말입니다." 우재가 가볍게 웃고는 말을 이었다. "그런 시절이었죠. 서에 가서 조사도 받고 그랬습니다. 솔직히 입사 첫해에는 영어 시험도 준비하면서 공사 같은 데를 들어가려고 했어요. 그런데 적성에도 맞고 굳이 도시까지 나갈 필요가 있나 싶어 눌러앉아버렸더니 평생 여기를 떠나지 못했네요." 우재가 시선을 아래로 옮기며 말했다. "저기 밭에 구석진 곳 보이십니까? 딴 데보다 잡목이 듬성듬성한 부분이요. 예전에는 저곳을 족구장으로 썼습니다. 한때는 이 집처럼 온 동네가 젊은 남자들로 북적였지요." 그렇게 말하고서 족구장 터를 바라보던 우재가 웃는 낯으로 희곤을 돌아보았다. 그는 필요하다면 별채 두 층을 다 쓰라고 말했다. 희곤은 이 별채와 그 제안이 모두 마음에 들었다. 무엇보다 집주인이 좋은 사람으로 보인다는 점이 가장 마음에 들었는데 외통수로 골몰하는 듯이 보이는 모습이 조금은 부담스럽게 느껴졌으나 그것 또한 그런대로 나쁘지 않다고 생각했다.

두 달이 지나, 희곤은 우재의 집으로 이사를 했다. 점심 무렵 이삿짐센터 트럭을 타고 도착한 희곤은 미리 받아둔 열쇠로 대문을 열었다. 희곤은 별채 1층을 침실로, 2층을 서재로 쓸 계획이었다. 매트리스와 침구, 비키니 옷장과 옷가지 따위를 1층에 옮기고서 일꾼들에게 책상과 책장의 배치를 일러주러 2층으로 올라갔다. 본채 옥상에는 우재가 있었다. 평상에 엎드린 우재는 두꺼운 책을 펼쳐두고 노트에 무언가를 적는 중이었다. "계셨네요?" 희곤이 인사를 했다. 우재가 느릿하게 고개를 들고는 희곤에게 미소를 지어 보였다. 이삿짐을 다 옮긴 다음에 희곤은 확인차 2층에 다시 올라갔다. 책장을 여러 개 넣고 보니 방이 비좁아 보였다. 하지만 바닥에 쌓인 책을 정리하면 나아지리라 여겼다. 그는 찬찬히 새로운 서재를 둘러봤다. 천장 모서리 한쪽에 넓게 퍼진 수흔이 보였으나 바짝 말라 있어 크게 신경이 쓰이는 정도는 아니었다. 그런 자잘한 결함들을 뒤로한 채 희곤은 창가에 배치해둔 원목 책상맡에 앉았다. 두 팔을 책상 위에 올리자 옻칠된 목재의 미끈한 질감이 팔 아래 시원하게 닿았고 앉은 자리 바로 앞으로 바다가 펼쳐졌다. 하늘에서 바다로 수차례 붓 터치를 한 듯한 적란운들이 수평선을 따라 오른쪽으로 서서히 이동하는 것이 보였는데 그는 이대로 앉아 있기만 해도 몇 시간쯤은 금세 흐를 거라는 확신이 들었다. 들뜬 기분으로 자리에서 일어난 희곤이 2층 출입문을 열었다. 이사가 끝났다는 소식을 우재에게 전하기 위해서였다. 그런데 평상에 누워 있는 우재를 본 그는 어째서인지 아무 말도 꺼낼 수가 없었다. 우재는 매우 반듯한 자세로 거기 누워 있었다. 각을 잰 듯이 반듯하여 자는 것으로 보이지는 않았으나 잠들지 않았다 해도 쉽사리 말을 걸지 못할 긴장이 느껴지는 지나친 반듯함이었다. 그 기묘한 자세는 이듬해 봄까지 희곤이 반복하여 보게 될 모습이었다.

바깥바람이 쌀쌀해진 후에도 우재는 침낭에 파묻혀 평상을 떠날 기미를 보이지 않았는데 행여 입이 돌아가지나 않을까 희곤이 걱정만 하던 그즈음, 서재로 올라가는 그에게 우재가 이리로 건너오겠느냐고 물은 적이 있다. 우재가 먼저 말을 거는 경우는 극히 드문 일이라 희곤은 흔쾌히 그러겠노라 대답했다. 희곤이 평상에 앉자 우재가 뜨끈뜨끈한 냄비에서 청주를 꺼냈다. 그들은 놋쇠 그릇 하나로 술을 나눠 마시며 말을 섞었다. 주로 우재가 이곳에서의 생활이 어떠한지 물으면 희곤이 그에 맞는 답을 하는 식으로 이야기가 이어졌다. 희곤은 학교가 곧 문을 닫을 거라는 소문을 익히 듣고 내려온 터였다. 보직교수들이 떠난 자리를 메우느라 업무 부담이 극심했고 급여가 지연되거나 분납되는 등 부당한 대우가 이어졌지만 그 집에서만큼은 더없이 만족스럽게 지냈기에 희곤은 M군에서의 생활을 긍정적으로 묘사했다. 학교를 오가는 길에 펼쳐지는 해변과 시시각각으로 변하는 바다, 이 지역의 정갈한 음식들과 논두렁을 한가로이 돌아다니는 황구와 길고양이들. 이런 것들에 관해 말하던 희곤에게 문득 우재가 물었다. 집에 있다가 어디로 나가고 싶으면 뜻대로 나가지 않느냐고. 희곤이 그렇다고 하자 우재는 어째서인지 자신은 이 작은 요새 밖을 나가는 일이 점점 곤란해지고 있다고 말했다. 천천히 옥상을 둘러본 우재는 매일 출근하고, 퇴근하면 읍내에 나가 술을 마시고, 조별 회식에도 빠지지 않았던 과거의 자신이 도무지 이해 가지 않는다며 삶이라는 것이 원래 한 장면에서 다음 장면으로 계속 이어지는 영화와도 같은 것이라면 지금 자신의 삶은 앞뒤가 잘려 나간 필름 낱장에 불과한지도 모른다는 생각을 종종 한다고 말한 그가 놋쇠 그릇을 두 손으로 받쳐 김이 폴폴 올라오는 청주를 홀짝였다.

평상에 늘 놓여 있는 청주와 놋쇠 그릇의 용처는 그처럼 간단했다. 하지만 거기 항상 있는 또 다른 물건들은 사정이 달랐다. 우재가 읽는 두꺼운 책과 그 책을 보며 무언가를 적는 노트에 대해 희곤이 물어본 때는 입주를 하고 얼마 지나지 않아서였다. 일기예보에서처럼 강한 바람은 아니었으나 억수 같은 비를 퍼부은 태풍이 지나간 다음 날로, 학교에서 한 시간을 걸어 집에 돌아온 희곤은 1층 침실에서 샤워를 했다. 편한 옷으로 갈아입은 희곤이 서재에 올라가 출입문을 열었는데 수흔이 말라 있던 천장 구석에서 물이 뚝뚝 떨어졌다. 희곤은 걸레로 방바닥을 닦은 다음 밖으로 나가 출입문 옆의 사다리를 타고 위로 올라갔다. 사다리 윗부분에 매달려 별채 옥상을 보니 물이 가득 고여 있었다. "선생님, 여기로 물이 새는데 어쩌죠?" 사다리에 매달린 희곤이 평상에 구부정하게 앉아 책을 읽고 있는 우재를 돌아보며 물었다. 흐음, 하는 얼굴로 희곤을 바라본 우재는 잠시 기다리라는 듯이 한쪽 손바닥을 펼쳐 보이고는 어딘가로 걸어갔다. 잠시 후 겨드랑이 한쪽에 짧은 PVC관 몇 개를 낀 우재가 반대쪽 손에 보스턴백만큼 큰 공구함을 들고 별채로 왔다. 계단과 사다리를 오르내리며 우수관을 이리저리 살핀 우재는 "이 부분이 문제군요"라며 공구함에서 컷소를 꺼냈다. 검정색의 컷소는 총을 연상시키는 모양으로, 권총보다는 컸고 기관단총보다는 작은 크기였다. 총으로 치면 총열에 해당하는 가이드 그립을 왼손으로 잡은 우재가 오른손으로 손잡이를 쥐고 버튼을 누르니 뾰족한 칼날이 앞뒤로 빠르게 왕복하며 시끄러운 소리를 냈다. 우수관에 닿은 전동 날이 날카로운 연마음을 내자 희곤이 귀를 틀어막았다. 우수관 아래쪽이 정육점의 고깃덩이마냥 잘려나가면서 별채 옥상에서부터 고인 물이 절단부 아래로 쏟아졌다. 유격이나 단차가 없는지 꼼꼼하게 살핀 우재는 새로운 관을 연결하고는 곡부에 관을 덧대 소제구를 설치했다. 작업을 하는 동안 각종 공구들이 우재와 한 몸처럼 움직였는데 그의 능숙한 정비 기술은 희곤으로 하여금 자신이 경험하지 못한 과거의 한 시절을 상상하게끔 만들었다. 족구장 네트를 사이에 두고 공을 주고받는 우재와 동료들에게 우재의 어머니가 다가와 집에 무언가 고장이 났다고 하면 서로 자기가 고치겠다고 나서거나 서로 네가 하라며 미루었을 어떤 광경을 떠올리던 희곤에게 우재가 손바닥을 털며 당분간 옥상에 물이 고일 일은 없을 거라 말하고는 목장갑을 벗었다. 땅이 마르는 대로 옥상 방수도 보강하겠다고 덧붙인 그는 별채 위쪽을 쳐다보더니 희곤에게 물이 샌 자리를 보러 가자고 했다. 그들이 2층 안으로 들어섰을 때는 천장에서 더 이상 물이 떨어지지 않았다. "이만하길 다행이네요." 희곤의 말에 우재가 고개를 끄덕였다. 그러나 우재의 눈길은 이미 천장이 아닌 다른 곳을 향하고 있었다. 창가에 놓인 원목 책상을 유심히 살펴보던 그가 한 손으로 찬찬히 표면을 더듬더니 상판을 두어 번 두드렸다. "이건 참으로 훌륭하군요." 감탄조로 말한 우재는 의자를 빼서 책상 맡에 앉았다. 책상 안쪽까지 구석구석 매만지고는 허리를 다시 세운 그가 말없이 고개를 주억였다. 그는 몇 번인가 그렇게 고개를 주억이다가 책상 위에 엎어져 있는 두꺼운 책을 가리켰다. "선생님이 가르치시는 게 이건가요?" 희곤은 그렇다고 했다. 하지만 학생이 별로 없어 혼자 공부하는 시간이 더 길다는 희곤의 말에 고개를 주억인 우재가 창밖을 내다보았다. 침묵이 그들 사이를 흐르는 동안 우재와 마찬가지로 창밖을 내다보던 희곤은 옥상에서 그가 늘 읽고 있는 두꺼운 책의 정체가 궁금해졌다. "아, 그건 측량에 관한 책입니다." 우재가 대답했다. "측량이요?" 희곤이 다시 물었다. 생각에 빠진 듯 눈을 내리깐 우재는 신중하게 말을 고르더니 이윽고 그것이 우주의 크기를 측정하는 방법에 대한 책이라고 이야기했다. "선생님도 아시겠지만, 인간은 고대부터 지금까지 지구의 둘레, 행성까지의 거리, 우리은하와 외부은하의 크기 따위를 탐구하면서 수학을 발전시켜왔지요. 이 모든 탐구의 종착지가 우주 전체의 크기를 가늠하는 일일 텐데 저는 지금 그 과정을 따라가보고 있습니다." 우재가 검지로 허공에 삼각형을 그리며 말을 이었다. "우주는 광활해 우리의 직관을 넘어섭니다만 기하학과 대수학이라는 도구는 우리를 우주 끝까지 가닿게 만들어주지요. 지금은 큰곰자리에 속한 보데은하의 크기를 계산하고 있습니다. 광학적으로 관측이 가능한 거리는 지수 · 로그함수나 미적분 정도만으로도 계산치가 나왔는데 이즈음부터는 아인슈타인 장방정식 따위를 새로 익혀야 해서 속도가 많이 느려졌어요." 설명을 하면서 홍조까지 띠었던 우재가 쑥스럽게 웃고는 말을 이었다. "막상 수학을 배울 때는 이렇게까지 몰두하지 않았습니다. 사실 이제 와 제가 왜 이러고 있는지 곱씹다 보면 매번 스스로가 한심하다 한심해지는 기분입니다. 그런데 이상하지요. 이걸 계산하면 할수록 필연적으로 제가 한없이 작아지는 것만 같은데 그렇게 작아지는 스스로가 싫지가 않더군요." 책상 맡에 앉은 우재가 그렇게 말하고는 희곤을 올려다보았다.

책의 정체를 알고부터 희곤은 평상에 앉아 그 책을 보며 노트에 무언가를 적고 있는 우재를 볼 때면 지금쯤 그가 어디에 가닿아 있을지 몹시 궁금해지곤 했다. 그렇다고 따로 묻지는 않았는데 그것이 자기만의 학문에 몰두하는 독학자에게 존경을 표하는 가장 예의 바른 방식이라 생각해서였다. 물론 우재가 우주의 측량에 집중하는 시간보다는 평상에 반듯이 누워 무엇도 하지 않는 시간이 훨씬 길었고, 그가 누운 채 주먹 쥔 손을 위로 쭉 뻗었다가 툭 풀어 내리는 동작을 반복하는 것도 희곤은 자주 보았다. 어느 날인가 희곤도 잠자리에 누워 그 동작을 흉내 내보았는데, 놀랍게도 우재의 말처럼 한결 편안해지는 기분이 들었고 평소보다 잠도 잘 왔다. 이후 희곤은 잠자리에서 팔을 들어올렸다가 툭 떨어트리는 동작을 습관적으로 취했으며 그 습관은 20여 년이 지난 지금까지 변함이 없다.

희곤이 우재의 집에서 보낸 나날은 대체로 그렇게 평화로웠다. 하지만 대문 밖에서부터 익숙한 소음이 들려온 그때를 떠올리면 희곤은 요즘에도 이상한 기분에 빠져들곤 한다. 동네 곳곳이 가을걷이에 한창이던 어느 날로, 집으로 돌아오는 길가의 논에는 탈곡기들이 쉼 없이 돌아갔다. 기계음에 익숙해진 희곤의 귀는 그 소음도 예사로이 여겼으나 막상 대문 안으로 들어와 마당을 걷고 있으니 불길한 생각이 그의 뇌리를 스쳤다. 작업 중이라면 전동공구가 무언가를 자르는 소리를 내야 했다. 그러나 공회전만 하듯 소리는 일정했고 소음이 본채 내부에서 들리는 것도 이상했다. 마당 갈림길에서 본채로 걸음을 옮긴 희곤은 본채 작은방의 창문 앞과 현관문 앞을 지나 안방 창가까지 다가갔다. 환한 바깥에 비해 내부는 많이 어두웠는데 침대 끝에 앉아 있는 우재의 상반신만은 명확하게 보였다. 우재가 들고 있는 공구는 희곤의 생각대로 컷소였다. 문제는 우재가 그것을 이전과는 반대로 쥐고 있다는 점이었다. 고속으로 왕복하는 컷소의 칼날이 우재의 얼굴을 정확히 겨눴다. 희곤은 눈앞의 광경을 믿을 수 없었다. 조금만 움찔거려도 전동 날이 우재의 얼굴을 찢어버릴 만큼 가까이 붙어 있었다. 비명이 나올 뻔했지만 그랬다가는 끔찍한 상상이 현실이 될 것만 같아 희곤은 손으로 제 입을 틀어막았다.

소음이 끊기기까지 걸린 시간은 실제로는 몇 초에 불과했을 것이다. 하지만 희곤에게는 그 몇 초가 영겁처럼 느껴졌다. 컷소를 멈춘 우재가 안방 창문을 살짝 열었다. 우재는 아리송한 얼굴로 희곤을 보며 무슨 일이냐고 물었다. 희곤은 새파랗게 질린 채 제대로 된 문장을 하나도 말하지 못했다. 우재는 희곤을 보며 한참이나 고개를 갸웃댔다. 그러다 뒤늦게 무슨 상황인지 알아차린 듯이 그가 미소를 짓고는 창문을 활짝 열었다. "가끔씩 하는 장비 점검입니다. 오버홀이라고 하지요. 모든 공정을 멈추고 부품 단위로 분해했다가 다시 조립하는 것 말입니다." 우재는 희곤에게 창문 가까이로 다가오라고 했다. 희곤이 창틀에 바투 서니 안방 바닥에 전동드릴과 임팩트렌치 같은 공구들이 설계 도면처럼 해체되어 있었다. "연기를 내뿜는 굴뚝의 숫자가 줄었더군요. 발전소 오버홀 기간이 돌아온 것 같아 괜히 제 공구들도 손을 보고 싶어졌습니다." 그렇게 말한 우재가 제 손에 쥐고 있던 컷소를 희곤에게 내밀었는데, 그것은 마치 갓 포장지에서 꺼낸 것처럼 윤이 났다. 생각해보면 희곤이 우재의 안방을 보았던 때는 그날이 유일했다. 희곤이 본채 내부로 들어갈 일도 없었거니와 우재 역시 대부분의 시간을 평상에서 보낸 까닭이었다. 겨울 초입이 되자 우재는 평상 위에 텐트를 쳤다. 오후에 집에 돌아온 희곤이 텐트를 보고는 옥상 난간에 기대서서 팔을 위로 쭉 뻗고 있는 우재에게 너무 춥지 않겠느냐고 말을 건넸다. 팔을 아래로 뚝 떨어트린 우재가 어깨를 으쓱이더니 "이 계절도 지나갈 텐데요"라며 대수롭잖게 대답했다. 우재는 그런 식으로 스스로를 자기만의 요새에 철저히 엄폐시켰고, 그를 찾아오는 사람도 무척 드물었다. 희곤이 기억하기에 그 집에서 지낸 8개월 동안 우재가 객을 맞은 적은 딱 한 번뿐이었다.

2001년을 마무리하는 세밑이었는데 그날 아침에는 우재가 별채로 찾아와 희곤의 방문을 두드렸다. 이따 손님이 올 예정이라고 말한 우재는 희곤에게 혹시 특별한 일이 없다면 저녁 식사를 함께하지 않겠느냐고 정중하게 물었다. 별일이 없었던 희곤은 졸린 눈을 비비며 그러겠노라 답했다. 그날 저녁, 약속한 시간이 되자 희곤은 칼바람이 부는 마당을 지나 본채 현관문 앞에서 노크를 했다. 잠시 후 누군가가 문을 열었는데 그 사람은 우재가 아니었다. 희곤이 그를 보며 어리둥절해하고 있으니 그가 껄껄 웃고는 어서 들어오라고 말했다. 그는 다름 아닌 희곤에게 이 집을 소개해준 부동산 중개인이었다. 희곤이 현관 안으로 들어가니 실내의 푹한 기운 탓에 나른해지는 기분이 들었다. 신발과 점퍼를 벗으면서 희곤이 본채 내부를 둘러봤다. 수명이 다해가는 형광등이 거실을 어둡게 밝혔고 현관 오른편으로 안방 문이, 정반대에는 다른 방문 하나가 보였는데 두 문이 다 굳게 닫혀 있었다. 한쪽 다리를 절뚝거리는 중개인을 따라 희곤도 거실 마룻바닥을 가로질렀다. 현관을 등진 맞은편에도 닫힌 방문 세 개가 나란히 있었다. 그중 가운데 문 앞에만 수건이 개켜 있는 걸로 보아 그곳은 화장실이 분명했다. 중개인은 화장실 오른쪽의 방문을 열었고 열린 문틈으로 퍼져 나온 음식 냄새가 희곤의 허기를 자극했다. 희곤은 부엌방 안으로 들어갔다. 바로 앞에 2단 냉장고가 자리했고 우재는 그 옆의 3구형 가스레인지 앞에 서 있었다. 추운 날씨 때문인지 우재는 가스레인지 뒤편의 창문을 손가락 두세 마디만큼 열어둔 채로 요리에 열중했다.

"오셨어." 중개인의 말에 전을 부치던 우재가 뒤를 돌아보았다. 희곤과 눈을 마주친 우재는 "서로 구면이시지요?"라며 옅게 웃어 보였다. "거기 식탁에서 잠시만 기다리십시오. 거의 다 되어갑니다." 불그스름한 원목 식탁의 한 변은 벽에 붙어 있었고 나머지 세 변에는 식탁과 재질이 비슷한 의자가 놓여 있었다. 중개인은 희곤에게 가장 안쪽 의자에 앉으라고 말하고는 냉장고로 가서 냉장실 문을 열었다. 안을 들여다본 중개인은 안주 삼을 찬거리가 없는지 우재에게 물었다. 그러면서 그들은 몇 마디를 나누었는데 중개인은 우재를 우재라 불렀고 우재는 중개인을 준모 형님이라 불렀다. 중개인은 갓김치, 김무침, 어리굴젓 따위를 꺼내 반찬 그릇에 옮겨 담았다. 중개인이 반찬을 식탁으로 가져와 자리에 앉자 우재가 그를 정식으로 소개해주었다. 준모는 우재가 정비팀 조장이던 시절, 오랜 시간을 함께 일했던 조원이었다. 젊었을 적에 건설 현장에서 수년을 보낸 준모는 발전소 대우가 좋다는 말을 듣고 남쪽 지방인 D군의 사업소에 들어갔는데 거기서 다리를 크게 다친 뒤 강제 전근을 당해 가장 오지인 이곳까지 오게 됐다고 말했다. 나중에 우재가 자리를 떴을 때, 준모는 집 밖으로 나올 생각을 않는 우재에게 식료품을 전해주거나 공과금 같은 것들을 대신 관리해주기 위해 달에 한 번은 이곳에 들른다고 희곤에게 일러주었으나 당연히 우재가 있는 자리에서는 그런 말을 삼갔다. 오히려 준모는 우재가 지금은 저렇게 허투루 보여도 예전에는 만능이었다며 보일러 운전원부터 중정비(重整備)까지 안 거친 부서가 없다고 치켜세웠다. 준모의 과장된 어투를 듣던 우재는 부친 전을 대접으로 옮기면서 멋쩍게 웃었다.

"능력이 없어서 이리저리 떠돈 거죠." 중탕한 청주병을 먼저 식탁에 올리며 우재가 말했다. 그러고서 그는 파전과 김치전을 같이 담은 대접을 한 손에, 굴전을 담은 그릇을 다른 손에 들고 식탁으로 옮겨왔다. 개수대 쪽으로 가서 벽에 걸어둔 오븐 장갑을 낀 우재가 마지막으로 가스레인지의 제일 큰 화구 위에서 자글자글 소리를 내던 냄비를 들었다. 식탁 가운데 냄비 받침에 냄비를 올린 그가 뚜껑을 열었다. 간장조림이 된 삼치와 갖은 채소가 모습을 드러내며 달달한 향이 식탁 주위로 퍼졌다. 우재가 가운데 의자에 앉자 준모는 각자의 잔에 청주를 채웠다. 누가 그러자고 한 것도 아니었으나 그들은 약속이라도 한 듯이 첫 잔을 단숨에 비웠다. 속이 뜨끈해졌고 희곤은 더욱 회가 동했다. 희곤은 냄비 안의 무를 집어 앞접시로 가져왔다. 젓가락이 푹 졸여진 무 안으로 부드럽게 들어갔다. 파전은 튀김옷을 입힌 듯 바삭해 씹는 재미가 있었다.

노릇하게 구워진 굴전도 입 안에서 촉촉하게 부서졌다. 우재와 준모는 연거푸 잔을 들이켜며 그간의 소식을 주고받았으나 희곤은 그들이 사용하는 용어를 절반도 알아들을 수 없었다. 이를테면 그들은 '트리퍼룸 컨트롤러에서 일했던 그 친구가 삼차밴드 오너가 되서 펄버라이저 오에이치를 수주받았다'는 식으로 말했다. 자신이 낄 만한 대화가 아니라 여긴 희곤은 묵묵히 음식을 먹었다. 이런저런 찬을 맛보던 희곤이 제 앞으로 삼치조림 한 토막을 가져왔다. 잘 졸여진 생선을 반으로 가르자 윤기가 흐르는 하얀 속살에서 김이 올라왔다. 부들부들한 식감을 음미하는 희곤에게 우재가 흐뭇한 얼굴로 입맛에 잘 맞느냐고 물었다. 희곤은 양쪽 엄지를 모두 세웠는데 그것은 조금의 과장도 보태지 않은 반응이었다. 놀라움을 금치 못한 희곤은 아무래도 우재의 손기술이 천부적인 것 같다고 했다. 희곤이 조금 흥분한 목소리로 우수관을 수리하던 우재의 모습까지 묘사하면서 그때 그가 공구와 한 몸처럼 움직이는 듯했다고 말하자 준모가 파안대소를 했다. "이분이 아직 자네 진가를 모르시네. 좀 읊어드려." 준모가 우재의 왼쪽 팔뚝을 쿡 찔렀다. 조용히 웃기만 하는 우재에게 준모는 발전소에서의 일을 희곤도 궁금해할 거라며 보챘다. 희곤은 실제로 그러했다. 열심히 고개를 끄덕이며 희곤이 거듭 청하자 머뭇거리던 우재도 살짝 불콰해진 얼굴로, 그러나 단조로운 말투

그대로 옛일을 더듬었다.

우재는 자기가 했던 일들이 별것 아니라는 듯이 말했다. 희곤이 듣기에는 별것 아닌 일이 전연 아니었고 우재의 말을 계속 듣다 보면 스스로도 실제로는 그렇게 여기지 않는다는 것이 전해졌다. 예컨대 석탄 공급에 문제가 생겨 사일로의 전력 생산 게이지가 가파르게 떨어진 때를 말하던 우재의 얼굴에는 수심이 가득했다. 도시 전체가 암전되는 아찔한 상황이 예견된 당시로 돌아간 듯한 우재의 표정을 보며 희곤은 제 일에 대한 책임감과 자부심이 없다면 결코 지어지지 않을 종류의 표정이리라 생각했다. 우재가 보일러 운전원으로 일했던 입사 초기의 일화도 희곤에게는 인상적이었다. 그는 거대한 보일러를 오르내리며 연료 버너를 교체하는 일이 보일러 운전원의 제일 큰 일과였다고 말했다. 방독면과 석면 장갑을 낀 고참이 3미터짜리 버너에 올라가 클램프에 후크를 걸면 나머지 두 명은 로프에 매달려 1톤에 가까운 버너를 힘껏 잡아당겼다. 버너 교체를 한 번만 해도 진이 빠져 현기증이 날 지경이었다는 우재의 말에 "그러니까 저런 게 3미터나 됐다는 말씀이시죠?"라며 희곤이 가스레인지의 버너 한 구를 가리켰다. 그렇게 묻고도 실감이 나지 않아 눈앞의 버너가 몇십 배 커진 모양을 상상해보던 희곤은 입을 헤벌린 채 탄식을 내뱉었다. 그런 희곤을 본 준모가 손바닥으로 식탁을 가볍게 쳤다. 준모는 사진들이 있지 않느냐고, 그것을 보여주면 되겠다고 우재에게 말했다.

“맞아요, 그게 있었네요.” 우재가 화색을 띠며 자리에서 일어났다. 비틀대는 걸음으로 부엌방을 나선 우재는 잠시 후 갈색 겉표지의 사진첩을 가지고 돌아왔다. 한 페이지에 사진 두 장이 위아래로 꽂힌 사진첩은 꽤 두툼했는데, 우재는 새로운 조원이 들어와 6개월이 지나면 그날의 작업장 앞에서 단체사진을 찍어왔다고 말했다. 준모가 코웃음을 치고는 나가떨어질 애들은 반년 안에 다 나가떨어지기 때문이라고 덧붙였다. 우재는 사진첩을 한 장씩 넘기며 어떤 곳에서 찍은 사진인지 희곤에게 말해주었다. 하역 부두의 골리앗 암부터 저탄장에 산더미처럼 쌓인 석탄들과, 사진만으로는 검은 탄이 쌓인 흔적밖에 보이지 않는 상탄장은 물론, 방앗간처럼 석탄을 갈아낸다는 거대한 미분기까지. 사진의 배경은 정비조가 관리하는 구역들처럼 각양각색이었으나 컨베이어벨트만은 거의 모든 사진에 빠지지 않았다. 우재에 따르면 컨베이어벨트는 화력발전소의 핏줄이었다. 하역한 석탄이 보일러까지 옮겨지는 동안 여러 곳의 상탄장과 미분기를 거치면서 순도를 높이게 되는데 총 연장 수킬로미터에 달하는 벨트가 이 모든 과정을 연결했다. 정비조의 주된 업무 역시 벨트 관리로, 벨트를 순회하며 가열된 부분이나 낙탄이 쌓인 부분은 없는지 체크

했고 끈적거리는 탄이 벨트와 아이들러라 불리는 V자형 롤러 사이에 끼어 있으면 정비원들은 보이는 족족 삽자루로 긁어냈다. 그러한 작업을 했을 사람들은 사진의 다양한 배경과 상반되게 하나같이 똑같은 포즈를 취하고 있었다. 앞줄의 사람들은 쪼그려 앉아 무릎에 손을 올렸고 뒷줄에 선 사람들은 뻣뻣하게 차렷 자세를 하고 있어 축구 국가대표팀의 경기 전 기념사진을 연상케 했다. 사진첩을 넘겨가며 차분하게 말을 이어가던 우재가 어떤 사진의 배경이 된 흰 벽면을 손가락으로 짚었다. "이 사진의 배경이 보일러입니다. 그냥 벽이나 다름없지요? 보일러 자체가 40미터 정도다 보니 그렇게 보이는 겁니다." 사진첩 앞뒤를 뒤적인 우재가 버너와 터빈의 일부가 찍힌 다른 사진들을 보여주면서 말을 이었다. "이 큰 보일러를 돌리려면 증기를 섭씨 600도로 가열해야 합니다. 물은 100도에서 기화되니까 고압 환경을 조성하여 과가열을 합니다. 그렇게 되면 사실 증기보다는 화기라는 표현이 어울릴 정도지요. 그 증기가 이동하는 파이프 역시 극도로 뜨거워 보통은 단열재로 감싸둡니다. 하지만 군데군데 단열재가 벗겨진 곳도 많습니다. 야간조로 돌아다니다 보면 반딧불이 군락을 이룬 것처럼, 달궈진 파이프들이 여기저기서 붉은빛을 내는 게 보였지요." 우재는 잠시 말을 멈추었다. 허공을 보며 천천히 눈을 깜박이던 그가 붉게 빛나는 파이프 근처에서 작업

할 때마다 '이게 여기서 지금 터지면 나는 어떻게 될까?'라는 생각에 빠지곤 했다고 말했다. 하루라도 그 생각을 하지 않은 날이 없었다고, 다행히 자신의 작업장에서 폭발 사고는 없었지만 다른 사고는 꽤 있었다고.

"굴뚝 꼭대기가 150미터 정도 됩니다. 거기서 아래를 보면 현실감이 없어집니다. 아찔하지도 않지요. 입사 초기에 얼굴만 알던 동기가 거기서 떨어진 적이 있습니다. 작업 일지랑 플래시가 굴뚝 위에 가지런히 놓여 있어 자살이다, 사고다 말이 많았습니다. 글쎄요…… 죽은 사람의 마음을 누가 알겠습니까. 솔직히 이 사진첩에 있는 사람들 중에서도 저세상으로 떠난 이들이 꽤 있을 겁니다. 하지만 저도 어떤 사람들이 언제, 어디서, 어떻게 죽었는지는 잘 모릅니다. 다른 지역으로 전근을 간 사람들도 많고 근자에는 자회사니 하청이니 하며 회사가 쪼개진 탓에 남보다 못한 사이가 된 경우도 적잖으니까요. 저도 마찬가지예요. IMF 터지고 본사에서 정리해고를 당하는 바람에 하청회사 직원 신분으로 퇴직을 했습니다." 우재가 그렇게 말하고는 사진 한 장을 가만히 바라보았다. 맨 뒷부분에 있는 사진이었는데 희곤도 곁에서 그 사진을 살폈다.

탄광의 갱내처럼 전체적으로 어두운 사진으로, 다른 사진들처럼 그 사진에도 작업자들이 2열 횡대로 포즈를 취하고 있었다. 사람들 뒤로 컨베이어벨트가 어김없이 보였는데, 바닥에는 낙탄과 탄분진이 빈틈없이 쌓여 있어 언뜻 보면 그들이 암흑 속에 떠 있는 것 같은 착각을 불러일으켰다. 그러나 다른 사진들과 달리 사진 속의 사람들은 왁자한 웃음소리가 금방이라도 들릴 듯이 밝게 웃고 있었다. 앞줄 가운데에 쪼그려 앉은 우재 또한 다른 이들처럼 환하게 웃음을 지었다. 희곤은 그간 우재가 웃는 모습을 여러 번 보았으나 그 사진 속의 우재는 여태껏 자신이 보아온 것과는 전혀 다른, 다른 무엇도 아닌 단지 웃음으로만 느껴지는 웃음을 짓고 있었다. 준모는 침묵을 지키는 우재 옆에서 청주 두 잔을 연거푸 들이켜고는 이곳에서도 감전사나 추락사가 빈번했다며 운을 뗐다. 준모가 겪은 최악의 사건은 A군의 사업소에서 벌어진 일이었다. 터빈의 가속도를 견디지 못한 축이 부러지면서 터빈 날이 튕겨져 나왔는데 그 충격으로 보일러 외벽이 반파됐다. 고온수가 보일러 밖으로 쏟아졌고 근처에 있던 작업자 십수 명을 덮쳤다. 준모는 살아남은 소수에 속했으나 물에 타들어간 한쪽 허벅지는 끝내 회복되지 않았다. 준모는 손가락으로 제 허벅지를 소리 나게 치면서 죽음이 한번 목 끝에 다가오면 라인에 다시 들어나 갈 수 있을지, 두려움밖에 남지 않는다고 말했다.

그리고 한동안 모두 말이 없어 완벽한 정적이 그들을 찾아왔다. 희곤은 왼쪽으로 고개를 돌려 가스레인지 너머 작은 창문을 바라보았다. 해는 한참 전에 저문 듯 뒤편 담장이 어둑했다. 담장 안에 심긴 관목들의 윤곽만이 간신히 눈에 들어왔는데 희곤은 나뭇잎들이 밤바람에 한쪽으로 기울었다 다른 쪽으로 방향을 바꾸는 모습을 지켜보았다.

"인간이 참 간사하지요." 이윽고 입을 연 우재는 준모에 비하면 자신이 겪은 일은 아무것도 아닐 텐데, 심지어 자기가 사고를 당한 것도 아닌데 어째서인지 그 순간에 갇혀 헤어 나오질 못하고 있다며 자신이 환히 웃고 있는 바로 그 사진을 손가락으로 짚었다. "저한테 가장 서글픈 기억으로 남은 사람은 이 녀석입니다." 우재는 사진 왼쪽 아래의 모서리를 가리켰다. 그곳에는 인화하는 도중에 빛이 스민 것처럼 회색의 선이 굵게 번져 있었다. 그러나 아무리 보아도 거기에 사람은 없었기에 사진을 빤히 쳐다보던 희곤이 조심스럽게 물었다. "여기에 누가 있다는 말씀이신가요?" 우재는 검지를 위아래로 움직이며 짚은 부분을 툭툭 쳤다. "이 녀석입니다. 이게 그 친구 종아리예요." 희곤은 허리를 숙여 사진을 더욱 자세히 들여다보았다. 우재의 말을 듣고 다시 보니 그것이 단순한 빛번짐이 아니라 회색 방진복의 한 자락임을 겨우 짐작할 만했다. "사진을 찍으러 모였을 때 이 녀석도 우리한테 왔습니다. 녀석은 쭈뼛거리며 이쪽 끝에 붙었지요. 그러자 누군가가 너는 아니라고, 새파란 신입 주제에 어디 기어들어오느냐며 호통을 쳤어요. 녀석이 그 말에 꽁무니를 빼는데, 줄행랑치는 모습이 귀여워 우리는 다 같이 웃음을 터트렸습니다." 가늘게 숨을 내쉰 우재가 찢긴 흔적처럼 도드라진 회색 모서리를 바라보다 말을 이었다. "이게 마지막 사진이 될 줄 알았다면 그러지 않았을 텐데요. 어서 오라고, 와서 같이 찍자고, 여기 내 옆에 앉으라고 말했을 텐데요."

우재의 말과 나중에 준모가 덧붙인 이야기에 따르면, 사고가 난 때는 신입이 입사한 지 4개월째 되던 즈음이었다. 그날도 우재는 벨트를 따라 상탄장들을 순회했다. 허리에 찬 무전기로 아이들러에 낀 낙탄을 치우겠다는 신입의 음성이 들렸고, 곧이어 제어실에서 해당 구역의 전체 전원스위치를 내리겠다고 답신하는 것도 들려왔다. 일상적인 교신이었으므로 우재는 크게 신경 쓰지 않았지만 10여 분이 지나 귀청을 때리는 신호음이 들리자 그의 온몸에 소름이 돋았다. 우재는 반사적으로 가까이에 있는 제어실을 향해 뛰었다. 뛰어가는 동안 조원들에게 무전을 쳤다. 그는 무전기에다 대고 "사람 있어! 전원 내려!"라며 소리를 질렀다. 신호음은 전체 전원이 다시 들어올 때 나는 소리였다. 멈춰 있어야 할 기계가 느닷없이 작동했지만 제어실에는 아무도 없었고 그쪽 파트를 담당하는 본사 직원들과도 교신이 되지 않았다. 다급해진 우재는 긴 벨트를 따라 신입이 배당받은 작업 구역을 향해 전력으로 달렸다. 벨트 옆을 따라 그가 달리는 동안 벨트는 그와 같은 방향으로 그가 달리는 속도보다 빠르게 돌아갔다. 그곳으로 달려가는 도중에 조원 한 명이 비상스위치를 내렸다는 무전을 쳤다. 동시에 벨트 돌아가는 속도도 느려졌다. 그러나 전원을 내린다고 바로 멈추는 것은 아니었다. 벨트는 20여 미터를 더 진행한 후에야 서서히 멈췄는데, 신입의 상체와 골반 아래도 그만큼 떨어져 있었다. 우재와 그 자리에 모인 조원들은 신속히 기계를 해체했다. 정신을 완전히 잃은 신입의 상체만이라도 빼내려는 것이었으나 저 멀리서 제어실 직원이 뒤늦게 뛰어오며 소리쳤다. 손대지 말라며, 괜히 손대면 그들이 잘못한 게 된다고 본사 직원이 고함을 질렀다. 그들은 그 말을 무시한 채 기계를 마저 해체했다. 신입의 상체를 빼내고 다른 조원들이 다리를 찾으러 가는 동안 우재는 핸드폰을 꺼냈다. 그러자 제어실 직원이 그것만큼은 절대 안 된다며, 만에 하나 신고를 하면 조원 전체가 일자리를 잃을 각오를 하라고 엄포를 놓았다. 사고 처리반이 이미 오고 있다, 119보다 빨리 도착할 거다, 신고를 하든 하지 않든 회사에서는 똑같이 보상해줄 것이다, 알 만한 사람이 왜 그러느냐.

"실제로 얼마 있지 않아 사고 처리반이 왔습니다. 당연히 119를 부른 것보다는 빨랐지요." 우재가 말했다. "신고하든, 하지 않든 회사에서 똑같이 보상해줄지는 알 수 없었습니다.

분명한 점은 신고를 하면 당장 그다음 달부터 우리 조원들 모두의 성과급은 날아갈 테고, 몇 개월 후에는 본사 측에서 우리 쪽과 재계약을 하지 않으리라는 것이었죠." 핸드폰을 움켜쥔 우재는 숨만 간신히 붙어 있는 신입을 내려다보았다. 그가 갈피를 잡지 못하고 있던 그때, "조장님!" 하고 그를 부르는 목소리가 먼발치에서 들렸다. 우재는 그쪽을 쳐다봤다. 조원들이 신입의 다리를 나누어 들고 그를 향해 걸어왔다. 다리가 후들거리며 자신에게 다가오는 그들을 보면서 그는 도대체 어째야 할지, 무엇을 어떻게 해야 하는지, 뭘 어떻게 해야 맞는 것인지 도저히 알 수가 없었다고 말하고는 몸을 심하게 떨더니 식탁을 두 손으로 짚으며 자리에서 일어났다.

비틀대는 몸을 이끌고 우재가 부엌방을 나간 뒤로, 준모는 희곤의 맞은편에서 얼굴을 일그러트린 채 빈 잔을 만지작거렸다. 식탁 위의 조림은 식을 대로 식어 있었고 전들은 반절 이상 남아 있었지만 청주병은 비워져 있었다. 준모가 심한 우울에 빠진 우재를 보러 이곳에 주기적으로 온다는 사실이나, 신입이 사고를 당한 당시의 정황에 대해 덧붙인 것은 시간이 조금 지나서였다. 준모는 사고가 있고 몇 달이 지난 어느 날, 퇴근을 하러 경의실에 들어갔을 때 거기 평상에 벌거벗은 채로 앉아 있는 우재를 보았다고 했다. 타르 성분 탓에 문신처럼 손톱 밑에 검게 남은 분진을 우재가 말없이 내려다보고 있었다. 샤워를 마치고 나오도록 그 자세 그대로 앉아 있는 것을 본 준모는 로커 안에서 손톱깎이를 꺼내 그에게 건넸다. 우재는 조용히 그것을 받았고, 날에 홂이 닿아 서걱대는 소리가 준모의 귀를 긁었다. 그런데 준모가 옷을 갈아입는 동안 손톱을 깎는 소리가 갑작스레 멎었다. 평상복으로 갈아입은 준모가 뒤를 돌아보니 우재가 깎다 만 손톱깎이를 두 손으로 쥐고 있는 것이 보였다. 그것을 물끄러미 쳐다보는 우재를 본 순간 준모는 가슴이 덜컹 내려앉는 느낌이 들었다고 했다. 손톱깎이 윗부분에 무재해 인증마크가 찍혀 있었다며, 그런 자질구레한 것들을 연말이면 무재해 달성 기념으로 으레 받아왔다고 준모는 말했다. 자신이 너무 무심했다고 자책을 한 준모는 빈 잔을 거머쥔 채 엄지로 잔의 표면을 쓸어내렸다. 잔이 닳도록 그것을 매만지는 동안 화장실에서 우재가 목을 놓아 우는 소리가 들려왔다. 그 소리는 한참 전부터 벽을 넘어 식탁 위를 뒤덮고 있었는데 오랫동안 그의 울음을 듣고만 있던 준모가 중얼거렸다. "그날 이후로, 저 친구 눈빛이 없었어. 제정신이 아니었지. 어디 저 친구뿐이었겠나."

이듬해 2월, 희곤은 우재의 집을 떠났다. 대학 측이 그가 속한 학과를 폐과시키면서 급히 나와야 했는데 서너 해가 지나 그 학교가 문을 닫았다는 소식을 어디선가 전해 들었다. 따지고 보면 그 집에서 보낸 8개월은 희곤의 삶에서 지극히 짧은 기간에 지나지 않았다. M군에서의 삶을 간혹 떠올릴 때도 그의 머릿속을 채운 것은 부실 대학에서 보낸 지옥 같은 첫 직장 생활이었다. 원주로 돌아온 희곤은 모교에 교직원으로 들어갔고 박사논문을 병행하는 대신 자기가 맡은 일에 성실히 임했다. 희곤이 우재의 집을 우연히 떠올린 것은 그로부터 수년이 지나 오키나와에 신혼여행을 갔을 때였다. 나하 시내의 한 호텔에서 조식을 먹은 희곤 부부는 렌터카를 타고 내비게이션에 만좌모를 찍었다. 내비게이션은 섬 한가운데를 가로지르는 자동차전용도로를 추천했다. 그들은 자동차전용도로 대신 해안도로와 간선도로를 따라 북쪽으로 올라가기로 했다. 더 아름다운 풍광을 더 많이 즐기기 위한 선택이었으나 해외에서 운전하기는 처음인 데다 좌측통행도 익숙하지 않았던 희곤은 내비게이션의 안내에도 자꾸만 이상한 길로 빠졌다. 몇 차례 길을 잘못 들어선 다음에는 좁다란 시골길을 벗어나지 못했다. 길가로 갈대가 사람 키만큼 자라 있어 주위에 아무것도 보이지 않았지만 아내는 이왕 이렇게 된 거 마음 편히 드라이브나 하자며 내비게이션을 껐다. 아내의 말대로 어쨌든 북쪽으로 가다 보면 만좌모에 도착할 터였다. 그러나 그들은 '私有地'라 적힌 팻말 앞에서 멈춰야 했다. 희곤은 허탈해하며 막다른 길 왼쪽의 작은 공터로 차를 돌렸다. 되돌아

나가기 위함이었는데 공터로 들어서고 보니 벼랑 너머로 동중국해가 검푸른 모습을 드러냈다. 부부는 차에서 내려 근처를 걷기로 했다. 길을 막은 팻말은 구부러진 관목 한 그루에 걸려 있었다. 그 양옆으로 관목들과 관목들 사이에 맹그로브처럼 뿌리를 드러낸 가주마루나무들이 담장처럼 심겨 있었다. 줄지어 심긴 나무들을 따라 벼랑 쪽으로 걸어가던 그들은 낮아진 관목들 뒤로 너른 초지를, 초지 한가운데 덩그러니 지어진 2층 주택을 보았다. 주택은 경박단소의 전범처럼 작아 넓은 초지가 과분해 보일 정도였다. 주택 앞에는 그 집처럼 작은 정원이 조성돼 있었다. 통나무 벤치 하나가 작은 연못 주변에 있었고 여러 색깔의 꽃들이 연못을 둘러쌌다. 벤치 뒤에는 아기자기한 정원과 어울리지 않는 큼지막한 가주마루나무 한 그루가 서 있었다. 나무는 수령이 백 년은 족히 넘었으리라 짐작될 만큼 컸다. 다른 가주마루나무들처럼 널빤지같이 생긴 넙적한 뿌리를 땅 위로 드러낸 그 나무는 두드러지게 큰 탓에 꼭 여러 개의 나무둥치가 서로 기대어 있는 듯이 보였다. 그 나무에서 뻗어 나온 굵은 가지와 잎사귀들이 연못에 그림자를 드리운 것을 본 희곤은 언젠가 잠시 기거했던 한적한 주택을 어슴푸레 떠올렸다. 그것은 매우 짧은 순간이었고 그 짤막한 순간 역시 시간이 지남에 따라 자연히 잊혔다. 기억이란 대부분 그렇게 망실되어 다시는 모습을 드러내지 않기 마련이지만, 어떤 기억은 볕이 들지 않는 곳에서 오랜 세월을 견디다 한순간에 깨어나버리고는 한다.

2018년 12월 11일, 희곤은 가족과 겨울 휴가를 가기 위해 평소보다 일찍 일어났다. 빠트린 짐은 없는지 아내가 캐리어를 살피는 동안 그는 이른 기상에 칭얼거리는 두 아이를 데리고 아일랜드 식탁으로 갔다. 저지방 우유에 현미 시리얼을 타 먹는 것으로 아침을 때우려 했으나 중학생인 큰아이마저 숟가락 들기를 완강히 거부하는 바람에 희곤은 아이들의 그릇에 단맛이 나는 시리얼을 가득 부어주었다. 콜택시의 트렁크에 캐리어 두 개를 실은 희곤 가족은 원주 시외버스터미널로 향했다. 희곤은 조수석에 앉아 스마트폰에 캡처해둔 공항버스 시간표를 다시 확인했다. 한숨을 돌린 그는 습관적으로 뉴스 애플리케이션을 켰다. 조간 뉴스 메인은 유력 대선 주자의 선거법 위반 혐의로 도배돼 있었고 아래로 정부가 주 52시간제 처벌을 이듬해까지 유예한다는 기사가 이어졌다. 그 밑으로 분식회계 의혹이 불거진 재벌 기업이 송도의 신공장 건설을 중단했다는 기사와, 어느 제약 회사 임원의 횡령에 대해 금융 당국이 감리에 들어갔다는 기사도 올라와 있었다.

그날 새벽, 한 젊은 노동자가 화력발전소에서 사망했다는 기사는 화면 맨 아래 단신으로 붙어 있었다. 월운정교를 지난 택시는 아직 혼잡해지지 않은 이른 아침의 서운로를 따라 빠른 속도로 직진을 했다. 희곤은 손에 쥐었던 스마트폰을 허벅지 위에 내려놓은 채 등받이에 몸을 기댔다. 멍하니 차창을 내다보는 그의 눈앞으로 예전에 머물렀던 그 집이 선하게 그려졌다. 철제 대문에 붙은 사자 모양 문고리, 깨진 병 조각이 꽂힌 시멘트 담장, 박공지붕 위의 옥상과 그곳에 붙박이처럼 누워 있던 한 사람. 희곤은 그의 이름을 떠올리지는 못했지만 어떤 장면들은 또렷이 기억났는데 이상하게도 되살아난 기억마다 의문문의 꼴을 하고 있었다. 이를테면, 그때 그 사람은 정말 컷소를 정비하고 있었던 것이었을까. 애초에 난간 아래를 수직으로 응시하던 그는 정말 땅에 핀 꽃을 내려다보았던 것이었을까. 이런 식으로.

희곤은 눈을 감았다.

그 사람은 바다가 한눈에 들어오는 원목 책상맡에서 자신을 올려다보고 있었다. 감긴 눈 너머로 긴 시간을 잊고 지낸 그 사람이 자신을 응시했고, 그의 검은 눈동자 속으로 빨려 들어가는 것만 같던 그때의 느낌은 생생했지만 그 눈빛만은 도무지 생각나지 않았는데, 이후로 희곤은 자신이 마주했던 그 사람의 눈빛에 관하여 아주 오랫동안 생각해야만 했다.

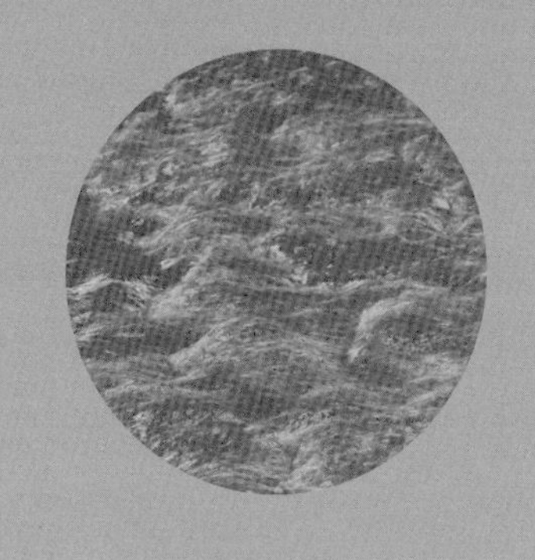

너를
따라가면

그 언니 후랑크후르트로 간댔나.

거기 가면 집도 주고 옷도 준댔나.

예나 지금이나 동네에서 제일 큰 외삼촌 댁보다 훨씬 큰 대궐 같은 집이랬다. 외화에 나오는 여우들이 입을 법한 옷가지도 받는댔고, 보들보들한 수건도 양껏 쓴다 했고, 집보다 옷보다 수건보다 무엇보다 사람 대우 받는댔다. 그 언니 그래서 제 말마따나 지금쯤 슈바빙돼 있으려나. 버려진 뭇자리서 몰래 피우던 마(麻)도 맘껏 피우고, 마셔보고 싶다 노래 부르던 포도주도 원 없이 마시면서 그렇게 멀리멀리 가 있으면,

이 난리도 모르겠지.

*

너희들의 안전을 책임질 수 없다. 부담 되면 오지 마라. 간호 과장님의 전언이라며 병원에서 비상 연락망을 돌린 것은 출근 30분 전인 20일 오후 2시 반경이었다. 동료 간호원들과 함께 기숙사를 나선 정혜는 도보 5분 거리인 병원 신관 건물의 후문으로 들어갔다. 5층 일반외과 병동으로 올라가니 집에서 통근하는 다른 간호원들도 벌써 거기 도착해 있었다. 그들도 같은 내용의 전화를 받았다. 그래도 오고 싶다면 간호모를 쓰고 간호복을 입고 와라. 어찌 됐건 우리는 환자를 지켜야 한다. 그게 우리의 일이다.

책임간호원 선배는 이브닝 번 간호원들에게 수간호원 선생님이 3층 수술실에 지원을 가 있다고 말했다. 선배는 수 쌤이 곧 올라올 거라며 그동안 데이 번들에게 환자 인계를 받고 있으라는 지시를 내렸다. 정혜는 보조 의자를 들고 스테이션 접수대 책상으로 갔다. 작년에 정혜와 같이 이 병원에 입사한 윤희는 복부둔상 환자들이 주로 입원한 전날과 달리, 오전에만 자상 환자 세 명이 수술을 마치고 병동에 올라왔다고 했다.

곤봉으로 모자라 이젠 대검까지 쓰는 거지.

그렇게 읊조린 윤희가 입술을 깨물었다. 그러고서 윤희는 오전에 1층 응급실에서 최루탄이 터졌다는 말도 전했다. 환자를 가장한 불순분자를 수색한다는 명목이었다. 미친놈들. 여기까지 연기가 퍼져서 지금껏 열어뒀잖아. 윤희가 창문으로 턱짓을 하고는 고개를 숙여 업무인계일지를 마저 적었다. 최루탄 냄새는 정혜도 익숙했지만 맵고 역한 그 냄새는 남아 있지 않았다. 대신, 열어젖힌 창문으로 꽃가루 냄새가 봄바람을 타고 물씬 풍겨들었다. 일지의 업무 확인란에 연필로 줄줄이 체크 표시를 하던 윤희가 문득 정혜를 보더니 그리고 누가 들었다던데……라며 속삭였다.

병원을 폭파시킬지도 모른대.

에이, 설마.

아니야, 누가 진짜 들었다고 했어. 병원 곳곳에 폭탄을 설치했다는 말도 있고, 폭격기를 보낼 거라는 소문도 있어.

아무리 그래도 그렇지.

정혜가 미심쩍다는 듯이 고개를 갸웃거리고는 윤희처럼 업무 확인란에 줄줄이 체크 표시를 했다. 인계를 마친 정혜는 창문을 닫으러 스테이션 앞의 창가로 갔다. 창틀에 뽀얗게 쌓인 꽃가루를 후— 불어내는데 창밖으로 병원 주차장이, 그 한가운데에 물이 끊긴 중앙분수대가 보였다. 분수대 물은 전날 오전부터 끊겼지만 양옆으로 가지런히 심긴 주목나무들은 밤사이 더욱 파릇하게 물이 오른 듯했다. 창문을 닫은 정혜가 허리를 펴자 분수대 앞쪽에 빨간 벽돌로 지어진 3층짜리 구 본관 건물과 그 너머 병원 앞 오거리가 한눈에 들어왔다. 평소라면 한창 혼잡했을 시간이었지만 깨진 보도블록이 즐비한 오거리에는 어느 편에서 뿌렸는지 모를 삐라들만 나뒹굴었다.

수 쌤은 오후 3시 20분경에 병동으로 올라왔다. 군데군데 얼룩진 수술복을 그대로 입고 온 수 쌤은 간호원들을 스테이션 안으로 불러모았다. 이 시간부로 전 간호과는 2교대로 전환한다. 알다시피 밖은 위험하다. 당분간 우리 파트는 빈 분만실에서 숙식한다. 우리 병원은 중증 환자들 위주로 받기로 했다. 일반 환자는 최대한 퇴원시켜라. 상황이 더 심각해진다면 응급실, 중환자실 등으로 인력을 차출할 것이다. 또박또박 비상근무 체계를 설명하던 수 쌤이 갑자기 팔짱을 끼고는 불만 서린 얼굴로 간호원들을 둘러봤다.

그리고 니들도 머리가 달렸으면 생각이란 걸 좀 해라.

수 쌤은 목소리에 날을 세웠다. 내 들어보니 헛소리가 아주 창궐을 하더구나. 얘들아, 동란 때도 병원은 안 건드렸다. 제발 좀 아서라, 라고 말한 수 쌤이 눈을 부라렸다. 만에 하나 그런 일이 생긴대도 우린 죽기를 각오하고 환자들을 지켜야 한다. 가장 가까이에서 환자를 보살피는 사람이 누구냐? 교수야? 전공의야? 아니다. 우리야. 우리 간호원들이다. 그렇지 않니?

예, 맞습니다.

열댓 명의 간호원들이 입을 모아 대답했다. 기합이 들어간 목소리에 흡족한 표정을 지은 수 쌤은 그래, 일들 보고 있어, 라며 한층 부드럽게 말하고는 수술실로 내려가는 비상구 쪽으로 걸음을 옮겼다.

정말 그런가.

접수대 책상으로 돌아가며 정혜가 생각했다. 수 쌤 말대로 설마 그러기야 하겠느냐만, 싶으면서도 혹시나 그런 일이 생긴다면 과연 그렇게 해야 하는 걸까, 라는 의심이 들었다. 대피시킬 수 있는 환자들은 다 대피시키고 우리도 도망쳐야 하지 않나, 라고 생각하던 정혜가 제자리에 앉아 머리를 훌훌 털었다. 스며든 잡념을 그렇게 흩어내는데 닫힌 창문을 뚫고 경적이 들려왔다. 아주 멀리는 아니었으나 제법 먼 곳에서 자동차 수백 대가 한꺼번에 경적을 울려댔다.

누가 들으라는 듯이,

제발 들으라는 듯이,

누구라도 제발 좀 들으라는 듯이.

그런데 이상하지.

왜 그렇게 고요했나. 분분히 퍼지던 그 시각의 볕처럼 수 쌤의 말도, 경적 소리도 귓바퀴만 맴돌다 사라져버리는 것만 같았다. 바깥에서 들려오는 소음을 뒤로한 채 정혜는 자신이 맡은 병실들을 순회했다. 매시간 혈압과 맥박을 측정하고 섭취량과 배설량을 체크하면서 정혜는 지시대로 일반 환자들에게 퇴원을 권했다. 이곳이 집보다 안전할 거라며 계속 남겠다는 사람도 더러 있었지만 대부분은 저녁식사 시간이 되기 전에 병동을 빠져나갔다.

수술실에서 보낸 환자들은 저녁 시간이 넘어서도 계속 올라왔다. 정혜는 수술 중간에 잠시 짬을 내어 교수들과 회진을 온 주치의에게 추가 오더를 내달라고 했다. 주치의는 약속 처방해둔 걸 보고 알아서 해달라고 하고는 앞서가는 교수들을 헐레벌떡 뒤쫓았다. 그 모습을 보며 정혜는 입을 삐쭉였으나 그래도 이렇게 자기 재량이 많아질 때 일할 맛이 더 나긴 했다. 다시 병동을 순회하기 시작한 정혜는 당일 입원한 자상 환자들을 우선하여 살폈다. 그중 몇 명이 심한 통증을 호소하기에 정혜가 그들의 배에 길게 덮인 드레싱을 벗겨냈다. 빨갛게 부어오른 봉합 부위 주변으로 열감이 느껴졌다. 수액 연결관의 유량 조절기를 보며 항생제가 제대로 들어가는지 확인한 정혜는 상처 주위로 소독약을 꼼꼼히 발랐다. 그러고는 병동 약국에서 모르핀과 데메롤을 가져와 수액대의 항생제 약병 옆에 달았다. 마약성 진통제를 충분히 정주한 덕인지 밤이 깊어지면서 환자들은 바깥일을 까맣게 잊은 듯 하나둘 잠에 들었다.

자정 무렵의 병동은 조용했다. 정혜는 등화관제 훈련 때처럼 병동을 돌아다니며 불이 꺼진 병실에 커튼이 잘 쳐져 있는지 확인했다. 밖으로 빛이 새지 않게끔 커튼을 정리하고서 최소한의 조명만 밝힌 스테이션으로 돌아오니 책임간호원 선배가 틀어둔 라디오에서 몇 해 전에 유행한 은희의 노래가 낮은 볼륨으로 흘러나왔다. 정혜의 간호전문학교 후배인 화숙은 그 시간이 되어서야 스테이션에 한 대밖에 없는 외선전화기로 집에 전화를 걸었다.

엄마, 나 며칠 못 들어갈 거 같아. 아니야, 아니겠지. 글쎄. 여느 때 같지 않잖아. 몰라, 모른다니까. 응…… 엄마도 몸조심하고. 진수 절대 밖에 나가지 말라 그러고.

화숙은 짤막한 통화 끝에 남동생을 걱정했다. 그저께인가, 남자 고등학생이 탱크 위로 올라갔다가 변을 당했다는 소문이 돈 터라 신경이 많이 쓰인 모양이었다. 수화기를 내려놓고 자기 자리로 돌아간 화숙은 퇴원 환자 차트를 마저 정리했다. 보통 때였으면 후배들이 가져온 주전부리를 나눠 먹으며 쉬어갈 시간이었지만 모두 약속이라도 한 듯 각기 자리를 지켰다. 낯선 침묵이 감도는 스테이션에는 추억의 노래만 잔잔히 흘렀고 정혜는 개인 기록지에 적은 것들을 병동 종합기록지에 베껴 쓰면서 라디오에서 나오는 가락을 속으로 흥얼거렸다. 그렇게 흥얼대다 보니 오래전에 잊은 줄로만 알았던 가사들이 새록새록 떠올랐다. 하굣길이면 레코드 가게 앞을 떠나지 못하던 정혜였다. 신작로 한편에 오도카니 서서 스피커에 귀를 기울인 정혜가 많이도 듣던 노래들이었다. 정혜는 은희의 노래도 좋아했지만 은희보다는 이장희였고, 이장희보다는 이연실이었으며, 이연실보다는 트윈폴리오를 좋아했다.

하, 씨발…….

그러고 보니 그 언니도 참 좋아했지.

정혜처럼 레코드 가게 앞에서 노래를 듣다가 감정에 북받쳐 저 혼자 욕설을 뇌까릴 정도로 그 언니는 트윈폴리오를 좋아했다. 그 목소리에, 그들이 번안해 재창조한 노래에, 그리고 그 노래에 스민 이국의 정서에 언니는 완전히 심취해 있었다.

그러니까 8년 전, 중학생이던 정혜가 A시의 외삼촌 댁에 살 때였다. 그 무렵 정혜가 원래 살던 B직할시에 수출 호황을 타고 골덴, 벨베틴, 홀치기, 쓰무기 등 각종 직물공장이 들어서면서 전국에서 모여든 여공들은 마땅한 거처를 찾을 수가 없었다. 구청 공무원이었던 정혜의 아버지 임진탁은 빚을 내어 오래전 유곽으로 쓰인 건물을 사들였는데, 첫 달 통장에 찍힌 임대 수익을 본 그는 정혜의 어머니 곽계화의 만류에도 아랑곳없이 구청을 나왔다. 진탁은 건물을 담보로 이런저런 사업에 손을 댔으나 잘못 선 연대보증 한 번에 수십 명에게 사글

세를 주던 진탁 일가는 불과 몇 달 만에 사글셋방으로 옮겨가야 했다. 이미 시내의 대학을 다니며 장학금을 꼬박꼬박 받던 맏언니는 그리 살아라 두고, 오빠는 없는 가산에도 장남이니 재수학원엘 보냈고, 막내는 막내에 아들이라 직접 챙겼지만 죽일 놈 살릴 놈 소리에 반폐인이 된 진탁 대신 도나스 가게에서 일하며 가장 노릇을 해야 했던 계화에게 정혜는 덜어내야 할 입이었다. 이리는 못 산다는 계화의 성화에 A시에서 전매업을 하는 외삼촌 내외가 정혜를 맡아주었으나, 기센 년이네, 남편 잡아먹을 년이네, 독한 년이네 하며 온 동네가 뒷담을 하던 계화와는 정반대의 수식으로 불린 외숙모가 온정으로 정혜를 맡아주었으나 정혜는 저를 긍휼히 여기는 그 눈빛을 그저 사랑으로 여길 만큼 바보가 아니었다.

정혜가 외삼촌 댁으로 돌아가는 길은 그래서 멀었다. 멀어서 먼 게 아니라 둘러둘러 가서 멀었다. 종례를 마치고 학교를 나온 정혜는 시내의 레코드 가게 앞에 자주 멈춰 섰다. 사장님 취향인지 스피커에는 김추자와 양희은의 노래가 많이 나왔지만 기다리다 보면 트윈폴리오의 노래도 꼭 한 번은 나왔다. 이미 사라져버린 그 모습 어디서나 찾을 수 없어, 남겨진 웨딩케익만 바라보며 하염없이 눈물 흘리네, 라고 흥얼거리며 원하는 노래까지 다 듣고서야 송창식처럼 음, 음, 음, 허밍을 하면서 마을 어귀까지 간 정혜는 그러고도 동네 바깥을

빙빙 돌았다. 폐가 주변을 도는 날도 있었고, 추수가 끝난 논을 가로지른 날도 있었다. 실개천을 따라 걷기도 했고, 이름 없는 언덕에 오르기도 했었고, 이름 모를 야산 둘레를 걷기도 했다.

씨발 천재 새끼…….

어느 여름 오후, 그 언니도 정혜처럼 레코드 가게 앞에 서 있었다. 번쩍이는 에나멜 핸드백을 어깨에 메고 통통한 몸에 꼭 맞게 수선한 간호복을 입은 채로 짝다리를 짚고 선 언니가 그렇게 혼잣말을 하고는 고개를 아래로 떨궜다. 정혜도 아는 사람이었다. 두어 달쯤 전에 외삼촌 댁 건너건너 있는 하숙집에 새로 들어온 간호보조원이었다. 그즈음 사촌동생들과 정혜의 등굣길에 배웅 나온 외숙모도 그를 보며 오 박사네 의원에서 새로 뽑은 직원이라고 일러준 적이 있었다.

오 박사님은 꼭 저렇게 도화살 낀 것 같은 애들만 뽑더라.

외숙모는 저만치 앞에서 마을 어귀를 나서는 언니의 뒷모습을 보며 혼잣말을 했다. 저 봐라, 꼴이 저게 뭐냐. 아이들 등굣길에 배웅 나온 다른 어른들도 동네서부터 몸매가 훤히 드러나는 유니폼을 입고 출근하는 언니를 손가락질했다.

저렇게 다니면 저가 정말 간호원이라도 된 거 같나.

외숙모는 간호복을 입고 출근하는 언니를 볼 때면 그런 말을 하고서 혀를 끌끌 찼다. 동네 사람들과 아무 교분 없이, 눈 인사조차 않고 나갔다가 밤이 이슥해져서야 헝클어진 차림으로 돌아오는 언니를 두고 동네엔 온갖 말이 나돌았다. 오 박사님이 전에도 딱 저런 애들 뽑아서 정분난 거, 그 집 사모님만 모르고 온 동네가 다 알아서 우세였잖니, 라고 말한 외숙모가 정혜를 보며 우리 정혜, 행여 저런 것들이랑은 말도 섞지 마라, 좋은 것만 보고 듣기에도 짧은 게 인생이다, 라고는 정혜의 교복 매무새를 단정히 고쳐주었으나 그때의 정혜에게 트윈폴리오의 노래를 다 듣고서 혼자 훌쩍이는 사람을 쳐다보지 않을 재간 따위는 없었다.

뭘 봐? 사람 우는 거 처음 보니?

눈물을 훔친 언니가 정혜를 흘겨봤다. 그렇게 쏘아붙인 언니는 정혜에게 등을 돌리더니 신작로를 따라 터벌터벌 걷기 시작했다. 정혜도 그 언니처럼 신작로를 걸어 외삼촌 댁이 있는 동네로 갔다. 마을 초입의 갈림길에 다다른 정혜가 마을로 들어가지 않고 옆길로 빠지려는데 앞서 걷던 언니가 팩 돌아봤다.

너 왜 자꾸 졸졸 따라와?

따라가는 거 아닌데요, 집에 가는 건데요.

뭐래는 거야. 너희 집 저쪽이잖아.

언니가 어이없어하며 피식거렸다. 뜻밖의 말에 주춤거린

정혜는 그, 그, 하며 더듬기만 하다가 저도 모르게 소리를 높였다.

그, 그러는 언니 집도 이쪽 아니잖아요!

기가 막힌다는 듯이 코웃음을 친 언니는 집 같은 소리 하고 앉았네, 라고 궁싯거리고는 또다시 정혜에게서 등을 돌렸다. 정혜는 밭 사이에 난 샛길을 지나 야산으로 향하는 언니를 뒤따랐다. 산 둘레를 걷던 언니는 밖에서 보면 길처럼 보이지도 않는 좁은 길목으로 들어갔다. 발길이 쉬 닿지 않은 오솔길 길바닥은 푸릇푸릇했고, 길가에 차양처럼 햇살을 가린 잡목들 사이로 어른 가슴 높이께 자란 수풀이 무성했는데 그 길 중간에 멈춰 선 언니가 수풀 속으로 두 팔을 집어넣었다.

근데요…….

수풀을 헤집던 언니는 뜸을 들이는 정혜를 귀찮아하는 낯으로 바라봤다.

누가 천재 새끼예요?

정혜의 물음에 한쪽 눈만 치뜨면서 황당하다는 표정을 지은 언니는 넌 그걸 질문이라고 하니? 당연히 송창식이지, 라고 툭 내뱉고는 수풀을 헤치고 그 안으로 들어갔다. 오솔길에 홀로 남은 정혜는 씩, 하고 웃음을 지었다. 상기된 얼굴로 언니처럼 수풀을 헤친 정혜가 고개를 안으로 들이미니 너른 풀밭이 보였다. 못자리로 쓰려고 다져뒀는지 가운데가 움푹 팬 풀밭에는 잡초들이 곳곳에 군락을 이루고 있었다. 언니는 경사면에 퍼질러 앉아 핸드백에서 성냥갑과 돌돌 만 연초 한 개비를 꺼내 불을 붙였다. 연기를 내쉰 언니가 경사면에 비스듬히 눕더니 안을 들여다보는 정혜를 보지도 않고 말했다.

거기서 뭐 하냐? 안 들어와?

*

맞교대를 한 정혜가 3층 분만실로 내려온 것은 21일 아침 7시 20분경이었다. 빈 침상에 몸을 누인 정혜는 모포를 끌어올려 햇빛을 가렸다. 일반 환자들이 대거 빠져나간 병원은 평시보다 한산했다. 인계거리도 많지 않았고 간호과에서도 특별한 추가 지침을 내리지 않았다. 그렇다고는 해도 이상하리만치 고요한 아침이었다. 밤을 새운 탓에 정혜는 눈을 감으면 금세 곯아떨어질 것 같았지만 고요함이 자아낸 묘한 기운에 쉽게 잠에 들지 못했다. 한참이나 뜬눈으로 있다가 깜빡 잠에 들어도 자기처럼 잠을 설치는 다른 간호원들이 부스럭거리는 소리에 곧 깨어나곤 했다.

너 후랑크후르트 아니?

소세지?

말고, 말고.

컴컴한 모포 속에서 정혜가 실눈을 떴다. 이번에는 얼마나 잤을까. 모포를 들춰 분만실의 벽시계를 볼까 싶다가도 그러면 정말 잘 수 없을 것 같아 정혜는 도로 눈을 감았다. 그럼에도 한번 달아난 잠은 다시 오지 않았고, 꿈결인지 잠결인지 모를 찰나에 떠오른 그 언니와의 대화만 더 또렷해졌다. 지난 자정께 그 언니를 처음 떠올린 후로 정혜는 그 언니를 자주 생각했다. 그 언니를 만나지 않았다면 정혜는 지금 이곳에 있지도 않았을 테니까. 운수소관 따위 개나 주라며 멀리멀리 떠날 거란 말을 돌림노래처럼 하던 그 언니를 못 만났더라면 정혜 역시 멀리멀리, 더 멀리, 영영 떠나겠다는 생각을 못 했을 테니까. 연초에 불을 붙인 언니가 길게 숨을 내쉬면 수풀로 둘러싸인 묫자리에는 잘 삶은 걸레 냄새가 퍼졌다. 세상 누구보다 편안해 보이는 자세로 비스듬히 누워 마를 피우다 정혜가 심심해할 즈음이면 언니는 너 알지? 나 곧 거기 갈 거다, 라며 입을 열었다. 거기 가면 정원에 화초가 정성스레 가꿔진 대궐 같은 집이 있다 했고, 자기는 그 집 거실에서 드레스 밑단이 발끝에 끌리지 않도록 치맛자락을 홀홀 들 거랬다. 한낮에는 융이 덮인 소파에 파이프를 물고 앉아 루이제 린저를 읽을 것이며, 저녁이면 코니 프랜시스나 에바 가드너를 닮은 벽안(碧眼)의 친구들과 밤새 포도주를 마실 거라고도 했다. 그럴 리가 없음에도 마치 전에 거기 살아보기라도 한 것처럼 언니는 그곳의 정경과 일상을 눈앞에 그려질 듯이 말했는데, 만날 때마다 조금씩 다르게 꾸며내는 언니의 이야기는 그때까지만 해도 극장에 가보지 못했던 정혜에게 끊이지 않고 이어지는 외화나 진배없었다.

어찌 그리 잘 지어냈나 몰라.

기껏해야 지금 내 나이뿐이었을 텐데.

그래서 더 그랬나. 정혜도 언니처럼 거기 가고 싶었다. 후랑크후르트든, 백림이든, 어디든 정혜는 지금쯤이면 자기도 구라파 어딘가에 있으리라 믿었다. 중학교를 마치고 본가에 돌아왔을 때, 빵 가게를 차려 갓 운영하기 시작한 계화는 간호원이 되어 독일로 가겠다는 정혜의 뜻을 극렬히 반대했다. 일손이나 거들다 시집이나 가야 할 년이 헛꿈 꾸지 마라, 아프레걸입네 비트니크입네 떠들어대니 너 따위 계집이 뭐라도 될 것 같으냐, 저 양반 공명심에 여식까지 대학물 먹인 건 맏이 하나로 족하다. 그렇게 저주를 퍼붓는 계화에게 진탁이 내가 못난 탓이다, 저 하고 싶은 대로 하게 해주라고 고래고래 고함을 지르며 계화가 차린 밥상을 엎어버리지 않았다면 독일은커녕 집에서 멀리 떨어진 C직할시로 가겠다는 계획부터 무산됐을지도 몰랐다. 그리하여 하루 한 대밖에 없는 시외버스를 타고 굽이굽이 산길 넘어 이곳에 올 적에는 조금만 있다가 아예 이 나라를 떠나 다시는 돌아오지 않으리라 굳게 마음

먹었으나 간호전문학교를 다니는 동안 독일은 간호원 수급을 멈췄고 물거품이 된 꿈에도 집으로 돌아가고 싶지 않았던 정혜는 이곳에 남기로 했다.

그러므로 그것은 어떤 사명감 때문이 아니었다.

어떤 책임감 때문도 아니었고 어떤 숭고함 때문은 더더욱 아니었다.

그러니까 오후 1시 10분경, 갑작스런 총성에 정혜가 몸을 벌떡 일으켰을 때, 끊임없이 이어지는 총성에 일제히 침상 아래로 내려간 간호원들이 바닥에 엎드린 채 우왕좌왕하고 있는 사이, 다급히 울리는 내선전화를 받은 책임간호원 선배가 총상 환자들이 밀려들고 있다며, 모두 1층으로 내려가야 한다고 외치자 청진기와 혈압계 따위를 챙긴 정혜가 비상계단 위층에서부터 앞다투어 내려온 의료진 사이로 제 몸을 밀어 넣어 아래로 내달린 까닭은 그 순간 그곳에서 그렇게 하는 것 외에는 달리 할 수 있는 일이 없어서였다.

비상계단을 내려온 정혜가 1층 비상구로 나와 처음으로 마주한 광경은 이미 야전으로 변한 로비였다. 30병상 남짓한 응급실이 순식간에 포화되면서 원무과 직원들은 중앙계단을 통해 스프링 매트리스를 위층에서 끌고 내려왔다. 엑스선실에서 나온 방사선사들이 매트리스를 받아 로비 바닥에 깔면 간호원들과 인턴, 그리고 외과계 레지던트들이 2인 1조, 3인 1조가 되어 환자들 옆에 붙었다.

여기 좀 도와줘요!

응급실 쪽에서 환자를 업고 로비로 들어온 인턴이 외쳤다. 그리로 달려가 인턴과 함께 환자를 매트리스에 눕힌 정혜가 환자를 빠르게 훑었다. 이마에 길게 찢은 남색 와이셔츠 조각을 칭칭 두른 환자는 의식이 없어 보였다. 트리아제에서 환자의 가슴팍에 붙인 종이테이프에 '파추하, 남, 후두부 관통상, 신경외과'라고 적힌 것을 본 정혜는 환자의 왼팔에 혈압계를 감으며 파추하 님 바이탈 체크하겠습니다, 라고는 청진기에 귀를 기울였다. 그러나 백지장처럼 변한 환자의 팔에서는 아무 소리도 들리지 않았다. 정혜 맞은편에 무릎을 꿇고 엎드린 인턴도 당황하기는 마찬가지였다. 환자의 왼팔 오금을 찌른 주삿바늘 팁에 핏방울이 맺히지 않는데도 인턴은 연신 그곳만 찔러댔다. 정혜가 환자의 허벅지를 가리키며 선생님, 페모랄로 해요, 페모랄, 이라고 하니 정신을 차린 인턴이 대퇴 혈관을 찾아 다시 컷다운을 시도했다.

됐어요, 됐어!

인턴의 말에 곧바로 수혈팩을 연결한 정혜가 두 손을 위로 치켜들었다. 저항이 느껴질 정도로 팩을 쥐어짰음에도 환자의 혈색이 돌아오지 않자 펜라이트로 동공반사가 남아 있는 것을 확인한 인턴은 답답하다는 듯이 환자의 가슴을 쾅쾅 두드리며 파추하 님! 파추하 님! 이라고 소리쳤다.

이 멍청한 새끼야, 그게 이름이겠냐.

어느새 그들 곁에 온 신경외과 레지던트 치프가 인턴을 옆으로 밀치며 한심하다는 투로 나무랐다. 치프는 환자의 이마를 감싼 와이셔츠 조각부터 벗겨냈다. 드러난 환부를 보면서 푸— 하고 바람 빠지는 소리를 낸 그는 가운 주머니에서 검은 매직을 꺼내 환자의 가슴팍에 붙은 종이테이프 끝에 '가망 없음'이라고 갈겨썼다.

소생 불가능한 환자는 저기 소수술실로 옮긴다.

환자의 양쪽 겨드랑이에 손을 넣으며 치프가 말했다. 인턴은 시퍼레진 얼굴로 환자의 가랑이 사이에 들어갔다. 그들이 환자를 들어올리고서야 정혜 눈에도 그게 들어왔다. 환자는 파란색 추리닝 하의를 입고 있었다.

그런 환자들이 꼬리에 꼬리를 물고 로비로 밀려들었다. 하얀 블라우스에 청원단 원피스를 입은 환자는 청치마, 여, 복부 총상, 일반외과. 정장 바지 허리춤에 묵직한 열쇠고리를 찬 환자는 열쇠뭉치, 남, 사지 관통상, 정형외과. 검은 바탕에 파란 줄무늬가 들어간 티셔츠를 입은 환자는 검파상, 남, 우측 흉부 총상, 흉부외과.

의식을 잃으면 이름도 잃었다.

가까스로 임시의 이름을 얻은 사람만이 로비까지 들어올 수 있었다. 그럼에도 로비는 응급실 복도부터 원무과 접수대까지, 바닥에 누인 환자들로 발 디딜 틈이 없었다. 방사선사가 가져온 검파상 님의 필름을 천장 형광등에 비춰본 흉부외과 레지던트가 정혜에게 환자를 수술실로 올려달라고 했다. 정혜는 환자를 이동식 침대 카트로 옮겨 승강기까지 조심조심 밀고 갔다. 3층으로 올라간 승강기가 내려오길 기다리는데 발바닥이 아려왔다. 두 손으로 카트 손잡이를 짚은 정혜는 번갈아가며 깨금발을 들었다. 정혜가 이렇게라도 숨을 고른 것은 총격이 시작되고 두 시간여 만이었다.

어이, 피 모자란다! 혈액원에 재고 없대?

승강기 근처에서 두부 열상 환자의 상처를 봉합하던 성형외과 교수의 외침에 정혜가 그쪽을 쳐다봤다. 수액도 부족해요, 데메롤도! 그보다 멀리서 정혜 또래의 간호원이 소리쳤다. 그 간호원 바로 옆의 매트리스에서 환자의 다리를 붙잡은 정형외과 레지던트가 고관절 탈구를 도수정복하는 동안, 환자가 몸부림치는 것을 막기 위해 책임간호원 선배가 체중을 실어 그 환자를 누르고 있었다. 그 너머 로비 한쪽 끝에는 화숙과 다른 신규 간호원 몇 명이 처치에 사용한 겸자와 메스를 곡반에 담아 재사용이 가능하게끔 알코올 솜으로 박박 닦아냈다.

땡, 하는 청명한 소리와 함께 승강기 탑승구가 열렸다. 로비에서 시선을 거둔 정혜가 카트를 안으로 밀어넣었다. 문이 닫히니 환자가 내는 가쁜 숨소리만 조용한 승강기 안을 메웠다. 견딜 수 있을까. 환자의 창백한 안색을 살피며 정혜가 생각했다. 환자가 입었던 검은 바탕에 파란 줄무늬가 들어간 티셔츠는 가운데가 길게 잘려 양옆으로 펼쳐진 지 오래였다. 드러난 맨가슴 위에 두껍게 쌓인 패드는 환자가 숨을 쉴 때마다 조금씩 더 붉어졌다. 살 수는 있을까. 환자를 내려다보던 정혜가 고개를 푹 숙였다. 간호복 치맛자락이 반절 넘게 검붉은 빛으로 물들어 있었다.

나는 살 수 있을까.

간호사 캡 아래서 머리카락이 쭈뼛 서는 듯했다. 미처 느낄 새도 없던 공포가 한꺼번에 몰려왔다. 정말 여기서 죽는 건 아닌지, 만에 하나 그리된다면 대체 누구를 원망해야 하는지…….

말 같지도 않은 소리 좀 그만해!

흉부외과 수술방으로 환자를 들여보내고서 수술실 복도를 뛰어다니는 서큘레이팅 간호원들을 피해 정혜가 회복실 쪽으로 나가는 길이었다. 중앙수술실 한가운데의 물품 준비실에서 들려온 수 쌤의 목소리에 정혜가 걸음을 멈췄다.

내가 없는 말 했어? 어제 수색하러 들어온 놈들이 그랬다며!

누군가 지지 않고 수 쌤에게 대거리를 했다. 문짝이 없는 물품 준비실 밖으로 그들이 다투는 소리가 고스란히 새어 나왔고 그쪽으로 다가간 정혜가 안을 슬쩍 들여다봤다. 외래와 병동 등지에서 지원을 나온 시니어급 간호원들이 문을 등지고 나란히 앉아 삶은 가제와 패드를 양은 들통에서 꺼내 작업대 위에 한 장씩 쌓고 있었는데 수 쌤과 시비가 붙은 다른 병동 수간호원 선생님은 수 쌤을 보며 연이어 언성을 높였다.

너도 들었을 거 아니야? 오늘 밤에 헬기로 폭탄 떨어트린다잖아! 싸그리 다 뭉개버릴 거라잖아! 너는 걱정 안 되니? 아니, 종식이는 걱정 안 돼? 나는 걱정돼! 내 자식새끼들, 엄마 없이 클까 봐 걱정돼죽겠다!

주체하지 못하고 말을 쏟아내는 상대방을 향해 수 쌤이 벌컥 고개를 틀었다. 정혜는 수 쌤의 뒤통수밖에 보이지 않았으나 수 쌤을 마주 본 상대방이 착잡한 얼굴로 한숨을 내쉬는 것만큼은 똑똑히 보였다. 상대방이 작업대로 다시 몸을 돌리면서 잠잠해지는 듯했지만 수 쌤이 떨리는 목소리로 아무 일 없을 거야, 재네도 미치지 않고서야, 라고 중얼거리자 몸서리를 친 상대방은 도저히 못 참겠다는 양 환자들이 깔려 있는 회복실 쪽을 가리키며 소리 질렀다.

야! 너는 저 꼴을 보고도 그런 말이 나와!

그 손을 따라 수 쌤이 반사적으로 문밖을 내다봤다. 그와 눈이 마주친 정혜는 화들짝 놀라 고개를 조아렸다. 예상치 못한 얼굴을 마주한 수 쌤도 곤혹감을 감추지 못했다. 정혜가 죄송합니다, 죄송합니다, 라고 연거푸 말하고는 도망치듯이 수술실 밖으로 빠져나갔는데 그 전까지 그에게서 보리라고는 생각지도 못했던, 두려움이 그렁그렁 맺힌 눈망울은 머릿속에서 도무지 지워지지 않았다.

나 죽었으면?

정혜가 그 언니가 피우던 마를 뺏어 피운 어느 날이었다. 약에 취한 언니는 옆에 누운 정혜에게 연초를 건네며 해볼래? 하고 물었다. 그러고선 막상 정혜가 그걸 잡으려 들면 돌았니? 라며 정혜 손을 탁 치면서 저 혼자 비실비실 웃었다.

해볼래? 돌았니? 해볼래? 돌았니?

언니가 성대에 힘이 하나도 안 들어간 목소리로 계속 깐족이자 정혜가 풀밭에서 몸을 확 일으켰다. 연초를 잡아챈 정혜는 언니 보란 듯이 연기를 빨아당겼다. 정혜가 콜록콜록 기침을 하니 두 손으로 뒤통수를 괸 언니는 흐느적흐느적 웃었고 정혜는 약이 올라 더 깊이 빨아당겼다. 그렇게 몇 번이나 쏵

욱 빨아당기다 보니 어느 순간부터 숨이 차기 시작했다. 열이 올랐고 몸도 덜덜 떨려왔다. 숨을 헐떡이던 정혜의 눈앞이 노래지면서 이내 정혜는 풀밭으로 픽, 하고 쓰러졌다.

언니는 그로부터 며칠 뒤 종적을 감추었다.

밀린 하숙비를 떼어먹은 채 야음을 틈타 사라진 언니를 두고 그간 마을에 파다하게 퍼졌던 소문은 사실로 굳어졌다.

왜 걔가 사람들이랑 말을 안 섞었겠냐. 저도 부끄러운 줄 아는 거지.

외숙모도 그런 말을 했다. 전쟁고아라더라, 작부였다더라, 약쟁이라더라, 라는 최초의 소문들은 오 박사가 제 버릇 개 못 주고 또 저가 뽑은 보조원이랑 정분이 났다는 소문으로 이어졌다. 마을 사람들은 오 박사의 아랫도리 일에는 식상해하면서도 언니가 오 박사네 의원에서 오 박사의 애를 뗐다는 소문에는 광적으로 흥분했다. 말은 돌고 돌아 오 박사네 사모님 귀에도 들어갔다는 말도 들려왔고, 그 말은 사모님 보는 앞에서 애를 뗐다는 말로 바뀌기도 했다. 그렇게 한껏 부풀어오른 말은 언니가 사라지면서 편리하게도 진실이 됐는데 사람들은 진실로 바뀐 소문에 더는 관심을 두지 않았다.

정혜는 외려 더 궁금해졌는데.

이를테면, 그 언니 그래서 정말 후랑크후르트 갔을까, 같은 것들. 대궐 같은 집에서 외화에나 나올 법한 드레스도 입고 보들보들한 수건도 양껏 쓰며 제 말마따나 슈바빙되었을까, 같은 것들. 그래서 정말 그 언니 바람대로 사람대접받고 있으려나, 같은 것들. 이제와 생각하면 절대 이루지 못할 꿈이라는 생각도 들었지만, 그때도 정혜는 약에 취한 언니가 어디선가 주워들은 말들을 짜깁기해 나오는 대로 지껄인다는 것을 은연중에 느꼈지만, 그럼에도 어쩐지 그 언니는 정말 거기에 가 있을 것만 같았다.

야, 너 죽은 줄 알았다.

얼마나 지났을까. 여전히 뒤통수를 받치고 비스듬히 누운 언니가 말했다. 정신을 차린 정혜가 잔디를 짚고서 비틀비틀 상체를 일으켰다. 해는 뉘엿뉘엿 저물고 있었다. 구부정한 정혜의 등에 대고 언니는 너 집 안 가도 되냐? 라고 심상하게 물었다. 정혜는 뒤로 고개를 돌려 언니를 내려다봤다.

나 죽었으면?

뭐?

언니가 정혜를 흘겨보면서 날카롭게 되물었다.

나 죽었으면 어쩌려고?

무표정한 얼굴로 자신을 응시하는 정혜를 말없이 바라보던 언니가 별안간 깔깔 웃어대기 시작했다. 숨이 넘어갈 것처럼 몸을 좌우로 흔들며 웃어대던 언니가 코웃음을 치고는 야, 하고 정혜를 불렀다. 그리고 그 언니 조막만한 입을 오물거렸지.

그렇게 뭐라 뭐라 중얼거렸다. 그래서 그 언니 무어라 했나.

그 언니, 그래서 뭐라 했던가…….

요즘 누가 이런 걸 써. 안 그래요?

딴생각에 잠겨 있던 정혜가 매트리스를 맞잡은 남자 행정 직원을 보며 벌게진 눈을 끔벅였다.

아까 내가 말했잖아, 요새 다 스프링 매트리스 쓴다고. 이게 십수 년 전에 미국에서 원조받은 거래요. 그 돈 들여서 이런 걸 주느니 밀가루나 더 줄 것이지, 안 그래요?

지하창고에서 함께 솜 매트리스를 옮겨오는 내내 조잘거리던 행정 직원이 응급실 여닫이문을 안으로 젖혔다. 행정 직원은 자신이 먼저 들어갈 테니 자기처럼 매트리스를 모로 세우라고 땍땍거리는 투로 정혜에게 말했다.

저녁 무렵, 아군이 무기를 획득했다는 소식이 들려온 뒤로 총격은 중단됐다. 로비와 응급실은 아직 북적였지만 새로 들어오는 환자가 끊기면서 중상자들은 수술실이나 중환자실로 올라갔고 후순위로 밀렸던 경상 환자들도 늦게나마 처치를 받을 수 있었다. 치료에 당장 참여하지 않아도 되는 의료진은 로비 바닥에 주저앉아 숨을 돌렸다. 하나같이 넋이 나간 얼굴로 앉은 사람들 틈에서 정혜도 감겨오는 눈꺼풀을 비볐다. 분만실에서 선잠이 들었던 시간을 빼더라도 스물대여섯 시간은 뜬눈으로 지낸 셈이었다. 몇몇 의료진이 맨바닥에 드러눕기에 정혜도 몸을 누이려는데, 1층을 총괄하고 있던 간호 과장님이 쉬고 있는 사람들에게 다가와 솜 매트리스를 가져오라고 지시한 것이 오후 5시 50분경이었다.

무지하게 처치 곤란이었는데 하필이면 요긴하네.

행정 직원은 뒷걸음질을 치면서도 계속 조잘댔다. 수면박탈 때문인지 면전에서 조잘거리는 소리가 멀리서 들려오는 듯했다. 정혜는 그 소리에 머리가 아파왔다. 솜 매트리스를 세로로 세워 응급실 처치실의 유리창에 덧대고 나니 행정 직원이 정혜 쪽으로 다가와 잔소리를 했다.

에헤이, 여기 창문 다 안 덮었잖아요. 이 사람이 왜 이래.

지끈거리는 머리를 꾹꾹 누른 정혜가 대꾸를 않은 채 매트리스를 옆으로 끌어당겼다. 유리창을 완전히 가린 것을 확인한 행정 직원이 손바닥으로 매트리스를 툭툭 두드렸다.

저도 방탄용으로 쓰일지는 몰랐겠지, 안 그래요?

또다시 말을 걸자 화가 치민 정혜는 충혈된 눈으로 그를 노려봤다. 하지만 무연한 얼굴로 매트리스를 바라보는 그의 옆모습은 차올랐던 화를 누그러트리게 했고, 수고하셨다며 기운 없이 인사를 건넨 정혜는 처치실 밖으로 걸음을 옮겼다. 그런 정혜를 놓칠세라 행정 직원이 졸졸 쫓아오면서 아니 근데, 라고 또 무언가를 조잘거리는 찰나,

고막을 찢는 굉음이 들려왔다.

발파 현장을 방불케 하는 충격음이 병원 외벽을 무자비하게 때렸다. 응급실 유리창들이 연달아 깨졌고 건물마저 흔들리는 듯했다.

뭐야! 이거 뭐야!

행정 직원이 바닥에 바짝 엎드리며 소리쳤다. 머리를 감싼 정혜도 그의 옆에서 몸을 웅크렸다. 순식간에 다시 아수라장으로 변한 병원에서 비명이 터져 나왔다. 소강상태에 긴장을 늦추고 있던 사람들은 갑작스러운 공격에 어찌할 바를 모르고 본능대로 행동했다. 많은 이들이 바닥에 엎드리거나 몸을 움츠렸고, 어떤 이들은 침상 위의 환자를 제 몸으로 감쌌다. 누군가는 그런 사람들을 바닥으로 끌어내리려고 했고, 정혜는 몸을 부르르 떨면서 누구에게 하는지 모를 기도를 했다.

죽고 싶지 않다.

제발, 죽고 싶지 않다.

죽더라도 지금은 아니다.

그리고 얼마 있지 않아 거짓말처럼 충격이 멈췄다. 정혜의 간절한 기도가 통하기라도 한 것처럼, 외벽을 세차게 때리던 충격음이 일거에 중단됐다. 사람들이 고개를 들어 사색이 된 낯으로 주위를 두리번거리는데 반쯤 열린 응급실 정문으로 시커먼 물체가 빠르게 날아들었다. 반합처럼 생긴 쇳덩이가 쩡, 하는 소리를 내며 바닥에 부딪쳤다. 두어 번 튕긴 쇳덩이가 정혜 가까이에서 팽그르르 돌았다.

죽을 수 없다.

정혜가 웅크린 사람들을 둘러보았다. 죽어서는 안 된다. 정혜가 몸을 일으켰다. 왜 죽어야 하나. 우리가 왜, 죽어야 하나. 바닥을 짚고 일어난 정혜가 떨리는 몸을 가눴다.

다 나가!

정혜가 온 힘을 다해 외쳤다.

다 나가야 돼! 나가!

정혜가 사방으로 길길이 뛰며 소리쳤다.

폭탄이야! 나가! 나가라고!

갈라지는 목소리로 목청이 터져라 소리 질렀다. 거듭된 외침에 진이 빠져 몸을 비틀거리면서도 정혜는 멈추지 않았다. 혼미해진 정신 탓인지 제 목소리마저 제 귀에 제대로 들리지 않았다. 제 몸 같지도 않은 눈가에서 저도 모르게 눈물이 터져 나왔다. 쏟아지는 눈물이 줄줄 흘러나온 콧물과 범벅이 됐다. 축축해진 얼굴 아래부터 열이 오르면서 어느 순간 숨이 턱 막혀왔다. 숨을 헐떡이는 동안 시야가 급작스레 뿌예졌다. 눈앞이 노래지면서 지근의 사람들마저 아스러지는 듯했다.

정신 차려! 최루탄이야!

행정 직원이 휘청거리는 정혜를 붙잡으며 소리쳤다. 투척된 쇳덩이에서 매캐한 연기가 뿜어져 나오고 있었다. 행정 직원은 정혜의 한쪽 팔을 뒷목에 걸치고서 정혜를 로비로 끌고 갔다. 아닌가. 그게 아닌가. 몽롱한 기운 탓인지, 연기 탓인지 응급실에서 로비로 대피하는 사람들이 흐릿하게 보였다. 아니라면, 그게 아니라면…….

정신을 잃은 정혜의 몸이 축 늘어졌다.

정혜를 부축한 행정 직원의 몸이 한쪽으로 기우뚱거렸다.

*

세상이 끝나고 인류가 절멸한다면 이런 풍경일까.

드넓은 대로에 단 한 사람도 보이지 않았다. 대로변의 가게들은 모두 문을 걸어 잠갔다. 철제 셔터 사이로 군데군데 깨진 유리창 아래에는 파편 하나 남아 있지 않았다. 투석에 사용했던 보도블록 조각도 보이지 않았고 거리에 뿌려진 삐라들도 흔적을 찾을 수 없었다.

깨끗했다. 너무나도 깨끗했다. 병실에서 깨어난 정혜가 무언가에 홀린 듯이 병원 밖을 나섰을 때도 마찬가지였다. 신관 건물 외벽에는 총탄 자국들이 엇비슷한 높이로 점점이 박혀 있었다. 그 한끝에 처치실 유리창은 산산이 조각나 있었다.

전날 덧대어둔 솜 매트리스는 그대로였고 매트리스 가운데 생긴 작은 구멍으로 만개한 목화처럼 솜털이 멍울져 있었지만 발아래에는 누가 치우기라도 한 것처럼 유리 조각 하나 밟히지 않았다.

22일 오후 1시 10분경, 정혜는 병원 앞 오거리에서 이어지는 대로의 초입에 서 있었다. 세상은 그대로인데 사람들만 증발해버린 그 거리에서 정혜가 저 끝의 소실점을 바라보았다. 마치 누가 거기 있기라도 한 듯, 정혜는 아주 오랜 시간 그곳을 보았다. 소실점 너머로 검은 연기 한 줄이 가늘게 피어오르고 있었다.

그뿐이었다.

대로에는 아무도 없었다.

하, 씨발…….

깊은 잠에 빠졌던 정혜는 언니의 목소리를 들었다.

씨발, 천재 새끼.

언니가 레코드 가게 앞에 서서 혼잣말을 했다. 언니, 언니, 하고 불러보았지만 언니에겐 정혜의 목소리가 닿지 않는 듯했다. 언제인가 보았던 장면이었다. 그걸 깨달은 정혜가 웃음기를 머금고는 언니를 쳐다봤다. 언니는 고개를 푹 숙일 것이다. 그리고 훌쩍일 것이다. 어, 어, 우네. 정말 운다. 언니, 울어요?

어차피 들리지 않을 거란 생각에 정혜가 놀림조로 묻는다.

정말 울어? 진짜?

언니가 고개를 홱 돌려 정혜를 째려본다. 흠칫 놀라는 정혜를 보며 언니가 히죽거린다.

야, 너 죽은 줄 알았다.

떼지도 않은 입술로 그렇게 말한 언니가 정혜에게서 등을 돌린다. 언니는 신작로를 따라 터벌터벌 걸어간다. 신작로에는 희뿌연 연기가 가득하다. 정혜는 언니를 뒤따라간다. 내딛지도 않은 걸음으로 정혜가 언니의 뒤를 따라간다. 동네에 가까워질수록 연기가 차츰 자욱해진다. 눈을 따갑게 하고, 열이 오르게 하고, 숨길을 막아버릴 연기라는 걸 정혜는 알지만 눈이 따갑지 않다. 열도 오르지 않는다. 숨도 마음껏 쉰다. 그렇다면 이건, 연기가 아닌가. 연기가 아니라면 이건…….

정혜는 인기척을 느꼈다. 주위를 둘러보니 개천 방면으로 난 길목에 중학교 교복을 입은 여자아이 둘이 전봇대 뒤에서 정혜처럼 주변을 살피고 있었다. 정혜를 본 아이들이 깜짝 놀라 몸을 숨겼다가 다시 고개를 빼꼼히 내밀었다. 정혜 말고는 아무도 없음을 확인한 아이들은 전봇대 뒤에서 나와 병원 앞 오거리로 후다닥 뛰어갔다. 뜀박질하는 두 아이의 뒷모습 너머 빨간 벽돌로 지어진 구 본관 건물이, 그 뒤로 하얀색 신관 건물이 한눈에 들어왔다. 정혜도 아이들처럼 병원으로 향했다. 피가 굳어 뻣뻣해진 간호복이 정혜가 걸을 때마다 쩍, 쩍, 갈라지는 소리를 냈다. 아무도 없는 오거리를 가로질러 병원으로 들어가는 정문에 이르자 정문 양옆의 시멘트 문설주 사이로 사람들이 삐져나와 있는 게 보였다.

이 줄이죠? 여기 맞죠?

아이들 중 한 명이 맨 끝에 선 중년 여성의 소맷자락을 흔들면서 물었다. 그렇다고 대답한 중년 여성이 아이들을 제 앞에 세웠다. 사람들은 저마다 앞사람의 뒤통수를 보며 한 줄로 서 있었다. 그들 가까이로 다가가니 정문에서 구 본관 건물 현관까지 사람들이 늘어서 있었다. 거기서 오른쪽으로 꺾인 행렬은 빨간 벽돌로 된 외벽을 따라 옆으로, 옆으로 이어졌다. 등 뒤에서 울리는 경적 소리에 뒤돌아본 정혜는 소형 트럭 한 대가 병원 앞 오거리를 천천히 지나가는 것을 보았다. 화물칸 앞 짐받이를 붙잡고 선 사람이 확성기를 입에 대고 같은 말을 반복했다. 시민 동지 여러분, 병원에 피가 부족합니다. 가능하신 분은 병원으로 가서 헌혈에 동참해주십시오. 시민 동지 여러분, 병원에…….

……이건, 꿈이구나.

그렇게 깨닫기 무섭게 시야를 가리었던 연무가 걷혔다. 연기가 연기가 아니었던 것처럼 신작로도 신작로가 아니었다. 언니를 뒤따르던 정혜가 서 있는 곳은 다름 아닌 대로. 언니가 대로를 걸어간다. 병원 앞 오거리에서 이어지는 대로를 언니가 걷는다. 대로 끝에는 눈부시게 하얀빛이 있다. 저만치 앞서 걷는 언니를 보면서도 정혜는 앞으로 나아가지 못한다. 발을 구르고, 손도 훠훠 내저어보지만 정혜는 그 자리에 붙박힌 듯 한 발자국도 내딛을 수 없다. 하얀빛 안으로 스며들어가는 언니 뒤에다 대고 정혜가 언니, 언니! 하고 부른다.

죽었으면?

정혜가 외치듯이 묻는다.

나 죽었으면 어쩌려고?

정혜는 사람들 옆을 걸었다. 구 본관 건물의 측면을 지나, 주차장 가운데 줄지어 심긴 주목나무를 따라 행렬은 이어졌다. 더디게, 더디게 앞으로 나아가는 줄에는 고등학교 교복을 입은 학생들이, 어깨를 들썩이며 흐느끼는 사람들이, 손을 잡고 굳은 얼굴로 나란히 선 노부부가, 손 그늘을 하고서 줄담배를 피워대는 아저씨들이 있었다.

내 피가 더러워, 더럽냐고!

아저씨들 중 하나가 앞에 서 있던 역전 유흥가의 작부들과 실랑이가 붙은 모양이었다.

네 피만 피고 내 피는 피 아니야!

작부 한 명이 내지르는 고성에 아저씨가 할 말을 잃고 담배만 뻑뻑 피워댔다. 주차장 분수대를 서너 바퀴 휘감은 줄은 꼬리가 길게 늘어진 높은음자리표처럼 신관 건물로 이어졌다. 전날 저녁까지만 해도 로비에는 많은 환자들이 남아 있었지만 이제 다들 병동으로 올라간 듯했다. 전날의 일이 꿈이라도 되는 것처럼 깔끔하게 비워진 그곳은 헌혈을 하러 온 사람들로 가득했다. 원무과 직원들이 사람들을 로비 한편에 마련된 임시 채혈장으로 안내했고 임상병리사들과 간호원들이 그곳에서 채혈을 진행하고 있었다.

왜 안 돼요, 왜?

아까 그 아이들 또래로 보이는 남학생이 보조 침대에 리넨을 덮은 임시 채혈대 앞에서 울먹였다. 제 피라도 써주세요, 제발요. 그래주시면 안 돼요? 아이의 키에 맞춰 허리를 굽힌 간호원이 열여섯 살 밑으로는 헌혈이 안 된다며 아이를 달랬다.

미안해, 누나가 정말 미안해.

화숙이 아이의 등을 토닥이며 말했다. 아이를 돌려보낸 화숙이 채혈대 옆에 앉으려고 몸을 트는데 인파 속에 섞여 있는 정혜와 눈이 마주쳤다.

선배님!

잰걸음으로 정혜에게 다가온 화숙이 몸은 괜찮으냐고 걱

정스러운 얼굴로 물었다. 정혜는 희미하게 웃으며 고개를 끄덕였다. 아이고, 이게 뭐야. 아직 옷도 안 갈아입었네. 화숙은 정혜의 간호복을 매만지다 빈 채혈대 뒤로 늘어선 사람들을 흘깃 돌아봤다.

여기 잠시만 맡아주실래요? 저 화장실도 다녀오고 선배님 갈아입을 옷도 가져오게.

응, 다녀와. 천천히 다녀와.

정혜가 차분한 목소리로 대답하며 고개를 주억였다. 채혈대 옆에 앉은 정혜는 종종걸음으로 멀어지는 화숙을 바라보았다. 인파 속으로 사라지는 화숙을 보자 잠에서 깨기 직전, 하얀빛으로 스며들어가는 언니의 뒷모습에 대고 울부짖던 자신이 홀연히 떠올랐다. 시야를 가려오는 하얀빛이 너무나 시려 감아버렸던 눈을 살며시 떴을 때, 내리쬐는 쨍한 볕에 얼굴을 찌푸린 정혜가 언니의 목소리를 들었던 그 순간을.

낸들 알겠냐. 뭐 이렇게 누워 있었겠지.

그러고서 언니는 다시 두 손으로 뒤통수를 받쳤다. 움푹 팬 풀밭에 누워 언니는 가만가만 눈을 감았지. 너 근데 진짜 집 안 가도 돼? 라고 심드렁하게 물으며.

채혈 적합자입니다.

임상병리사가 정혜에게 쪽지를 건넸다. 제 차례를 기다리던 사람이 임시 채혈대에 누웠다. 정혜는 쪽지에 적힌 이름을 부르며 신원을 확인했다. 맞다고 대답한 헌혈자가 와이셔츠 왼쪽 소매를 걷었다. 그래서 그 언니 정말 거기 가 있으려나. 정혜가 고무 압박대로 헌혈자의 팔을 묶었다. 거기 가서 집도 받고 옷도 받았으려나. 알코올 솜으로 팔오금을 닦은 정혜가 조금 따끔합니다, 라고 나직하게 말했다. 팁에 핏방울이 맺히자 정혜가 수혈팩을 연결했다. 빈 팩 안으로 들어온 피가 검붉게 휘돌아쳤다.

1980년 5월 22일의 오후.

정혜는 투명한 팩 안에 조금씩 차오르는 피를 묵묵히 지켜보았다.

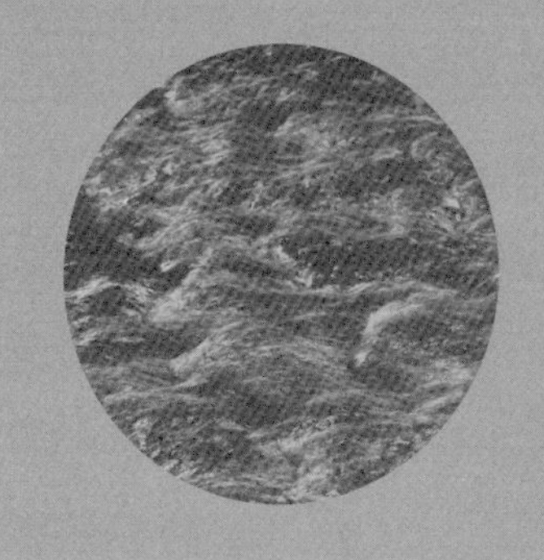

참(站)

한쪽 문이 닫혀야 반대쪽 문이 열린다.

교도소의 출입구는 이런 식이다. 보안출입초소로 들어와 초소 관리자에게 신분증과 휴대전화를 맡긴 진영은 건네받은 출입증을 두꺼운 발마칸 코트 위로 목에다 걸었다. 플라스틱 의자에 앉아 잠시 기다리니 안내를 맡은 교도관이 초소로 들어왔다. 일단 자리에 앉자고 한 교도관은 법무부 인장이 찍힌 서류들을 테이블 위에 펼쳤다.

"보안 시설이라 귀찮은 게 많습니다. 여기다 이 교수님 서명부터 쭉 해주시고요. 하시는 동안 일정만 다시 확인해보겠습니다. 보름 간격으로 총 세 번 방문하시도록 양 기관 간에 합의된 건 아시죠?"

서명을 하며 진영은 안다고 답했다. 교도관이 말을 이었다.

"오늘은 먼저 진정인과 면담이 있고요, 직후에 저희 측 관계자들과 미팅이 있습니다. 다음 회차에는 사동 내부를 교수님께서 직접 보실 거고 마지막 방문 때는 의무 과장님과 집중 면담이 예정돼 있습니다."

국가인권위원회에서 의학 자문을 촉탁해 왔을 때 전달받은 내용으로, 진영도 알고 있는 내용이었다. 진영이 서명을 끝낸 서류를 앞으로 밀자 서류를 챙긴 교도관이 이제 들어가자며 자리에서 일어났다. 교도관이 먼저 금속 탐지기를 통과했고 진영이 뒤따랐다. 철문 앞에 선 진영의 손목에 교도관이 자외선으로 식별하는 투명 도장을 찍었다.

철문이 오른쪽으로 묵직하게 움직였다. 한기가 진영의 몸을 파고들었다. 교도소 본관으로 향하는 넓은 마당에 짙은 구름이 그림자를 드리웠다. 사방을 둘러싼 담장 아래 아직 녹지 않은 눈이 더미째 얼어붙어 있었다. 눈앞에 보이는 교도소 본관은 좌우로 길게 뻗어 한눈에 들어오지 않았다. 하늘에서 보면 'ㄷ' 모양으로 연결된 본관 앞부분은 일반 사무가 이루어지는 업무동이었다. 'ㄷ' 사이의 중정(中庭)에서 후면 건물을 바라보면 정방형 구멍을 규칙적으로 뚫어둔 을씨년스러운 모습이 펼쳐진다. 그곳이 재소자들이 수감된 사동이었다. 업무동과 사동을 잇는 측면 건물에 식당과 실내 노역장 같은 부대

시설이 있었고, 의무동도 그곳에 있었다. 마당을 지나면서 교도관이 본관 구조를 설명했으나 진영은 흘려들었다. 건물의 규모에 압도됐기 때문이기도 했지만 그보다는 교도관이 반복해서 쓰는 '교수'라는 호칭이 거슬린 탓이 컸다. 진영은 자신이 꼭 거짓 명함을 뿌린 것 같아 입 안이 텁텁하게 느껴졌다.

5년 전 예방의학과 전문의가 된 진영은 레지던트 수련을 마친 대학에 남았다. 기초의학 전임강사로 채용된 그는 매년 이맘때가 되면 총무과에서 문자메시지를 전달받았는데 메시지는 늘 '재계약 갱신 안내'로 시작했다. 작년 초에 이 메시지를 받았을 때만 해도 진영은 자기도 곧 이곳에서 나가게 되리라 직감했다. 선례가 적지 않았지만 그 무렵 김 선배가 의국(醫局)을 나간 일은 의국 구성원들에게 충격으로 다가왔다. 김 선배는 홀로 남은 부친을 보살펴야 한다는 핑계로 수년간의 전임강사 생활을 끝내고 고향에 내려가 의원을 차렸다. 임상 의료 경험이 부족한 예방의학자에게는 개원도 쉬운 일이 아니었으나 그렇다고 10년 가까이 강사 생활을 한 그에게 교수직이 나기만을 기다리라고 할 수도 없는 노릇이었다.

열패감 때문인지, 개원에 실패했기 때문인지 교수 임용을 단념하고 나간 사람들은 연락이 잘 닿지 않았다. 그런 우려와 달리 김 선배의 개원은 성공적이었다. 한 달 전, 김 선배는 교직을 그만둔 이후 처음으로 의국 송년회에 참석했다. 간만에 만난 교수들과 선후배들에게 의원 경영이란 새로운 영역에 대해 열변을 토하던 그가 이번 차는 자신이 내겠다고 하자 통으로 빌린 호프집에서 박수와 웃음이 터져 나왔다. 냉랭하다고 느껴질 만큼 조용했던 평소의 의국 분위기와 달리 송년회 자리는 시끌벅적하게 달아올랐지만 그 자리에서 끝까지 웃을 수 있는 사람은 아무도 없었다.

"김 선생은 대학에 남았어야죠."

1차 자리가 파할 무렵, 긴 테이블 끝에서 들려온 한마디가 정적을 불렀고 자리에서 일어나던 사람들은 그 말에 숨을 죽였다. 김 선배는 최 교수에게 괜한 말씀 마시라며 어색하게 웃었다. 김 선배가 의국을 나간 후로 연차가 가장 높은 전임강사가 되어 있던 진영은 멀찍이서 고개를 숙였다. 검은 대리석 바닥에 비친 제 얼굴을 본 진영이 눈을 질끈 감았으나 자신을 향해 힐끔대는 시선은 또렷하게 느껴졌다. 그제야 진영은 교도소 건을 맡으면서 디폴트값처럼 깔려 있던 꺼림칙함의 정체를 알 수 있었다.

최 교수는 학계는 물론 시민사회에서도 두터운 신망을 받아온 학자였다. 본인이 민주화운동으로 수감 생활을 했기에 교도소 문제는 그의 주된 관심사였고 신뢰하는 제자에게만 맡기던 사안이었다. 김 선배는 그런 제자였다. 그가 남았더라면 최 교수가 이 건을 자신에게 맡겼을 리 없었을 거라고 진영이 확신했을 정도로 그 둘은 방향성이 맞았다. 일부 분야에서는 김 선배가 더 급진적일 때도 있었다. 게다가 김 선배는 최 교수처럼 이 대학에서 학부를 졸업한 반면 진영은 괜찮은 간판만 보고 들어온 타교 출신이었다. 이전까지 진영은 교정시설 같은 분야가 의학의 관심사가 될 수 있음을 알지 못했다. 적응은 쉽지 않았는데 특히 이러한 종류의 일에서 사회적 합의가 과학적 합리성보다 더 중요할 수 있다는 사실을 처음 마주했을 때, 합리성의 세례를 받으며 대학을 졸업한 진영은 심한 당혹감을 느꼈다. 최 교수의 문하에서 수년을 보내는 동안 그의 학풍에 조금씩 동화되긴 했지만 결정적인 순간에 뒷목을 잡아끄는 찝찝함은 끝내 사라지지 않았다.

보통 때였다면 최 교수가 한 말을 흘려들었을지도 몰랐다. 그러나 다들 상황이 달라졌음을 알고 있었다. 송년회가 있기 몇 개월 전부터 10여 년 만에 교수직 정원이 추가될 거란 말이 돌았다. 그러니까 진영이 올해 받고 싶었던 문자메시지는 '전임강사 재계약 안내'가 아니었다. 그가 바란 것은 '교수 임용심사 안내'였다. 진영의 입장에서 김 선배는 그날 그 자리에 없었어야 했다. 때문에 최 교수가 조용히 뱉은 한마디는 진영을 깊은 침묵에 빠지도록 했는데, 1차 자리가 파하고서 최 교수와 김 선배가 택시를 타고 먼저 집으로 간 뒤에도 진영은 늦게까지 술자리에 남았지만 누군가와 말을 섞는 일은 드물었다.

*

접견실 강화유리 너머로 진정인이 들어왔다. 진영의 맞은편에 앉은 진정인이 수의(囚衣) 주머니에서 뿔테 안경을 꺼냈다. 단정하게 빗은 머리카락이나 두터운 안경이 수의와는 썩 어울리지 않아 보이는 진정인은 사망자와 사회에서부터 막역한 사이였다며 진술을 시작했다. 사건이 발생한 10개월 전에도 석연치 않다 여겼지만 보복이 두려워 복역 만기가 다 되어서야 인권위에 진정이라도 넣을 용기가 생겼다는 그에 따르면 사건 요지는 다음과 같았다.

천식이 있던 오십대 사망자는 수감 생활 내내 똑같은 약만 처방받았다. 증상이 심해져 외부 진료를 신청했지만 가벼운 폐렴이라며 의무과에서는 외진을 불허했다. 사망자는 진료실에서 항의했다고 기록되어 있었으나 진정인은 그가 절대 그럴 사람이 아니라고 말했다. 치통이 심해도 아프다는 소리를 못 해 이가 몽땅 빠졌을 정도라는 것이었다. 진위야 어쨌든 사망자는 소란을 이유로 징벌방에 들어갔는데 독방에 갇힌 지 사흘째 새벽, 그가 천식 발작을 일으켰다. 아침에 교도관이 발견해 병원으로 후송했으나 도착했을 때는 이미 사망한 상태였다. 여기까지는 진영도 의무기록지를 조사하면서 인지하고 있던 내용이었다. 진영은 진정인에게 더 할 말이 없느냐고 물었다.

진정인이 주위를 살피더니 보는 눈이 없음을 확인하고는 양팔을 슬며시 뻗었다. 수의에 가렸던 손목에 굵은 팔찌를 찬 듯한 흉터가 드러났다. 다시 소매 밑으로 손목을 숨긴 진정인이 강화유리에 난 작은 구멍들에 얼굴을 바짝 붙였다.

"징벌방에선 계구(戒具) 때문에 옴짝달싹 못 합니다. 혁대 같은 걸로 꽉 조여버리거든요. 이런 상처가 남을 만큼 말이지요."

진정인은 그중에서도 안면 계구가 최악이라며, 입을 틀어막고 얼굴을 죄니 미칠 노릇이라고 숨죽여 말했다. 주변을 살핀 그가 진영에게 작은 목소리로 물었다.

"숨 막혀 죽는 사람이 어디 그렇게 조용히 죽겠어요? 벽을 치든, 머리를 박든 뭐라도 했을 거 아닙니까? 그런데 교도관들은 아무것도 듣지 못했다? 내 보기에 이건 죽을 때까지 계구를 채운 겁니다. 그러지 않고서야……."

진영은 그 말에 긍정도 부정도 하지 않았다. 접견을 마치고서도 진영은 자리에서 일어나지 않았는데 수첩에 메모한 진술 내용을 뚫어지게 쳐다보던 그가 '계구'라는 단어 위로 연달아 동그라미를 쳤다. 동그라미를 겹쳐 그릴수록 손에 힘이 들어갔다. 국가기관의 임의적인 처벌이 사망 원인이라면 큰 스캔들이 될지도 몰랐다. 진영의 머릿속으로 의혹이라든가 불의, 은폐나 정의 같은 단어들이 스쳐지나갔다. 하지만 머리 한구석에 끝까지 똬리를 틀고 남은 단어는 '기회'였다. 닿을 듯 닿지 않던 뿌리를 움켜질 마지막 기회일지도 모른다고 진영은 생각했다.

접견실을 나선 진영이 교도관과 함께 의무동으로 갔다. 의무 과장의 오후 진료가 아직 끝나지 않은 시각이었다. 진영은 필라멘트 조명이 비추는 집무실에서 의무 과장을 기다렸다. 백양목 프레임이 드러난 소파와 일인용 암체어 사이에 비대칭 타원을 그리는 다탁이 놓여 있었다. 소품 하나하나가 교도소와는 거리가 멀어 보였는데 그중에서도 창가의 책장은 이질감이 심했다. 창문틀에 맞춘 사각의 빈 공간을 제외하면 책장은 의무 과장의 책상 뒷벽을 빈틈없이 채우고 있었고 책장에는 『도덕과 종교의 두 원천』이라든가 『고요함의 폭력』 같은 골치 아픈 제목들이 가득했다. 진영은 답답해 보이는 낯선 책들처럼 의무 과장도 답답한 성격이 아닐까, 생각했으나 10여 분이 지나 집무실로 들어온 의무 과장이 서글서글하게 웃으며 인사를 건네자 자신의 예단이 빗나갔음을 깨달았다.

"우리도 재소자 관리에 만전을 기하고 있습니다만, 인권위에서 보기엔 미진한 부분이 분명 있을 거예요. 그래도 무슨 일이 생기면 관례처럼 우리 의무과를 들쑤셔서 좀 섭섭하기는 하지요."

의무 과장의 말에 동석한 교도관들이 맞장구를 치며 자기네들끼리 소곤거렸다. 코튼셔츠에 자주색 케이블카디건을 입은 의무 과장은 오십대 후반의 남자 공무원이라는 것을 믿을 수 없을 정도로 멀쑥했는데 그 차림새만큼이나 부드러운 말투로 그가 말을 이었다.

"하필 그때 천식 발작이 일어날 거라고 누가 예상이나 했겠습니까?"

진영이 고충을 이해한다고 하니 의무 과장이 소리 없이 활짝 웃어 보였다. 진영은 쟁점 사항을 간략히 물었고 의무 과장은 사안마다 명쾌하게 답했다. 천식 같은 만성질환에 반복 처방은 당연하다. 폐렴은 방사선 결과상으로도 경증이다. 이런 경우 충분히 외진을 반려할 수 있다. 사인은 천식 발작에 의한 기도폐색이며, 시기적으로 몇 개월 앞선 폐렴과는 맞지 않는다.

"의무과에서는 최선을 다했다는 말씀이시죠?"

진영의 물음에 의무 과장은 자기가 할 말을 이 교수가 대신 해준다며 웃었고 교도관들은 박장대소를 했다. 하지만 진영이 '계구'에 대해 질문하자 그들의 얼굴에서는 웃음기가 빠르게 걷혔다. 의무 과장은 교도관 중 한 명에게 고갯짓을 했다. 그 교도관은 의무 과장을 대신해 계구를 착용해도 특별한 사유가 없는 한 스물네 시간 뒤에는 탈거한다고 답변했다. 진영은 그렇다면 관련 자료를 볼 수 있느냐고 물었다.

"자료 요청은 이 교수님께서 인권위에 직접 하시면 되고요, 인권위에서 법무부로 협조 요청이 오면 법무부에서 검토하여 제출 여부를 결정할 겁니다. 승인이 나면 공문이 교정 본부로 올 테고, 그러면 저희도 사본을 드릴 수 있습니다."

말을 마친 교도관이 의무 과장을 넌지시 쳐다보았다. 찻잔을 만지는 의무 과장의 낯은 그사이 온화하게 돌아와 있었다. 차를 한 모금 홀짝인 의무 과장이 교도관들을 둘러보며 침착한 목소리로 말했다.

"최대한 협조해드리세요."

입가에 버짐이 까끌까끌하게 핀 남자가 정면을 응시한다. 남자가 입을 벌리는데 입술 뒤로 치아가 하나도 보이지 않는다. 맹견에게 씌울 법한 가죽 입마개가 남자의 입을 가리니 남자의 울대가 위아래로 요동친다. 입마개의 네 모서리에 달린 굵은 가죽 끈 중에서 위의 두 개가 남자의 뒤통수를 단단히 죈다. 아래 두 개도 남자의 뒷목에 살이 삐져나올 만큼 팽팽히 고정시킨다. 한순간 찡그렸다 뜬 남자의 눈에 무력감이 새겨 있다. 이어지는 영상은 역순이다. 남자의 얼굴에서 안면 계구가 풀린다. 날짜만 바뀌었을 뿐 남자의 얼굴은 계구를 씌울 때와 다르지 않다.

연구실에서 진영은 사망자의 계구 착탈 영상을 거듭 확인했다. 최대한 협조하라는 의무 과장의 말과 달리 영상은 2차 방문 예정일을 이틀 남기고서야 도착했다. 영상을 정지시킨 진영은 연구실 책상에 던져둔 계구 착용일지를 다시 살폈다. '계구 착용 중 이상 징후 없음.' 다음 칸에도, 그다음 칸에도. 마지막 칸에 '계구 탈거'가 나오기 전까지 일지에는 똑같은 구절만 반복됐다. 일지만큼 조악하지는 않았으나 진영은 영상 자료도 믿기 어려웠다. 단서라고는 화면에 기록된 시간뿐이었다. 그건 마음만 먹으면 누구나 바꿀 수 있어, 탈거하는 장면을 미리 찍어뒀다 해도 이상하지 않았다. 미심쩍은 면이 한두 군데가 아니었지만 그렇다고 뚜렷하게 잡히는 것도 없었다. 진영은 의자 등받이를 뒤로 젖혔다. 가느다랗게 한숨을 쉰 그가 모니터를 보느라 뻑뻑해진 눈을 감았다. 어떻게 했을까.

김 선배였다면 어떻게 했을까.

스스로에게 질문을 던지던 진영은 머릿속에 각인된 한 장면을 떠올렸다. 어느 시골의 마을회관이었고 진영은 그곳에서 김 선배와 함께 환호하는 주민들을 보고 있었다. 주민들 곁에는 최 교수가 있었다.

한때 주물공장단지가 있었으나 조사 당시에는 일흔여 가구밖에 남지 않은 그 마을에서 몇 해 사이 열댓 명의 암 환자가 발생했다. 주민대책위로부터 역학조사를 의뢰받은 최 교수는 김 선배에게 실무를 맡겼고, 레지던트였던 진영은 김 선배와 함께 수시로 마을에 갔다. 주물공장들은 예전에 사라졌지만 거대한 부지만으로도 몇 기의 용광로가 있었음을 짐작할 수 있었다. 용광로를 끓게 하려면 많은 양의 코크스가 필요한데 용융된 코크스는 다환방향족탄화수소라는 발암성 부산물을 배출한다. 언뜻 보면 원인과 결과가 명백했지만 사라진 공장에서 발암물질이 얼마나 나왔으며, 실제로 인체에 얼마나 흡수되었는지 추정하는 일은 쉽지 않았다. 추정 방식을 두고 최 교수와 예전 사업주 단체 쪽 대리인이 날카롭게 대립한 끝에 조사를 시작한 지 만 2년이 지나서야 지자체에서 주민들에게 유리한 방향으로 보상안을 수립했다. 구제책을 발표하던 날, 마을회관에 모인 노인들은 감격에 겨워 서로를 끌어안았고 몇 명은 최 교수에게 안겨 오열하기도 했다. 늘 지기만 하던 이들이 승리의 경험을 나누는 장면은 다분히 감동적이었기에 회관을 휩싼 감정에 동요된 진영도 무언가 치밀어 오르는 것을 느꼈으나 그럼에도 그는 한편에 남은 의구심을 떨치지 못했다.

입증된 것은 아무것도 없지 않나.

혼자서 이 말을 삼킬 때, 진영이 있는 쪽으로 최 교수가 다가왔다. 김 선배의 어깨에 손을 올린 최 교수가 "고생 많았어요"라며 단조로운 목소리로 말했다. 진영이 그 손을 선명히 기억하는 까닭은 최 교수가 진영에게도 똑같은 위무의 말을 건넸지만 그의 손은 진영의 어깨에 닿지 않아서였다. 외려 무테안경 뒤로 비치는 눈에서 노여움마저 느껴지는 듯했고 그 눈에 자신이 품은 의심이 꿰뚫린 것 같아 진영은 시선을 내리깔고 마룻바닥만 쳐다봤다.

그때 이미 모든 것이 결정되지 않았을까.

진영이 생각했다. 제 몸을 피해간 최 교수의 손이 그에 대한 불신을 증명한 게 아니었을까. 유쾌하지 않은 장면까지 기억한 진영은 머리를 모로 흔들었다. 자세를 바로잡은 그가 마우스를 움직여 영상을 다시 틀었다. 화면 속의 남자는 겹겹의 벽에 갇혀 있었다. 물리적 폐쇄성은 은폐를 용이하게 했다. 의학 자문에 불과한 진영에게는 어떠한 사법적 권한도 없었고, 정황은 있었으나 증거를 찾을 방법이 없었다. 모니터 속에서 남자가 슬픔도, 고통도 탈색된 눈으로 진영을 응시했다.

*

땅거미가 한 평이 채 되지 않는 징벌방 안으로만 내린 듯

어스레했다. 세척제 냄새가 수세식 변기 하나밖에 없는 그 공간을 채웠다. 청소의 흔적이 뚜렷했음에도 세척제는 오래 묵은 비린내를 완전히 감추지 못했다. 징벌방을 치우기 전이라면 먼지와 오물이 꽤 있었을 테고, 그런 것들이 천식 발작에 영향을 주었으리라 진영은 짐작했다. 그러나 이것만으로는 부족했다. 그는 더 확실한 게 필요했다.

사실 진영은 애초부터 2차 방문에 큰 기대를 걸지 않았다. 문헌 조사로 알고 있던 사항들을 눈으로 확인하는 정도였기 때문이었다. 평소 사망자가 생활했던 혼거실은 생각보다 깔끔했다. 재소자들의 식단도 사회의 여느 구내식당과 다를 바 없었다. 사망자가 노역했던 가죽 작업장 또한 교도소 밖의 영세 사업장들과 비교하면 환경이 나쁘다고만은 할 수 없었고, 징벌방의 구조도 예상하던 수준의 모습이었다.

징벌방을 마지막으로 사동 내부 조사를 마친 진영이 중앙복도로 향했다. 중앙복도로 나가는 목에도 이중철창이 있었다. 교도관이 지문인식기에 검지를 대자 안쪽 철창이 천천히 열렸고 그들은 철창과 철창 사이로 들어갔다. 안쪽 철창이 철컹거리는 소리를 내며 닫히는 것을 확인한 교도관은 바깥으로 나가는 철창 옆에 손가락을 댔다. 그런데 철창이 꿈쩍도 하지 않았다.

"이게, 추울 때는 가끔씩 이럽니다."

교도관이 열없다는 듯이 말하고는 손바닥으로 지문인식기를 감쌌다. 체온으로 지문인식기를 덥힌 후에야 철창이 작동했다. 그들이 그렇게 중앙복도로 나왔을 때, 진영은 질서정연한 발자국 소리가 가까워지는 것을 들었다. 소리가 나는 곳으로 고개를 돌리자 무리의 선두에 선 의무 과장이 진영에게 묵례를 했다. 의무 과장 뒤로 그와 함께 사동 순회진료를 마친 의료진이 뒤따르고 있었다.

"지내기에 녹록지 않은 곳이지요?"

진영이 있는 쪽으로 온 의무 과장이 살갑게 물었으나 이런 만남을 생각지 못한 진영은 제대로 답을 하지 못했다. 의무 과장은 진영에게 어차피 나가는 길은 하나밖에 없으니 같이 걷자고 했다. 대면할 준비 없이 만났다는 사실만으로도 껄끄러웠던 진영은 말을 아껴야 한다고 생각했지만 어색하기 그지없는 잠잠함 역시 허점이 되지 않을까 걱정되기는 마찬가지였다.

"이 교수는 천식 발작으로 죽어가는 환자를 본 적이 있습니까?"

다행스럽게도 의무 과장이 먼저 침묵을 깼다.

"없습니다. 임상 경험은 인턴 때가 전부였으니까요."

"하긴, 저도 직접 본 건 한 번뿐입니다. 학부를 졸업하고 벽지에서 복무하던 때니, 30년도 넘었네요."

의무 과장은 그 시절 그가 복무했던 보건소에 한 중년 남성이 업혀 온 날을 되새겼다. 쇳소리를 내는 중년 남성은 천식 발작이 온 게 분명해 보였으나 경험은 부족했고 시설도 열악했다. 가장 가까운 병원을 가려 해도 차로 한 시간이 넘게 걸렸다. 급한 대로 그는 환자의 입 안에 후두경을 밀어넣었지만 기도관을 넣을 시야를 확보할 수 없었는데 잠시 후, 환자의 입에 힘이 꽉 들어갔다. 후두경을 깨무는 바람에 앞니가 깨진 환자는 아주 잠깐 의무 과장을 노려보았다. 그리고 환자의 검은 눈동자가 단말마의 호흡과 함께 위로 돌아갔다.

"맨 정신으로 죽는다는 게……."

말끝을 흐린 의무 과장의 얼굴엔 이상하게도 미소 같은 게 번졌다. 뒤따르던 의료진은 아는 이야기인지 별 반응이 없었는데 진영을 안내하던 교도관만은 처음 듣는 모양이었다. 교도관이 그러고서 어찌 되었는지 묻자 의무 과장은 무슨 말인가를 덧붙였고 그들이 이야기를 나누는 동안 진영은 다른 눈을 떠올렸다. 그가 끊임없이 반복해서 보아온 사망자의 무력한 눈이었다. 그 눈을 떠올린 진영은 까맣게 잊고 있던 사람이 생각났다. 지금쯤 출소했을 거라 여긴 진영은 의무 과장에게 진정인이 언제 나갔는지를 물었다. 진영의 질문에 대화를 멈춘 의무 과장과 교도관이 눈빛을 주고받았다.

"그게, 그분은 출소가 연기됐습니다."

교도관이 쭈뼛거리며 말했다. 이해가 가지 않는다는 듯이 눈살을 찌푸리는 진영에게 교도관은 검방 중에 금지 품목이 나와 근신 처분을 받았다고 덧붙였다. 검방이라니. 출소도 며칠 남지 않은 사람 아니었나. 자중해도 모자랄 판에 이게 무슨 짓인가. 진영은 이게 보복 행위가 아니라면 뭐냐고 언성을 높였다. 교도관은 통상적인 절차였을 뿐이라고 달래는 투로 말했지만 의무동 입구를 몇 발자국 앞두고서 걸음을 멈춘 진영이 제대로 된 해명을 요구했다.

"이 교수, 늦게 나가는 게 더 좋은 자도 있어요."

비석처럼 멈춰 선 진영에게 의무 과장이 말했다.

"그게 무슨 뜻입니까?"

진영이 묻자 의무 과장이 교도관을 쳐다보며 그를 턱으로 가리켰지만 교도관은 의학 자문에겐 제공될 수 없는 정보라며 곤란해했다.

"아니요. 이분도 아셔야 하지 않을까요?"

의무 과장의 단호한 말에 교도관은 하는 수 없다는 듯이 이야기를 꺼냈다. 교도관은 진정인이 미성년자를, 정확히는 아동을 강간했다고 말했다. 진정인은 랜덤 채팅 사이트에서 남자아이인 척을 했는데 그들이 쳐둔 함정에 걸린 사람은 열두 살짜리 여아였다. 부모님이 여행을 갔다. 집으로 와라. 아이가 들어섰을 때 진정인은 문을 잠갔고 그와 함께 있던 다른 남자는 아이를 붙들었다. 아이를 붙든 건 사망자였으니 실제로 둘은 사회에서부터 막역했던 셈이었다. 공개수사 후에 둘 다 입건됐지만 집요한 추궁에도 여죄는 드러나지 않았다. 아동강간은 통상 10년 이상의 형을 선고받고 합동강간으로 그들은 가중처벌을 받아야 했으나 아이의 모친이 그들과 합의해버리는 바람에 둘 중 누구도 그 절반조차 살지 않았다.

진영이 아랫입술을 깨물며 고개를 숙였다.

"너무 심각해지지 않으셔도 됩니다, 이 교수."

의무 과장이 진영의 한쪽 어깨에 손을 올리며 말했다.

"나는 스무 해 넘게 여기서 일했어요. 그 세월이 내게 알려준 게 뭔지 아십니까? 교정의 목적에 부합하지 않는 자는 분명히 존재한다는 거예요."

"지금 임의적인 처벌이 있었다고 말씀하시는 겁니까?"

어깨에 닿은 의무 과장의 손을 치우며 진영이 날을 세워 물었다.

"이미 그리 생각하시는 것 아니었나요?"

진영에게 바짝 다가온 의무 과장이 귓가에 대고 소곤거렸다. 진영이 아무 대답도 하지 못하는 동안 의료진 중 한 명이 의무동으로 들어가는 출입구의 바깥 철창을 열었다. 이제 그만 의무동으로 돌아가야 한다는 의료진의 말에 의무 과장은 진영에게 보름 뒤를 기약했다. 그들이 이중철창 사이로 들어섰고, 저무는 볕이 창살 사이를 비추어 그들의 등 위에 줄무늬 그림자가 졌다. 그들이 의무동 안으로 사라진 뒤에도 진영은 한참이나 그 자리에서 움직이지 못했다.

안내를 맡은 교도관과 함께 진영이 중앙복도에서 업무동으로 나갈 때였다. 이중철창이 또 말썽을 일으켰는데 이번에는 교도관이 손으로 데워도 말을 듣지 않았다. 반대편 지문인식기도 손으로 감싸보았으나 마찬가지였다. 서너 번 시도한 교도관이 뒤춤에서 무전기를 꺼냈다.

"에프 일번 출입구, 지문인식기 고장. 방문자와 참에 갇혔습니다. 빠른 조치 바랍니다."

조치는 빨리 이루어지지 않았다. 철창 사이에 갇힌 진영은 시멘트벽에 기대어 쪼그려 앉았다. 벽에서 돋은 한기가 코트를 뚫고 등에 닿았다. 한쪽 철창을 보고는 천천히 고개를 돌려 반대쪽 철창을 본 진영이 손을 호호 불고 있는 교도관에게 말했다.

"이런 곳을 '참'이라고 하는군요."

"네. 맞는 말인지는 모르겠지만 사회에서 미장일 하던 재소자들이 그럽디다. '층계참' 할 때 그 '참' 말이죠. 어쩌다 보니 저희도 그렇게 부르고 있네요."

교도관이 계면쩍게 웃었다. 진영은 속으로 외마디 단어를 되새김질하며 잘게 깬 흑요석을 흩뿌려둔 것 같은 시멘트 바닥을 내려다봤다. 멍하니 바닥의 패턴을 보는데 불편한 기억이 머릿속을 비집고 들어왔다. 제천휴게소인지 옥천휴게소인지 확실하진 않았지만 그 마을로 내려가던 숱한 날 중 하루였다. 진영은 김 선배와 휴게소 식당에서 점심을 때우고 있었다.

"정말 맞을까요."

진영이 무심결에 흘린 말에 김 선배가 김치볶음밥 한 숟갈을 입에 넣으려다 말고 그를 쳐다봤다.

"무슨 말이야?"

진영은 아무것도 아니라며 얼버무리려 했지만 김 선배가 그를 째려보며 턱, 소리가 나도록 숟가락을 식탁 위에 놓았다.

"아무것도 아니긴. 아직도 이해 못 하겠나? 증명이 중요한 게 아니야. 최 교수님께서도 늘 말씀하셨지만, 이런 종류의 연구에선 과학이니 중립이니 따지는 게 아니라고. 그건 오히려 연구자가 져야 할 책임을 방기하는 거란 말이지."

증명이 중요하지 않다는 말을 진영이 이해한 건 그 연구가 종료될 무렵이나 되어서였다. 처음부터 최 교수가 염두에 둔 건 여론 환기였다. 대중이 피해자의 입장에 공감하면 사업주들을 법으로 처벌하지 못하더라도 공적 책임을 요구하는 목소리가 빗발친다. 결과적으로 최 교수의 전략은 맞아떨어졌다. 지자체는 구제 방안을 수립했고 주민들은 수긍할 만한 보상을 받았다. 최 교수의 연구는 언제나 선의에 입각했고 선의는 그의 방법론을 정당화했다.

"이거 봐, 이 선생. 명심해. 이건 '과학' 이전에 피해자가 있는 '사건'이야."

김 선배가 또박또박 말했다.

하지만 아니라면. 진영이 입술을 깨물며 속으로 되물었다. 아니라면 어쩔 건가. 쪼그려 앉은 진영은 목에 건 교도소 출입증을 만지작거렸다. 그 무렵부터였을지도 모른다. 아무도 보지 못할 거라 여긴 주저함이, 누구도 신경 쓰지 않을 거라 여긴 불온한 목소리가 최 교수의 눈과 귀에까지 흘러들어간 건 그때부터가 아니었을까. 문헌을 조사하는 시간보다는 장거리 운전을 하는 시간이, 자료를 분석하는 일보다 수거한 설문지를 엑셀에 입력하는 일이, 토론에 참여하기보다는 그걸 타이핑하는 날이 점점 늘어갔다. 중요한 업무에서 은근히 제외되고 있음을 진영도 모르지 않았다. 그럼에도 그는 버텼다. 버티기 위해선 닮아가야 했다. 닮다 보니 버틸 수 있겠다는 허약한 믿음마저 생겼다. 그에게 임용은 단순히 정규직 전환만을 뜻하는 게 아니었다. 그것은 버텨온 시간에 대한 증명이었다. 하지만 애초에 가능한 일이었나.

설비팀 직원이 오는 걸 본 진영이 쪼그려 앉았던 몸을 일으켰다. 두 발끝이 저렸다. 드라이버, 몽키스패너, 전자장치들이 설비팀 직원의 공구함에서 들락날락했다. 마침내 직원이 철창을 옆으로 밀자 비명처럼 경쾌한 소리가 났다.

*

온종일 흐려 시간을 가늠하기 어려운 오후였다. 필라멘트 조명이 의무 과장의 집무실을 비췄다. 누구도 배석하지 않은 집무실에는 진영과 의무 과장만이 마주 앉아 있었다. 마지막 면담이었다. 진영은 소파 옆자리에 벗어둔 코트에서 수첩을 꺼냈다. 부실한 자료에 관해 진영이 신중히 묻는 것으로 면담이 시작됐다. 악의는 없다고 생각한다. 과실 여부만 알고자 한다. 진영이 설득했지만 의무 과장은 확고했다. 불가항력적인 일이다. 당신이 보고 싶은 대로 보는 것이다. 논박은 한 시간 가까이 계속됐다. 예정된 면담 시간이 다 되도록 입장은 좁혀지지 않았다.

평행선을 달리던 대화에 균열이 인 것은 외려 의무 과장이 진영을 압박하면서부터였다. 물증 없이 제기한 의문에는 응당 책임져야 할 것이라는 의무 과장의 말에 진영은 모든 가능성을 열어두었을 뿐이라고 맞받아쳤다. 그러자 의무 과장이 눈에 힘을 주며 진영을 봤다. 무엇을 위한 가능성인가. 암체어의 등받이에서 등을 떼며 그가 물었다. 인두겁을 쓴 짐승이지 않은가.

"대체 왜 그런 식으로 말씀하십니까? 정말 의도적으로 방치하신 건가요?"

진영이 질린다는 듯이 말했다.

"뭐, 그랬다고 쳐보죠."

다시 등받이에 등을 기댄 의무 과장이 말을 이었다.

"그런 불미스러운 일이 있었다고 가정해봅시다. 이 교수는 저희가 고의로 방치했다고 보고서를 쓰고 싶을 겁니다. 하지만 증거가 없으니 그럴 수 없겠죠. 반대로 단순 병사라고 쓴다면 아쉬움은 남을 겁니다. 그래도 사망자가 어떤 자인지 알았으니 부담은 덜하겠죠. 그런데 전제가 잘못됐다면요? 이 경우 전자를 택하면 무고가 됩니다. 후자를 택한다면 흠결 없는 보고서가 되겠지요. 어느 경우든 후자로 결론 내리는 게 합당하다고 봅니다만, 왜인지 이 교수는 전자에 집착하고 있어요. 그게 단순히 진실에 대한 열망 때문일까? 저는 그리 생각하지 않습니다. 이곳에서 많이 봤으니까요. 갈급한 마음이 쳐둔 함정에 빠지는 걸 말입니다."

한 손으로 받친 찻잔을 두드리면서 그가 말했다.

"당신의 갈급함은 무엇일까. 명예나 양심 같은 걸까요? 하지만 이건, 그런 고결한 가치들과는 어울리지 않아요. 파렴치한 소아강간범이 죽은 일이잖습니까?"

진영은 사망자의 죄질은 상관없는 문제라며 논점을 흐리지 말라고 했다. 그러나 의무 과장은 못 들은 척, 찻잔을 바라보며 말없이 이마선을 긁더니 갑자기 무언가 떠오른 듯이 끄덕끄덕 고개를 흔들었다.

"아마도 '인정'이라면, 그렇다면 이해가 됩니다."

의무 과장이 말했다.

"꼬장꼬장한 그 양반 마음에 드는 일이 쉽지는 않겠죠."

그 말에 진영이 휘둥그레진 눈으로 의무 과장을 쳐다봤다. 조용해진 다탁 위로 라디에이터 소리가 울렸다.

"최 교수님을…… 아십니까?"

진영이 물었다. 의무 과장은 당연한 거 아니냐고 되묻는 듯한 얼굴로 그를 바라보았다. 왜 미처 생각하지 못했나. 같은 공간을 두고 오랜 세월 대립한 그들이었다. 숱하게 부딪쳐왔을 그들이었고, 바로 이 소파에 최 교수가 앉았을지도 몰랐다. 그는 예의 단조로운 말투로 의무 과장을 추궁했을 것이며, 의무 과장도 반대편에서 자신의 세계를 지켜왔을 것이다. 비로소 진영은 앞에 앉은 이가 어떤 자인지 실감했다.

"하지만 이 교수는 그런 부류와는 다른 것 같군요."

"……."

"맹목적인 믿음을 관철하려는 부류 말입니다. 이미 가진 게 많은 이들은 고민할 필요가 없지요."

의무 과장이 겸연쩍게 웃더니 자리에서 일어나 창가로 갔다. 책장 앞에 선 그의 몸이 창으로 스민 외광을 가렸다. 책등을 손끝으로 훑던 그가 진영에게 자녀가 있느냐고 물었다. 미혼이라는 대답에 의무 과장은, 보기와 달리 요즘 유행에 민감한 모양이라며 작게 웃음을 터트렸다.

"저는 딸애가 하나 있어요. 결혼이 한참 늦어 아직 중학생이죠. 아이를 생각하면, 여기서 보낸 시간이 후회되기도 합니다. 죄인 따위 보려고 의사가 됐냐며 빈정대는 이들도 있었죠. 그 정도는 참을 만합니다. 상대적으로 적은 수입? 그런 건 문제 축에도 들지 않죠. 아이에게 정말 미안한 건 두려움입니다. 앙심을 품은 자가 출소해 아이를 해코지한다고 생각해보세요. 이 교수는 시도 때도 없이 공포를 예감해야 하는 일상을 이해합니까?"

책 한 권을 의무 과장이 꺼내 들었다. 바스락거리며 종잇장 넘기는 소리가 났다.

"그럼에도 평생 이 일을 해온 건 믿음이 있었기 때문입니다. 재소자도 마찬가지라고, 선과 악의 비율이 담장 밖에 있는 이들과 다르지 않다고. 대부분은 선하며, 그들은 다만 조급했을 뿐이라고. 그렇지 않습니까? 쉬운 길에 대한 유혹에서 자유로운 사람은 없으니까요. 이 믿음마저 없었다면, 아마 견디기 힘들었을 겁니다."

책을 덮은 의무 과장이 한 손으로 뺨을 매만지고는 책을 도로 책장에 꽂았다. 진영의 수첩은 코트 위에 아무렇게 놓여 있었고, 침묵이 내린 집무실에는 필라멘트 조명만이 이글거렸다. 의무 과장은 내선전화기의 호출버튼을 눌렀다. 밖에서 대기하던 교도관이 집무실 안으로 들어왔다.

교도관이 앞장섰고 의무 과장은 의무동 출입구까지 진영을 배웅하겠다며 따라 나왔다. 중앙복도로 나가는 출입구에 이르자 의무 과장은 도움이 됐을지 모르겠다고 말하며 진영에게 악수를 청했다. 잘 마무리하겠다고 형식적으로 답한 진영이 그 손을 쥐었다. 의무동 쪽 철창이 쇳소리를 내며 서서히 열렸다. 진영은 교도관과 함께 참으로 들어갔다.

마무리 지을 수 있을까.

참에 들어선 진영에게 이런 질문이 스쳤다. 한쪽에는 감정이 탈색된 무력한 눈이 있었다. 손목에 선명히 남은 계구의 흔적도 있었다. 반대쪽에는 범행의 대상이 된 아이가 있었다. 또 다른 한편에는 우연한 죽음이 있었고 그 반대편에는 은폐된 처단이 있었다. 창백한 A4 용지로 눈을 가린 듯 진영의 눈앞이 하얗게 변했다. 백지 뒤로 그림자가 비쳤다. 그림자가 가까워지면서 차츰 또렷해졌다. 그들이었다. 송년회가 있던 날, 택시를 타고 돌아가던 그들처럼 보였다. 아니, 마을회관에서 어깨 위에 손이 올라가던 모습 같기도 했다. 백지 위엔 아무것도 적히지 않았다. 결국 완성하지 못할지도 모른다. 백지 너머로 그림자가 다가왔다. 기회는 사라질지도 모른다. 하얀 시야가 컴컴하게 뒤덮였다.

철컹, 하는 소리와 함께 철창이 완전히 닫혔다. 둔중한 소리에 정신을 차린 진영이 멀어지는 의무 과장의 등에 대고 물었다.

"나머지는요?"

의무 과장이 고개를 돌려 진영을 바라봤다.

"대부분은 그저 조급했을 뿐이라고 하셨습니다. 그게 이곳에서 평생을 보낸 이유라고 하셨죠? 나머지는, 그렇지 않은 나머지는 뭡니까? 그것도 여기 있는 이유입니까? 아니면……."

"이미, 잘 아시던걸요."

진영의 말을 자른 의무 과장이 이죽거렸다. 이미 잘 안다니. 진영은 엄지두덩으로 이마를 꾹 눌렀다. 그게 무슨. 의무 과장의 말을 곱씹던 그는 갑자기 이마가 뜨거워지는 걸 느꼈다. 순간 진영은 의무 과장의 말을 온전히 이해할 수 있었다. 진영이 철창을 거세게 쳤다. 쾅, 하고 소리가 울려 퍼졌다.

그것은 숱한 짐승을 도륙해왔다는 당당한 고백이었다. 참을 향해 돌아선 의무 과장의 만면에 기괴한 미소가 번졌다. 그는 알고 있었다. 진영도 알아차렸다. 이제 와, 그 사실을 안다 해도 달라지는 건 없다. 쇠창살이 낮은 음을 내며 떨렸다. 희미한 진동이 뼈를 타고 진영의 가슴까지 닿았다.

참이었다.

진영은 어느 쪽으로 문이 열릴지 짐작조차 하지 못했다.

참고한 내용과 약간의 덧붙임

구상 단계에서 **「그들을 정원에 남겨두었다」**의 가제는 '동의와 각색'이었다. 내가 가진 두 직업 간의 괴리에 대해, 특히 '재현'이라는 차원에서 벌어지는 충돌에 대해 짚고 넘어가야 한다고 생각하게 된 2018년의 봄, '의료인의 글쓰기'와 관련된 문제의식을 공유하는 세 명의 동료들과 함께 『AMA Journal of Ethics』 2011년 7월호, 'Physician-Authors' 특집에 실린 논문들을 읽고 토론하는 모임을 가졌다. 이 모임에서 나는 Jack Coulehan의 「Ethics, Memoir, and Medicine」과 Rimma Osipov의 「Healing Narrative : Ethics and Writing about Patients」 그리고 Valarie Blake의 「When Doctors Pick up the Pen : Patient-Doctor Confidentiality Breaches in Publishing」

을 주의 깊게 읽었으며 이때 나눈 대화가 작품을 구상하는 데 많은 도움이 되었다.

소설 속 소설에 등장하는 두 노인의 사연은 국가생명윤리정책원 선임연구원 최은경의 강연 '병원에서의 가족/보호자와 동의권'(2018. 8. 24)에서 접한 동성 커플의 사례를 변용했다. 또한 '나'에게 '수연'이 커밍아웃을 하는 장면은 성소수자부모모임에서 쓴 『커밍아웃 스토리 : 성소수자와 그 부모들의 이야기』(한티재, 2018)를 참고하였다.

의료인이나 임상심리상담사, 법조인 등 대면 업무를 수행하는 전문직군의 글쓰기는 시장 논리에 따라 최소한의 제동장치 없이 성행해온 측면이 있다. 이 소설이 그에 대한 진지한 논의의 마중물이 되었으면 하는 바람이다.

「다른 세계에서도」에 대한 부기는 『2020년 제11회 젊은작가상 수상작품집』(문학동네, 2020)에 수록한 작가노트인 「각주」로 이미 쓴 바 있다. 기존 낙태죄 관련 법조항 일부는 2021년의 시작과 함께 자동 폐지되었으나 2020년 10월, 형법상 '낙태의 죄' 및 모자보건법상 독소조항을 유지함은 물론 다른 독소조항도 추가하겠다고 발표했던 정부의 대체입법안을 상기하면 그 글의 마지막 문단을 되가져오지 않을 수 없다.

"헌법재판소는 통상 헌법불합치 결정을 내릴 때 입법자에게 일정시한까지 해당 조항을 개정할 것을 함께 촉구한다. 형법 제269조 제1항 등 위헌소헌(2017헌바127)에 대한 전원재판부의 결정문도 마찬가지였다. 그러나 결정이 있고 한 해가 지난 지금까지 국회에서 발의된 개정안은 작년(2019년) 4월 15일, 정의당 이정미 의원이 대표 발의한 일부 개정 법률안이 유일하며 집권 여당이나 제1야당 소속 의원의 이름은 공동발의자 명단 어디에도 보이지 않는다. 이 조용한 외면이 의미하는 바는 명확하다. 많은 사람들이 끝났다고 여겼던 이 싸움은 사실, 아직 시작조차 되지 않았다."

같은 글에서 밝혔듯이 나는 이 소설을 '성과 재생산 포럼'[(현) '성적권리와 재생산정의를 위한 센터 셰어(SHARE)']에서 기획한 『배틀그라운드 : 낙태죄를 둘러싼 성과 재생산의 정치』(후마니타스, 2018) 중 이유림의 「낙태죄를 정치화하기」를 읽으면서 구상했다. 소설에 등장하는 세부 논의는 에리카 밀러의 『임신중지 : 재생산을 둘러싼 감정의 정치사』(이민경 옮김, 아르테, 2019)를 텍스트로 하여 보건의료단체 활동가, 의사학자(醫史學者), 산부인과 전문의 등 총 여섯 명의 동료와 함께 토론했던 내용을 바탕 삼았다. 모임에 참여한 이들 대부분은 낙태죄가 헌법불합치에 이르기까지 음으로 양으로 자기 영역에서 최선을 다했던 사람들이며, 다시금 맞닥트리게 된 파고로 인해 더욱 힘든 싸움을 앞두고 있으리라 짐작한다. 세상을 조금이라도 나은 곳으로 바꾸고자 제자리에서 묵묵히 노력하는 그들에게 이 지면을 빌려 깊은 사의를 전한다.

또한 실무자의 입장에서 원고를 읽고 오류가 없는지 검토해준 산부인과 전문의 임승연 선생에게도 감사드린다.

소설가 김연수는 『일곱 해의 마지막』(문학동네, 2020)에서 "소망했으나 이뤄지지 않은 일들, 마지막 순간에 차마 선택하지 못한 일들, 밤이면 두고두고 생각나는 일들은 모두 이야기가 되고 소설이 된다"라는 문장을 후기에 썼는데, 데뷔 이후 처음 발표한 소설인 「**라이파이**」는 바로 이러한 이야기인지도 모르겠다.

작품 구상을 하던 때에 박근혜 전 대통령의 탄핵소추안이 국회를 통과했고 그즈음 태극기 부대의 출현을 목격하면서 다른 많은 사람들처럼 나도 '어른'에 대하여 자주 생각했다. 주변에서도 '그런' 어른들을 적잖게 볼 수 있었기에 나는 그들이 조한흠처럼 한 번이라도 타자를 위한 발차기를 해주었으면 하는 바람에서 이 소설을 시작했다.

실제 만화 캐릭터인 '라이파이'는 박인하와 김낙호가 쓴 『한국현대만화사 1945~2010』(두보북스, 2012)를 읽으며 발견했다. 어린 조한흠이 목격한 경찰의 구타 살해 장면은 『현대 한국생활문화사 1960년대 : 근대화와 군대화』(창비, 2016)에서 60년대의 코미디물에 단골 소재로 등장한 야간통행금지를 설명하는 대목에 붙은 "야간통행금지 위반은 가벼운 에피소드일 수 없었는데, 경찰들에게 구타를 당해 내장 파열에 이른 경우가 있을 정도였다"라는 각주에서 착상했다. 당대 시대상에 관한 부분 또한 같은 책에서 많은 도움을 얻었다.

판문점에서 남과 북의 정상이 만났을 무렵, 예전에 독서 모임을 같이 했던 인연으로 알고 지낸 북한이탈주민들과 오랜만에 만나 이야기를 나눈 적이 있다. 한국에 사는 다수자들이 평화가 성큼 다가왔다는 느낌에 들떠 있던 그때, 그들은 오히려 불신과 불안감을 감추지 못했고 나는 이때의 어긋남을 기억하고 있다가 「**부태복**」을 쓰게 됐다.

소설에 등장하는 북한 의료체계에 대한 내용은 Barbara Demick의 『Nothing to Envy-Ordinary Lives in North Korea』(Spiegel & Grau, 2009) 중 남북한 모두에서 의료인으로 활동한 Kim의 사례를 다룬 부분과 엄주현 등이 쓴 『조선의 의학 학술지를 통해 본 북한의 보건의료 이해』(어린이의약품지원본부, 2018)를 참고했다. 인민군 출신 귀순자들이 남한 내 북한이탈주민 공동체에서 겪는 이중 억압에 대해서는 주승현의 『조난

자들 : 남과 북, 어디에도 속하지 못한 이들에 관하여』(생각의 힘, 2018)를 읽으며 착상했다.

위의 모임에서 만난 최○○은 감사하게도 부태복의 함경도 방언을 꼼꼼히 검토해주었다. 다만 현대 함경도 방언을 문자화했을 때 사투리 고유의 특징이 퇴색되는 면이 있어 보위성 병원에서 평양 출신들과 오래 지냈을 부태복이 그쪽 방언의 영향을 받은 것으로 설정을 바꾸었다.

2018년 말에 발표한 이 소설에 코로나바이러스가 등장한 것은 우연이면서도 우연이라고만은 할 수 없는데, 이에 대한 이야기는 『문학동네』 2020년 여름호에 수록한 산문 「이전의 세계」에 상세하게 써두었다.

「컨프론테이션」은 「무례한 그 연애의 결론」(『월간 윤종신』 2019년 2월호)이라는 엽편에서 시작했다. 한국문학 작품의 제목과 문장을 조금씩 녹이는 방식으로 이 분야와 나 사이의 어정쩡한 거리감을 말해보고자 했던 애초의 의도와 달리, 쓰고 보니 할 말이 많이 남은 이야기라는 생각이 들었다. 여기에 '현 시점에 남성 작가가 쓰는 이성애 서사는 가능한가?'라는 의문이 더해졌으며, 「다른 세계에서도」를 쓰면서 동시에 진행했던 터라 그 작품에 등장한 모든 인물의 뒷이야기가 궁금했지만 이 소설에 한해서는 '정민 선배'가 떠올라 작중 화자의 이름도 '정민'으로 정했다. 여러 잉여들로부터 비롯됐기 때문인지 이 작품은 어떻게 진행될지 모르는 채로 일단 썼던 기억이 있다.

소설의 기저가 되는 사랑의 계급성과 시장화된 이성애적 연애에 관한 내용은 에바 일루즈의 『낭만적 유토피아 소비하기 : 사랑과 자본주의의 문화적 모순』(박형신·권오헌 옮김, 이학사, 2014)과 『사랑은 왜 아픈가 : 사랑의 사회학』(김희상 옮김, 돌베개, 2013)을 읽으며 적어둔 메모를 기반으로 했다. '대시'라는 의례에 관한 정의 등 한국 여성이 연애 상황에서 겪게 되는 일화와 감정의 일부는 김신현경의 『이토록 두려운 사랑 : 연애 불능 시대, 더 나은 사랑을 위한 젠더와 섹슈얼리티 공부』(반비, 2018)를 참조했다. 미술법 및 미술 관계법 관련 내용은 김영철의 『법, 미술을 품다』(뮤진트리, 2019)를 주로 참고했으며, 게르하르트 리히터의 '10월 연작'에 대해서는 김숙영의 논문 「역사와 사건의 재구성 : 게르하르트 리히터의 회화 연작 〈1977년 10월 18일〉」(『서강인문논총』 제32집, 2012. 8)에서 도움을 얻었다.

더불어 이 책으로 엮기에 앞서 법조계 현실에 비추어 특기할 만한 오류가 없는지 검토해준 이현정 변호사에게 감사드린다.

우울증 테마소설집 『보라색 사과의 마음』의 원고를 청탁받은 것은 2019년의 여름이었다. 그즈음 나는 고(故) 김용균 산재사망사건과 관련하여 태안을 방문했다. 고인의 동료들을 면담하고 화력발전소 내부 조사에 동행한 뒤로 그곳에서 본 구체적인 이미지들이 머릿속에서 떠나지 않았는데 **「눈빛이 없어」**를 처음 수록한 상기 소설집의 작가노트에서도 밝혔듯이 이것을 써야만 한다는 생각과 '이것을 써야만 한다는 생각' 자체가 교만이 아닌가라는 생각이 계속 충돌했다. 결과적으로 나는 과거에 의탁하여 해당 사건과 거리를 두는 방식을 취하고 소설에 등장하는 사건 경위와 작업 공정 등 세부 사항은 공개된 문헌에만 기초하기로 했다.

국가인권위원회에서 2019년에 발간한 『석탄화력발전산업 노동인권 실태조사 보고서』 및 같은 해 '고(故) 김용균 사망사고 진상규명과 재발방지를 위한 석탄화력발전소 특별노동안전조사위원회'에서 발간한 『고(故) 김용균 사망사고 진상조사결과 종합보고서』가 이 소설의 주요 참고 자료였다. '한국전력의 기억 : 화력발전소 보일러 운전원'(http://blog.koreadaily.com/unghahn/167435)이라는 블로그 포스트에서도 많은 도움을 얻었다. 우재가 우주의 크기를 계산하는 부분은 『우주의 측량 : 천문학자 안상현이 그려낸 138억 년 우주의 역사』(동아시아, 2017)를 참고했다.

소설의 밑그림을 그리는 동안 청탁 주제인 '우울증'과 관련하여 나는 소위 '반응성(외인성) 우울증'이라 불린 바 있는 우울증의 한 영역을 가져왔다. 현재 사용되는 '정신질환 진단 및 통계 편람 5판(DSM-5)'에서는 사라진 분류이나 산업재해자들이 겪는 우울증의 업무 관련성을 고려할 때는 모호한 경계에도 불구하고 여전히 이런 원인론적 접근의 중요성을 경시할 수 없다.

W. G. 제발트의 단편소설 「헨리 쎌윈 박사」(『이민자들』, 이재영 옮김, 창비, 2019)는 반응성 우울증이라는 측면에서 이산자들이 겪는 우울증을 매우 간명하고도 정확하게 묘사한다. 또한 과거에 의탁하여 현재와 거리를 두는 방식을 고민하던 내게 이 소설의 이야기 틀은 변주보다는 차용을 해야 하는 구조로 여겨졌기에 헨리 쎌윈 박사의 자리에 기술직 노동자인 우재를 넣어 작품을 구성하였다.

10여 년 전, 우연한 계기를 통해 광주민주화운동 당시 시민들의 헌혈 행렬에 대한 보고서를 읽은 적이 있다. 이후 그 이미지는 깊이 각인되었으나 이야기로 쓸 생각은 해보지 못했다. 그러다 지난 2020년 2월, 대구광역시에서 코로나19 감염자가 폭증하던 시기에 지방자치단체 중 광주광역시가 처음으로 중환자 병상을 공유하기로 했다는 소식을 들으면서 이 행렬의 이미지가 다시금 강하게 떠올랐다. 즉, **「너를 따라가면」**은 2020년이 비단 광주민주화운동 40주년이 되는 해였기 때문만이 아니라, 지역과 국가를 넘어 모든 사람들이 공동 경험을 가지게 된 2020년이었기 때문에 쓰게 된 소설인 셈이다.

실제 사건과 관련된 내용은 조영국, 김안자 등이 쓴 『5·18 10일간의 야전병원 : 전남대병원 5·18민주화운동 의료활동집』(전남대학교병원, 2017)을 참고했다. 이 문헌집에서도 그때의 헌혈 행렬이 자주 묘사되는데, 행렬을 묘사하는 증언들에는 공통적으로 동구 황금동의 성매매 여성들이 헌혈에 동참했다는 사실이 기록되어 있다. 대문자 역사의 뒤편에 감추어진 이들의 이야기는 작중 '언니'의 상징성에 관한 모티브가 되었다. 가부장제 질서 내에서 '곽계화'로부터 '정혜'에게 이어지는 미소지니의 역사와 당대 생활상에 관해서는 박찬효의 『한국의 가족과 여성혐오, 1950~2020』(책과함께, 2020)를 참고하였다.

직장 생활의 지루함을 견디려 소설창작 아카데미를 드문드문 다닌 지 한 해가 지난 2017년 가을, **「참(站)」**이 어느 일간지의 신인문학상에 당선되면서 문단문학 시장에서의 경력을 시작했다. 처음 퇴고해본 소설이 첫 투고에 당선되어 기쁨보다는 당혹감이, 당혹감보다는 황당함이 앞섰던 게 사실이다. 쉽게 주어지는 기회가 아니라는 점을, 그리고 단지 운이 좋았을 뿐이라는 점을 잘 알기에 최선을 다해야겠다는 생각으로 몇 해를 써왔고 그 대부분이 이 책에 엮여 있다.

책으로 엮기 위해 3년 만에 이 작품을 다시 읽어보니 누가 30년 전에 쓴 소설 같아 부끄러운 마음밖에 들지 않았다. 그러나 '과거로부터의 역습'도 이 일의 속성인바, 무신경하게 썼던 부분들을 최대한 수정하여 여기 수록한다.

2016년에 나는 국가인권위원회 연구용역 과제인 「구금시설 건강권 실태조사」(연구 책임자 주영수, 공동 연구원 김명희·임준·김승섭·정민영)의 연구 보조원으로 여러 구금시설을 방문한 적이 있다. 때문에 구금시설 내부 분위기에 대한 묘사는 체험의 결과임이 명백하나 시설에 관한 세부 사항은 해당 보고서 및 기타 구금시설 관련 문헌에서 따와 재구성했음을 밝힌다.

*

끝으로 이 책에 수록된 작품의 초고를 읽고 함께 의견을 나누었던 창작동인 '어'의 안준원, 최유안, 임국영, 조진주, 이원석(이름은 랜덤 사다리타기순) 작가에게 깊은 감사를 드린다. 조금이라도 덜 부끄러운 소설을 썼다면, 그것은 전적으로 이들이 곁에 있었기 때문이다.

더불어 발문을 써주신 한정현 작가와 추천사를 써주신 조해진, 박민정 작가 그리고 안태운 편집자께도 감사의 마음을 전한다.

발문

우리의 가능성

한정현(소설가)

언젠가 나는 이현석의 집에 몇몇 사람들과 초대를 받아 간 적이 있었다. 다른 사람들보다 먼저 도착했기 때문에 먹을 걸 사러 이현석과 마트에 동행했었다. 순간 그를 놓쳤는데, 주말이라 사람들이 많았고 나는 그때까지 그를 겨우 두 번 정도밖에 안 봤으니 인상착의만으로 다시 찾기는 어려울 것 같았다. 그때 그는 나에게 전화를 걸었다. 겨우 다시 마주했을 때 그가 스치듯 이런 말을 했었다.

"정현 씨 아까 카카오톡 프로필 열어서 전화 거는데 그 사진 보고 마음이 조금 아팠어요."

무슨 사진이요? 하고 곧장 말하려다 이내 멈추었는데 그가 말하는 사진이 무엇인지 깨달아서였다. 그가 말한 건 2018년 겨울에 죽은 샤이니 멤버 종현이 그날 무대에 함께 서 있던 태민과 서로를 마주 보고 웃는 사진이었다. 그렇지만 여태 그 사진을 보고 내게 말을 건넸던 사람은 없었다. 그 나이에 아이돌 사진이라니 너도 참, 하는 사람들은 좀 있었지만 그런 건 말이라기보다 시비에 가깝고 나는 그런 시비는 기억에 남기지 않을 만큼 그 사진을 좋아한다. 그리고 그 사진을 보면 마음이 아프다. 그때 나는 아무 말 없이 그를 잠시 바라봤던 것 같다. 그는 내가 말이 없자 "둘이 마주 보고 웃고 있잖아요." 이렇게 덧붙였는데 역시나 나는 그 말에도 답을 하지 못했다. 나는 그저 그가 그 사진을 보고 슬픔뿐 아니라 웃음을 동시에 떠올려줘서, 그게 그저 고마웠고 그건 말로는 표현이 안 되는 감정이었다. 다만 이후에 그의 소설을 다시 읽으면서 그 감정이 어떤 글로 쓰여진다면 이렇지 않을까, 그제야 느낀 적은 있었다. 그의 소설 「그들을 정원에 남겨두었다」에서 유나가, 사랑하는 남자와 살기 위해 자신을 떠났던 아버지와의 유년 시절을 떠올리며 "사랑이 넘치는 사람이었으니까, 더 강한 사랑을 택하지 않을 수 없었을 것"이라고 아버지에 대해 말하는 장면 말이다. 종현은 슬픔이 많은 사람이었겠지만 동시에 사랑도 웃음도 기쁨도 넘치는 사람으로 기억되곤 하니까, 그렇기에 슬픔과 혐오가 가득한 세상에서 자신의 슬픔 대신 위로를 건네던 사람이었으니까. 나는 어쩌면 「그들을 정원에 남겨두었다」에서 유나가 아버지를 떠올리는 마음으로 누군가를, 종현을 기억하고 있었던 거다. 그리고 그런 유나의 마음을 쓴 사람이 이현석이니까, 하는 마음으로 지금 나는 발문을 쓰고 있다. 그러고 난 후에는.

이 소설집에 대해 말하자면, 이라고 쓰고 싶었다. 그러니까, 조금은 자신 있는 말투로 이 소설집에 실린 작품들이 얼마나 다양한 사회적 · 시대적 맥락을 지니는지 투명할 정도로 자신 있게 이야기하고 싶었다. 하지만 이상하게도 그럴 수가 없었다. 그건 이 소설집 안의 인물들이 너무나 다양해서도, 작가가 다루는 소재들이 방대하기 때문만도 아니었다. 그럼 대체 뭐였을까. 부러 그걸 찾기 위해서는 아니었지만 그런 질문에 스스로 응답하고 싶은 마음을 품고 나는 이 소설집의 맨 처음으로 되돌아갔다. 그렇게 나는 이 소설집 안의 세계들을 다시, 하나씩, 보기로 했다.

오래전 자신과 어머니를 두고 동성 연인과 떠난 아버지와 그런 아버지의 마지막을 지키는 환자의 보호자, 그 보호자에게서 들은 이야기를 소설로 쓰기를 포기하는 의사인 '나', 낙태법 폐지에 찬성하는 언니와 사랑하는 사람과의 결혼을 위해 임신을 선택한 동생, 80년 5월 광주에서 간호사로 일했던 정혜와 항상 프랑크프루트로 가고 싶다던 어린 시절 잠시 함께였던 간호보조원 언니, 산업재해의 현장에 있었던 우재와 그의 집에 들어가 살았던 희곤, 신종 바이러스를 알아차린 탈북민 출신의 의사와 관성으로 그의 말을 무시한 한국의 의사인 '나'…….

다양한 인물들만큼이나 넓은 세계를 다루고 있는 이 소설집을 읽다 보면 어떤 부분에서는 우리가 사랑이라고 믿었던 순간에서 너무나 멀어진 채 "사랑은 스스로를 얼마나 속일 수 있는가에 달려 있는 것 아닌지"(168쪽) 낙담하게 되기도 하고, 또 어느 순간엔 그럼에도 불구하고 '여기에 사람이 있다'라고 말하고 싶어지기도 한다. 인간이라는 단어 자체에 낙담을 느끼게 하는 학살의 순간에는 나도 모르게 "그 언니 정말 거기가 있으려나"(254쪽) 생각하는 소설 속 정혜에게 '응. 정말 갔을 거야. 거기 꼭 살아 있을 거야' 하고 말해주고 싶어지기도 한다. 그렇게 하나씩 소설의 인물들을 다시 보고 나서야 어느 순간부터 내가 소설 속 화자들과 비슷한 마음이 되었다는 걸 알게 되었고 바로 이 마음이 이 소설집에 대해 무언가 단언하듯 말할 수 없었던 이유를 알게 해주었다. 어쩌면 서로 다른 세계에 서 있어도 안녕을 바라는 그 마음,

그 마음이 향한 곳에는 어떤 수치심과 모멸감이 있었다.

아니, 항상 옳고 멋진 선택을 할 수는 없는 세상에서 그 선택할 수 없는 부분까지도 책임감을 느끼고, 또 이를 되묻는

데서 오는 수치심과 모멸감을 감당하는 사람들이 거기 있었다. 특히, '너의 불행은 모두 네가 선택한 거야'라는 말로 갇히고 재단당하는 사회적 약자들이, 여성들이, 또 누군가가, 어쩌면 우리 모두가 거기에 있었다. 물론 이 소설집에서 그들은 마냥 정의롭기만 하다가 사회에 희생되는 사람들로 등장하지 않는다. 언제나 현명하고 강단 있는 사람들로 그려지지도 않는다. 다만 그들은 끝없이 스스로 질문하고 사회의 일들에 의문을 품는다. 사람에게 회의하기도 하고 사랑하기도 한다. 그렇기에 이런 수치심과 모멸감을 느낄 수밖에 없는 '세상'이란 건 슬프지만, 다만 이런 마음을 갖는 사람들이 있다는 것은 그 자체로 나에게 어떤 위로가 되는 것만 같았다. 왜냐하면 그 사람들은 그 자체로 너무나 '나' 같기도 했으니까, 언제나 '그건 네가 너무 예민해서 그런 거야'라는 말 속에서 '내가 정말 예민해서 그런가' 되묻기만 했던 나와 너무 비슷하기도 했으니까, 그랬던 나에게 누군가 그것은 네 잘못이 아니라고 말해주는 것 같았으니까. 나는 더 이상 어리석음을 강요받았던 과거의 나를 탓하거나 부끄럽지 않아도 될 것만 같았다. 조금 더 이 세계 속에서 무언가를 응시하고 질문하고 다시 시작해봐도 괜찮을 것 같았다. 그 마음은 참상의 순간에조차 성판매 여성들의 혈액은 받지 않는다고 외치는 세상에서도, 그 한편에서는 제발 내 피를 받아달라고 말하는 어린 학생들이 있음을 말해주는 이 소설 속 세계가 있어서 가능할 것만 같았다. 그리고 그 사람들 사이에서 그저 뜨거운 피가 팩에 차오르는 것을 응시하는 정혜 같은 인물이 있기에, 그러므로 이제나 또한 수치와 모멸감이 가득한 이 세계 속에서 조금은 더 머무른 채 응시할 수 있을 것만 같았다.

그래서, 다시, 처음으로 돌아갔을 때.

나는 그때 궁금했었다. 「그들을 정원에 남겨두었다」의 '그'는 언젠가 그 이야기를 쓸까? 써야만 한다고 했을 때 그는 어떤 방식으로 무엇을 이야기할까. 그가 염려했던 모든 것을 다 껴안은 채 '그'는 글을 쓸 수 있을까?

하지만 다시 이 소설집의 마지막까지 왔을 때 나는 이제 정원에 '그'가 남겨둔 많은 이야기는 걱정하지 않아도 좋을 것 같다고 생각했다. 그들은 남겨진 게 아니라 응시되고 있으니까. 이 포기하지 않는 응시는 비록 수치와 모멸감을 주는 세계일지라도 우리를 각자의 세계 안에서 다른 누군가를 진정 이해할 수 있는 곳으로 안내할 것이고, 그렇다면.

그렇다면 바로 그 마음이 결국엔 우리를 구할 거니까. 이 소설들이 우리를 가능하게 만들 거니까.

수록 작품 발표 지면

그들을 정원에 남겨두었다 ······ 『문학3』 2019년 2호

다른 세계에서도 ······ 『문학동네』 2019년 겨울호

라이파이 ······ 『현대문학』 2018년 4월호

부태복 ······ 『황해문화』 2018년 겨울호

컨프론테이션 ······ 『자음과 모음』 2020년 봄호

눈빛이 없어 ······ 『보라색 사과의 마음』(다산책방, 2020) 수록작

너를 따라가면 ······ 웹진 비유 2020년 5월호

참(站) ······ 2017년 중앙신인문학상 수상작

다른 세계에서도

초판 1쇄 발행일 2021년 2월 12일
초판 3쇄 발행일 2021년 9월 17일

지은이 이현석
펴낸이 정은영
편집 안태운 김정은 정사라
마케팅 최금순 오세미 김하은
제작 홍동근

펴낸곳 (주)자음과모음
출판등록 2001년 11월 28일 제2001-000259호
주소 10881 경기도 파주시 회동길 325-20
전화 편집부 02) 324-2347 경영지원부 02) 325-6047
팩스 편집부 02) 324-2348 경영지원부 02) 2648-1311
이메일 munhak@jamobook.com

ISBN 978-89-544-4630-3 (03810)